北京市社会科学理论著作出版基金资助
教育部人文社会科学研究重大项目成果
东南亚古典文学翻译与研究丛书／泰国卷

《帕罗赋》翻译与研究

ลิลิตพระลอ : ฉบับแปลและวิจารณ์

裴晓睿　熊燃　译／著

北京大学出版社
PEKING UNIVERSITY PRESS

图书在版编目(CIP)数据

《帕罗赋》翻译与研究 /裴晓睿,熊燃译/著.—北京:北京大学出版社,2013.7

(东南亚古典文学翻译与研究丛书)

ISBN 978-7-301-22586-8

Ⅰ.①帕… Ⅱ.①裴…②熊… Ⅲ.①古典诗歌—诗歌研究—泰国 Ⅳ.①I336.072

中国版本图书馆CIP数据核字(2013)第115552号

书　　　名：《帕罗赋》翻译与研究
著作责任者：裴晓睿　熊　燃　译/著
组 稿 编 辑：张　冰
责 任 编 辑：孙　莹
标 准 书 号：ISBN 978-7-301-22586-8/I·2630
出 版 发 行：北京大学出版社
地　　　址：北京市海淀区成府路205号　100871
网　　　址：http://www.pup.cn　新浪官方微博:@北京大学出版社
电 子 信 箱：zpup@pup.pku.edu.cn
电　　　话：邮购部 62752015　发行部 62750672　编辑部 62754382
　　　　　　出版部 62754962
印 刷 者：北京汇林印务有限公司
经 销 者：新华书店
　　　　　　650毫米×980毫米　16开本　16印张　320千字
　　　　　　2013年7月第1版　2013年7月第1次印刷
定　　　价：35.00元

未经许可,不得以任何方式复制或抄袭本书之部分或全部内容。
版权所有,侵权必究
举报电话：010-62752024　电子信箱：fd@pup.pku.edu.cn

本书出版得到
"北京大学创建世界一流大学计划"
经费资助

编委会

主　编：裴晓睿
编　委：(以姓氏笔画为序)
　　　　吴杰伟　罗　杰　林　琼　赵玉兰

总　序

  2006岁末，教育部批准了北京大学东方文学中心申报的人文社会科学重大研究项目"东南亚古典文学的翻译与研究"。该项目组全体成员经过三年多的努力，于2010年春天按计划完成了全部工作。最终成果便是这套即将出版的五卷本丛书"东南亚古典文学翻译与研究"：《〈帕罗赋〉翻译与研究》、《〈金云翘传〉翻译与研究》、《〈马来纪年〉翻译与研究》、《菲律宾史诗翻译与研究》、《缅甸古典小说翻译与研究》。该丛书每卷的内容均由两部分组成：一是作品的中文译文并附有详细的学术性注释；二是项目组成员撰写的研究文章以及外国学者的相关研究成果的译文。

  我们设计这一课题的初衷是，想把东南亚古代文学中有代表性的经典作品介绍给汉语读者。长期以来，我国东方文学领域中更受关注并为人所知的，一般局限于印度文学、阿拉伯文学和日本文学。而东南亚作为东方的一个重要组成部分，其文学，尤其是古代文学一向鲜为人知或知之甚少。其原因是，东南亚古典文学作品的阅读和翻译难度很大，其原典研究成果也极其有限；此外，不熟悉东南亚国家语言的东方文学学者，想借助译文进行研究的需要虽然迫切，但译著的缺乏或质量的不尽人意使这一要求始终难以得到满足。因此，填补这一空白，无论从当下，还是长远，都是东方文学学科发展所必需的。

  本项目由五个子项目组成，项目组成员分别来自北京大学外国语学院东南亚学系的泰国语言文化、越南语言文化、印尼马来语言文化、菲律宾语言文化和缅甸语言文化五个专业。每个子项目分别从上述五种语言的古典文学名著中各选一部或几部翻译成汉语，这些作品分别是：泰国古典叙事诗《帕罗赋》；越南古典叙事诗《金云翘传》；印尼马来史话《马来纪年》；菲律宾史诗五部：《呼德呼德》、《拉姆昂传奇》、《拉保东公》、《达冉根》和《阿戈尤》；缅甸古典小说两部：《天堂之路》和《宝镜》。所选原典著作均为上述国家文学史上公认的经典文学作品,具有鲜明的代表性。这些作品的体裁有长篇叙事诗、史话、史诗、小说四类。作品产生年代大约在公元12世纪至19世纪中叶期间。

这个时期的东南亚已经从早期许多分散的城邦国家逐步发展成几个强大的、以农耕为社会基础的封建王国。经济和贸易的发展,推动了同质文化和异文化之间的交流、互补,使东南亚各国的民族文化特征和地域文化特征逐渐形成。从印度传入的婆罗门教(印度教)文化和佛教文化,经过数百年的浸润早已融入到越南除外的半岛国家的本土文化之中;海岛国家继接受印度教之后又接受了伊斯兰文化和天主教文化;独具特色的越南则发展到汉文化的全盛阶段。在此背景下,东南亚地区呈现的文学景象亦是蔚然可观。从文学种类来看,民间文学和作家文学并驾齐驱;从文学样式来看,多以韵文为主、散文为辅;从作品内容来看,宗教故事、历史传说、王室故事、英雄传奇、爱情故事、民间故事等等,可谓五光十色,异彩纷呈。各国古代经典文学作品的诞生和繁荣正是这个时代的必然产物。我们出版这套丛书,就是为了尽可能地体现这些特点于万一,从而使读者得以管中窥豹。

《帕罗赋》是产生在大约15世纪末至16世纪初年的一部伟大的爱情悲剧作品。它开创了泰国以爱情为题材的文学作品的先河,更是泰国古代文学仅有的两部悲剧作品之一,被誉为泰国的《罗密欧与朱丽叶》。作品以"立律"诗体写成,格律严谨、语言清新古朴、韵味醇厚,故事情节感人至深。1914年,权威的"泰国文学俱乐部"将其评选为"立律体诗歌之冠",使之成为后世诗人仿效的典范。《帕罗赋》在泰国文学历史上享有崇高的地位,至今仍为当代文学家进行不间断地解读、研究和评论,堪称泰民族古典文学的瑰宝。此次即将问世的《帕罗赋》是泰国古典文学作品的第一部汉译本,译文后所附多篇文章以国内外学者的不同视角对这部长诗本身以及相关学术问题进行了探讨,这将有助于学者们对作品的深入理解和研究。

《金云翘传》是越南大诗人阮攸以最具越南民族特色的"六八"体写就的一部叙事长诗。作品以女主人公王翠翘的人生遭际为主线,演绎了一桩凄美感人的爱情故事。作品自19世纪初面世以来,一直在越南广为流传,可谓家喻户晓,妇孺皆知。从20世纪50年代起,就先后有我国学者对《金云翘传》进行翻译和研究,但实践证明,在如何挖掘这部越南文学名著的语言艺术和文化内涵方面,尚显不足,仍有深入探讨的必要和空间。《〈金云翘传〉翻译与研究》课题研究者在认真查阅大量资料之基础上,对其进行了再次翻译和深入研究,从而为中越文学的比较研究提供了一个可信的文本,相关研究文章亦颇具借鉴价值。

《马来纪年》是印尼马来古典文学中最重要和最有影响的作品之一,并被马来人奉为马来历史文学的经典之作。该书涉及的内容十分广泛:马来民族的起源、马来王朝的历史演变、马来民族伊斯兰化的经过,以及马来封建社会的政治、宗教、文化等多方面的情况。作为官廷文学,《马来纪年》为巩固王权统治起了重要作用;该书汇集了不少马来民间文学的精华,其语言被视为马来古典文学的最高典范,是马来语言发展史上的一个里程碑,对马来古典文学产生过重大影响。

菲律宾的口头文学传统具有悠久的历史,包括史诗、神话传说、民间故事、谚语、歌谣等诸多文类,其中史诗是菲律宾古典文学的主要代表形式。本书选取了菲律宾不同民族的五部(组)史诗,包括来自菲律宾北部吕宋岛伊富高族的《呼德呼德》、伊洛戈族的《拉姆昂传奇》,菲律宾中部比萨扬地区苏洛德族的《拉保东公》,菲律宾南部棉兰老岛地区马拉瑙族的《达冉根》、马诺伯族的《阿戈尤》。这五部史诗覆盖了菲律宾的不同地区,代表不同民族文化背景的口头文化传统。《呼德呼德》和《达冉根》还被收录进联合国教科文组织《人类口头与非物质文化遗产代表作名录》。本课题还研究了菲律宾史诗作为"活形态"史诗的流传情况,运用民俗学研究方法,分析史诗叙事形态,阐释史诗的深层文化内涵。

缅甸从16世纪初到19世纪末前后400年,出现过三种类型的小说,即:本生小说、神话小说和官廷小说。本书选择了两部典型代表作进行译介、研究,即1501年阿瓦王朝的国师高僧信摩诃蒂拉温达所写"本生小说"《天堂之路》;1752至1760年间(一说在1776至1781年间)官廷作家瑞当底哈杜所写"神话小说"《宝镜》。通过这两部小说的译本和项目组成员的研究文章以及缅甸文学家相关研究著述的译文,可以了解古代缅甸文学的源头、发展轨迹、传承脉络、特色与影响。

翻译作品是文化交流的重要组成部分。高质量的文学翻译,本身是一个艰苦的学术研究过程,古典名著的翻译更是如此。"东南亚古典文学翻译与研究"丛书的执笔者以虔诚和认真的态度努力去呈现文学经典的面貌,从比较文学文化学、译介学、人类学、民俗学等视角对东南亚古代文学进行跨文化的重新解读。这对丰富东方文学研究的内涵,扩展研究视域,促进文化交流,为东方文学研究向广度和深度的发展无疑将提供更多的有利条件。

　　"东南亚古典文学翻译与研究"是一项意义重大的研究课题,但由于是初次尝试,其稚嫩和瑕疵依然难以避免。我们把它呈现在读者面前,期待着方家的指教和读者的批评,也期盼着更多的东方文学名著译作进入汉语读者的视野,让世界共享东方文学的盛宴。

　　感谢教育部对本项研究的资助;感谢北京市社会科学理论著作出版基金资助;感谢北京大学创建世界一流大学建设经费对"东南亚古典文学翻译与研究"丛书出版的大力支持;感谢北京大学出版社外语部主任张冰及责任编辑孙莹、李娜、刘爽、刘虹、叶丹等为这套丛书的面世所付出的艰辛。没有这些,东南亚古典文学翻译与研究仍会一如既往地栖身冷宫,鲜为人知。

裴晓睿

2013 年 5 月

百望山麓

目 录

前言	1
《帕罗赋》研究综论	1
《帕罗赋》译文	29
《帕罗赋》翻译研究	147
也谈文学翻译中的变异问题	164
《帕罗赋》中的"情味"	176
《帕罗赋》中的象征意象	189
立律体与译文形式初探	206
泰国诗歌《立律帕罗》——罗王的故事	221
参考资料和文献	235
后记	239

前　言

　　泰族的文学最初起源于什么年代,如今已不得而知。迄今为止的泰国文学史著作,习惯上将公元 1292 年由素可泰王朝第三位君主——兰甘亨大帝下令刻写的《兰甘亨碑文》作为泰国文学的起点。自那以降的五百多年时间里,以封建宫廷为中心的古典文学场孕育出了以叙事诗为正统的泰国古典文学长流,留下了《帕罗赋》、《大世经》、《罗摩颂》、《伊瑙》、《昆昌昆平唱本》等一系列宝贵的文学遗产。它们即使是在今天,也依旧闪耀着人类智慧与文明的熠熠光辉。

　　1914 年 7 月 23 日,刚刚即位不到四年的曼谷王朝六世王帕蒙固诰(瓦栖拉兀)下令设立"文学俱乐部"(Wannakhadi Samoson),也就是后来丹隆亲王发起建立的"文学协会"(Samakhom Wannakhadi)的前身。六世王设立"文学俱乐部",是出于应对西方强势文化冲击、保持民族语言纯净性的考虑,他不满当时报刊及印刷品中外来语借词充斥、西式泰语泛滥的混乱局面,决心规范民族语言的使用,并树立一系列泰语使用和书写的典范佳作。在"文学俱乐部"出现的同时,泰文新词 Wannakhadi(文学)这个与西方"literature"相对应的现代概念也正式以官方的形式被提出并逐步确立,而"Wannakhadi"一词也在产生之初就含带了"典范"的意味。由此,一系列在过去还只是被统称为"书"(Nangsue)的历代文字,因其语言的典范性和内容的有益性,被正式列为了民族文学的代表而受到肯定和嘉奖。《帕罗赋》就是这其中之一。

　　《帕罗赋》之所以被"文学俱乐部"评为"立律体诗歌之冠",作品自身的语言艺术魅力是毋庸置疑的。阿瑜陀耶王朝中期的泰国第一部诗学教科书《金达玛尼》(如意宝)就把《帕罗赋》作为立律诗的典范收录其中。翻译了多部莎翁剧本的六世王,或许也从这部本土的爱情悲剧中看到了某种世界性的主题或超越国界的文学价值亦未可知。这部作品也是泰国学者向西方介绍的最早一批本国文学名著之一。在包括舞剧剧本在内的所有帕罗故事文学作品中,只有这部立律诗作品保留了最完整的故事情节。从最初发行印刷版以来,它几乎每隔三年就要重印一次。在如今的泰国互联网上搜索关键词"帕罗",大量的信息迅速扑面而来。有"帕罗"故事的音乐、绘画、电影、小说、舞台剧,甚至有专门的"帕罗"主题网站和文化公园,从一定意义上说,它们已经构成了一条独具民族特色的"帕罗文化链"。对于今天的泰国读者来说,《帕罗赋》早已成为一个经典的文化符号、一个永恒的民族身份象征,将本民族的深邃过去凝固在一个个文字"化石"中,又在一代代人的文学想象中不断绵延下去。

经典的作品是民族的,也是世界的,因而必定是丰富的、多层面的。有的人会为《帕罗赋》中优美的辞藻和诗句而陶醉,有的人会被它忧伤的故事所打动,也有人会被它独具地方特色的神话、民俗、物产所吸引,更有人会因其宗教劝谕和道德训诫而思考。《帕罗赋》写的是爱情,却也融入了古代历史、神话、民俗、宗教、政治、地理、军事、战争等各方面内容,因而既充满着神奇迷离的浪漫色彩,又夹杂着壮阔恢宏的史诗精神。里面既有儿女情长的细致描绘,也不乏英雄人物的勇敢壮举;既有凡人世界的生老病死、悲欢离合,也有鬼界仙山的变幻莫测、妙术神工;既有富丽堂皇的宫殿庙宇、秩序森严的王宫仪礼,也有神秘瑰奇的深山密林、品种繁多的奇花异草与珍禽美兽;既有锦衣玉食的宫闱生活,也有淳朴自然的村野风情。总之,《帕罗赋》是一首荡气回肠的千古绝唱,更似一幅浓墨重彩、工笔细作的历史风物图卷。

如何在今天的文明目光与文化经验下,令中国读者领略《帕罗赋》真正的艺术光芒?这是本书作者在翻译和撰写过程中一直恪守于心、反复思量的问题。要解决它,一方面需要靠翻译尽可能忠实地再现原诗的面貌,另一方面也要靠译者和读者摆脱自己文化的先入之见,真正从作品的历史文化语境中去品味和理解诗作中的人物情感、情节逻辑和思想内涵。

为此,我们除了译出全诗之外,也从各个角度对作品进行了阐释、说明和解读。其中,"《帕罗赋》研究综论"是从故事发源地、文本生成历史、后世影响等方面对作品所做的说明;"《帕罗赋》中的'情味'"是从泰印比较诗学的角度对诗作进行的解读;"《帕罗赋》中的象征意象"是从修辞与文化学的角度对诗作进行的阐释;"立律体与译文形式初探"是从诗歌形式的角度讨论作品的诗美构成及翻译转换中的问题。除此之外,"《帕罗赋》翻译研究"和"也谈文学翻译中的变异问题"两篇论文还专门就诗歌翻译中的问题与策略进行了讨论,希望能对泰汉文学翻译与研究提供经验。

此外,为了使读者更全面地了解这部作品,我们还选译了一部分西方学者的研究文章。我们要特别感谢美国威斯康星大学麦迪逊分校东南亚研究中心的罗伯特·毕克纳(Robert J. Bickner)教授,允许我们将他多年的研究成果——《An Introduction to the Thai Poem "Lilit Phra Law"(The Story of King Law)》选译成中文,收录在本书"泰国诗歌《立律帕罗》——罗王的故事"一文中。罗伯特教授的论文弥补了我们的研究在语言学、特别是语音学方面的不足,希望能为国内对此问题感兴趣的学者开启一些新的角度和思路。

不管怎样,我们希望这些工作仅仅是千里之行的第一步。

从一定意义上讲,每一部文学翻译作品都处在一定的未完成状态。这不仅是因为翻译本身是无止境的,更因为译本的生命只有在读者的不断阅读与评鉴中才能够得以延续。纵览各国文学的汉译情况,重译或复译是十分常见的,并且往往越是在本国声誉高、受众广的作品,其译文的版本也就越多。他国文学作品要在新的语言与文化土壤中生根发芽,最终是要靠译者和读者的双向作用和交互接受来实现的。现在我们将这部"未完成"的中译本《帕罗赋》交付到读者手中,并真诚地希望,在读者的批评指教中能使她逐步向完善靠拢。

本书翻译和撰写分工如下:

全书统稿、审定	裴晓睿
《帕罗赋》全文翻译和注释	裴晓睿、熊燃
前言	熊燃
《帕罗赋》研究综论	熊燃
帕罗赋翻译研究	裴晓睿
也谈文学翻译中的变异问题	裴晓睿
《帕罗赋》中的情味	熊燃

《帕罗赋》中的象征意象　　　闫敏
立律体与译文形式初探　　　熊燃
泰国诗歌《立律帕罗》
　　——罗王的故事　　　罗伯特·J·毕克纳著　熊燃译
后记　　　熊燃

《帕罗赋》研究综论

《帕罗赋》(Lilit Phra Lo)是一部在泰国家喻户晓、广受推崇的文学经典,不仅被泰国本土的学者奉为古代文学中的上品佳作,也得到西方学者的关注和赞誉。《帕罗赋》成书于阿瑜陀耶王朝前期,是由当时的宫廷诗人在民间传说的基础上润色加工而成的。作品讲述了主人公帕罗和两位公主帕萍、帕芃之间悲壮的爱情故事,歌颂了男女主人公坚贞不屈、视死如归的高贵气节。全诗以立律诗体(Lilit)写成,现今的通行本上总共有660个诗节①,包括110节莱体诗、294节克龙四、10节克龙三和246节克龙二,长约40,000字。帕罗,意为俊美的王,是泰北民间传说中的人物,多数学者认为历史上确有其人,现今泰国北部的一些地方还保留着与帕罗故事有关的人名和地名。

《帕罗赋》故事感人、文辞优美、语言丰富,被泰国历代诗人奉为诗歌中的典范。泰国古代第一部诗文教科书——《金达玛尼》(又译《如意宝》)中引用了《帕罗赋》中的诗句作为写作立律诗歌的范文。帕罗与帕萍、帕芃之间的爱情悲剧成为泰国文学创作中经久不衰的题材,被各个时代的诗人和作家多次仿作或再创,其中有《帕罗》剧本、《被忽视的爱》、《被诅咒的爱》、《魔莲花》等等。诗歌中的许多诗句成为泰国人耳熟能详的妙辞佳句。曼谷王朝六世王时期的泰国文学俱乐部将它评为"立律体诗歌之冠"。

---

① 泰国诗歌中的一节大致相当于中文诗歌中的一阙。

故事内容简介

《帕罗赋》讲述了颂国国王帕罗和松国的两位公主帕萍、帕艿之间的爱情故事。

颂国的老国王陶曼颂曾经攻打松国,并在战场上杀死了帕萍、帕艿的祖父,使两国结下了仇怨。帕罗继位后,英名俊貌四方传扬,令豆蔻年华的两位松国公主十分倾慕。公主的两位贴身侍女察觉出了主人的心意,瞒着国王王后,出宫向巫师仙人求法,请他们作法引帕罗前来与公主幽会。

仙人沙明伯向帕罗作法三次,终于令帕罗因思慕公主以至病入膏肓。文乐太后寻遍名医、想尽办法也无法治愈儿子的病。帕罗不顾母亲和大臣们的反对,坚决辞离故土,亲自前往松国。他途经伽龙河,用河水占卜前途的吉凶,不料河水倒流、凶兆呈现。他虽然悲痛万分,明知前方凶多吉少,仍然继续前行。

帕罗经过长途跋涉,带着两位侍仆来到了帕萍、帕艿的御花园中,终于得与两位公主相见。公主将帕罗藏在寝宫中,深锁宫门,三人共同度过了一段甜蜜、快乐的时光。不料好景不长,秘密最终被传到国王耳中。国王大怒,暗中窥察公主和帕罗,一见之下,却被帕罗青年国王的英伟仪容所打动,欣然同意两国联姻。

公主的皇祖母——松国国王的继母,难忘当年丧夫之恨,得知仇人的儿子要娶自己的孙女,她怒火中烧,发誓要斩草除根。她假传圣旨,调动御卫军,下令围攻公主寝宫。帕罗、两位公主和四位侍仆奋力抵抗,可惜寡不敌众,被乱箭射杀。

国王闻讯赶来救女,可惜为时已晚。悲痛之余,他愤然下令以酷刑处决了恶毒的继母和积极参与围剿的士兵。之后修书送与颂国太后文乐,报知噩耗。最后,两国共同安葬了帕罗、帕萍、帕艿和四位侍仆。自此世仇化解,结为友邦。

故事来源和发生地

《帕罗赋》虽然成书于阿瑜陀耶初期(16 世纪前后),有关帕罗的传说却在民间流传了相当久远的年代,有学者考证帕罗是与泰—傣民族古代传奇英雄叭真同期的人物①。我们从文本中的一些隐含信息也不难推断出帕罗传说年代的久远。例如:作品中的国家形式还只是一个个分散的小城邦,统一的封建君主专制政权还没有建立起来;从宗教信仰来看,佛教因果轮回思想虽然已经在作品中出现,但原始民间信仰和崇拜,对人们心理和行为仍然起着非常重要的作用。另外,从语言上看,作品中使用大量古老的词汇和泰国北部方言,诗中描写的自然风光和物产也带有明显的泰北特色。这最后一点对解决故事的来源和发生地问题起着至关重要的作用。

根据学者们将近一个世纪的考证,现今已基本确定:帕罗的故事源自今天泰国北部地区,在历史上可能确实存在过一位叫"罗"的国王,他的故事在民间广为流传。然而问题是,《帕罗赋》中帕罗国王的领土究竟位于泰北的哪个地方?

早前泰国著名学者丹隆拉查努帕亲王(Damrongrajanubhab,汉译简称丹隆亲王)曾提出帕罗和泰国北部传说的民族英雄陶真(叭真)②是一个时代的人,生活在大约公元10世纪左右。原因是在英雄史诗《陶洪或陶真》(Thao Hung Ru Juang)中提到过一个名为"天罗"(Thaen Lo)的国王③,统治着伽龙城。直到今天,在泰国北部的帕府(Changwat Phrae)④、难府、清迈府和南邦府(Changwat Lampang)等地的居民还从老人们的叙述中知道过去有一位统治着伽龙城的"天罗"王。在《帕罗赋》中,帕罗的颂国与松国之间正好被一条名为"伽龙"(Kalong)的河流相隔。他是否和陶真传说中的那位名字叫罗的国王是同一人呢?

对此,包括丹隆亲王在内的一些学者们认为,陶真传说中的伽龙

---

① 詹梯·哥塞信:《泰国古典文学合集二:帕罗立律》,泰瓦塔纳塔尼出版社,1954年,第7页。
② "叭"音译自西双版纳傣语,与泰文汉译的"帕"同义,此处意为"王",也用做国王名号前缀;泰语汉译的"陶"与傣语汉译的"刀"是同一个词,这里也是"王"的意思,同样可以用做国王名号前缀。
③ "Thaen":意为天、天神。"Thaen Lo"是名字叫罗的国王。
④ 府,是泰国中央政府治下的行政区划,相当于州。其下为县、乡、村。

城很可能就是《帕罗赋》中帕罗统治的颂国,因为古代的泰人多沿河而居,城市以河流的名字命名并不奇怪。丹隆亲王进而认为帕罗的王国颂国位于今天的帕府境内。在他之后,去泰北进行考古的萨瓦·玛哈伽伊(Sawat Mahakayi)偶尔在临近南邦府寨封县(Amphoe Jaehom)的地方发现了一个叫"罗城"(Wiang Lo)的古城址。在那附近还有一条名为"伽龙"的小河。这和《帕罗赋》中的描述正好相符,也进一步论证并补充了丹隆亲王的观点。另外,在今天帕府的隆广县(Amphoe Rong kwang)还有一个叫"勐松"(Muang Song)的地方,位于荣河(Maenam Yong)河畔,有学者在那里也发现了一个古城址,城址"正对着一座小山丘……从城址出发步行三小时,有一座大山,当地村民称之为'祖公山'(Khao Pu)……"①。在《帕罗赋》中,帕萍、帕芃国家也叫"勐松"(即松国),而帮助她们的神仙被称为"祖公",是一位隐居深山的神仙,住在离都城不远的一座大山里。由此,有学者②推断:在泰国北部历史上确实有一位名叫"罗"的国王,领土可能位于今天的南邦府和帕府一带,并且其政权可能在当时具有较大的影响。

  对于以上学者们的考证,也许有人会问:事实会不会正相反?即,那些与故事中的人名或地名相符的遗址或地区,并不是故事的发源地,而是故事流传范围中的某一区域,由于在当地民间影响较大,在人们心中根植较深,人们便将故事中的地名人名用来命名本地的地名。这种例子在民间文学的传播过程中屡见不鲜。一个明显的例证就是,泰国本土有很多与罗摩故事相关的地名,而罗摩故事的发源地却是在印度。但,帕罗故事又有不同。它不仅仅是只有上述几个地名作为流传的痕迹,在泰国北部帕夭府(Changwat Phayao)的尊县(Amphoe Jun)还有一个名为"班罗"(Ban Lo)的村庄,村里有一座国王的纪念像,还有一座帕耶③罗纪念塔。另外,在帕府的松县(Amphoe Song)还有一座距今有四百年历史的帕罗舍利塔,据称里面供奉有帕罗和两位公主的骨灰。

---

  ①② 詹梯·哥塞信:《泰国古典文学合集二:帕罗立律》,泰瓦塔纳塔尼出版社,1954年,第6页。
  ③ "帕耶"和"帕"在泰国古代不同时期都曾用于国王名号的前缀。

由于故事年代久远,有文字记载的历史较短,加上历史上战乱频繁,很多史实现已无从考证。而由于现今通行的《帕罗赋》版本也只是在曼谷王朝三世王时期(1824—1851)修复整理过的,据传最初版本已经在阿瑜陀耶城被缅甸军队攻陷之时佚失了,这也给进一步的考证工作增加了难度。

所以,仅凭已有的证据,我们还很难确定帕罗故事的最初发生地在哪里。我们可以认定的是,它确实是泰国北部广为流传的一则民间传说,故事的主人公帕罗在历史上可能真有其人。然而,他是否就是史诗《陶洪或陶真》中的"天罗",我们还不敢贸然做出判断。因为在史诗中对他的描述仅有只言片语,对其生卒年月和生前事迹都几乎没有记载,也许他和帕罗只是处在不同时代的偶尔重名的两位国王而已,亦或许是由于前者的名声远播,后人为了纪念他而刻意以他的名号"罗"命名,这在历史上也是不乏其例的。

在今天的泰国北部、中国西双版纳、印度阿萨姆、老挝、缅甸掸邦、越南北部的一大片区域里,自公元7至9世纪起就陆续活跃着一些泰人建立的古王国,在泰北历史上先后出现的庸那迦国(Yonok)和兰那王国(Lanna Kingdom),是它们中的重要代表,并且与14世纪在中部崛起的阿瑜陀耶王国在政治、宗教和文化上都有着较大的不同[①]。在当地的历史文化环境中孕育而出的帕罗故事,带有很多当地的民族文化色彩和风俗信仰,并深深熔铸到了文本之中。因此,虽然故事在流传到阿瑜陀耶王宫之后,经由诗人们的加工润色,不可避免地植入了外来文化的因子,但并没有消解它的泰北地域性特征[②]。

那么,帕罗故事是怎样、又是什么时候流传到阿瑜陀耶宫廷中来的呢?

大约在公元13世纪,清迈的孟莱王(King Mangrai),在兼并了南奔国(Lamphun)及其周边城邦之后,于1296年前后在滨河(Mae nam

---

① 泰国中部的阿逾陀耶王国受到孟族文化、高棉文化和经高棉传入的印度文化影响较多。

② 也有学者认为《帕罗赋》是某位深谙泰北地理、文化和习俗的诗人的杜撰。对此,我们持保留意见。学者们普遍注意到,《帕罗赋》融合了文本生成之前的多种历史文化因素在内,这正是它在长期流传过程中被不断加工再造的一个旁证。

ping)西岸建立了以清迈为中心的兰那王国。兰那王国是一个由仂泰(Tai Leu)、阮泰(Tai Yuan)、大泰(Tai Luang,掸族)、艮泰(Tai Khoen)等多民族构成的政权。它与中部建国于1350年的阿瑜陀耶王朝之间进行着频繁的往来,并因政权的归属问题多次发生战争。根据泰国的王朝编年史,在阿瑜陀耶王朝时期,与北部的清迈政权共发生过7次大的战争,它们分别是1390年黎梅宣王(1369,1388—1395)大败清迈军队,驱使大量清迈居民南下迁居到阿瑜陀耶王国属地;拉查提腊二世(1424—1448)分别于1441年和1444年攻打清迈城,并于第二次带着10万多名战俘凯旋;之后在德莱洛迦那王(1448—1488)时期,双方又有两次交战;1500年,拉玛提波迪二世(1491—1529)发兵攻打兰那国,并夺取南邦城;帕采拉察提叻(1534—1546)在位期间,又与兰那发生了一次战争。这次战争以后,兰那开始了历时216年隶属于缅甸的历史(1558—1774),直到1775年吞武里王朝帕昭达信王的军队驱逐了缅甸在清迈的驻军,封藩王镇守兰那地区,兰那才回归泰人的吞武里王朝。

  阿瑜陀耶和兰那王国之间战争的场景,也多次出现在当时的文学作品中。例如立律体叙事诗《庸那迦之败》(Yuan Phai)等。在《帕罗赋》的开篇也用一首古莱体诗描述了阿瑜陀耶胜利的情景。双方战争的一个直接结果是,带来了人口的大面积流动,由于当时的战争也往往带着争夺劳动力的性质,所以每次阿瑜陀耶王朝胜利而归时,都会带着大量的泰北居民南下定居,而双方王室之间也经常会有通婚往来。因此,在这些过程中,帕罗故事随着移民进入中部地区,是极有可能的。并且,它的进入也许并不是一次性完成的。学者们已经注意到《帕罗赋》的语言和文化现象似乎并不在同一个时间平面上,而是带着不同时期的痕迹。我们可以依此推断,帕罗故事传入阿瑜陀耶的方式很可能是一个层叠交叉的历时性的过程:不同时期的移民带着不同版本的帕罗故事进入到中部地区,并在某个偶然的时机流入宫廷,受到了上层统治者的青睐。

作者和成书年代

1.《帕罗赋》的作者

和很多流传至今的泰国古典文学作品一样,《帕罗赋》中并没有明确地留下作者的名字,只是在诗作的末尾有两段克龙诗对作者的身份有所提示,诗中写道:

> 国王御笔挥,赋此绝世文,
> 歌颂帕罗王,世间有其人。
> 忠仆不畏死,先死护君身,
> 高节世无匹,在天为英魂。

【克龙四】659

> 王子完此诗,琢字修辞文,
> 咏叹帕罗王,王中堪为尊。
> 初识情滋味,真爱公主心,
> 聆之神魂醉,百听不厌闻。

【克龙四】660

论争的焦点集中在诗中的两个称号:"玛哈腊查昭"(伟大的国王),和"耀瓦腊查昭"(王子)所指代的究竟是何人?关于这个问题,学者们提出了多种解释:第一种观点认为,第一个称号"玛哈腊查昭"指的是一位国王,也许是德莱洛迦那王(Trailokanat,1448—1488),创作了此篇诗歌,他的继位者——"耀瓦腊查昭"将之记录下来。然而,有学者①认为这种观点似乎不太站得住脚。因为,"即使是在打字技术已出现的当代,对一名打字员来说,要想一字不漏地记录下这样一篇长诗也是几乎不可能的"②。

以历史学家、文学家丹隆亲王为代表的第二种观点认为这两个名字实际上是一个人,他结合在诗篇开头部分提到的"献给有福的君

---

①② Dhani Nivat, Prince, 1969, *"The Date and Authorship of the Romance of Phra Lo"*, Collected Articles by H. H. Prince Dhani Nivat Kromamun Bidayalabh Bridhyakorn, pp. 141—143. Bangkok: The Siam Society.

王",并根据他自己对宫廷礼节、修辞文法的熟悉,判断作者应该是一位王子:他在继位之前写成此诗,用来献给当时的国王。丹隆亲王并且指出篇末的两段克龙诗的时间顺序颠倒了,后者应该早于前者,只是后人在编订整理的时候出现了失误。①

詹梯·哥塞信(Chanthid Krasaesin)作为第三种观点的持有者,认为《帕罗赋》的原作者和古典名著《金达玛尼》《虎与牛》(Suakho Khamchant)、《萨姆塔阔》(Samutkhot)的作者是同一人,即阿瑜陀耶中期帕那莱王(Phranarai,1656—1688)的星相大臣"玛哈腊查库"(Maharajakhru 意译:太傅或帝师)。由于原作在阿瑜陀耶城陷落时已毁,现存的版本是曼谷王朝三世王时期的宫廷诗人帕巴拉玛努奇(Phraparamanuchitchinorot)补充修订的。詹梯详细比较了《帕罗赋》和确信为"玛哈腊查库"所作的其他诗作中的诗句、用词习惯和修辞手法,发现两者有诸多相似之处。另外,他查阅了记载中"玛哈腊查库"的多种名号,例如"玛哈腊"、(大王)、"帕波隆玛库"(帝师)、"玛哈腊查库"、"帕霍拉"(星相大臣),认为《帕罗赋》中提到的"玛哈腊查昭"正是源自他的诸多名号之中的"玛哈腊","昭"在泰语中是对王室和地位很高的人的尊称。詹梯进而认为,诗歌末尾的第 659 节克龙诗,是某位确知原作者为"玛哈腊"的整理者加上的。另外,在 1823 至 1849 年间,三世王时期的大诗人帕巴拉玛努奇重新修复了《帕罗赋》,加入了很多新体克龙诗,并最终使这部作品得以"重生"。詹梯在比较了众多版本的《帕罗赋》后认为,"耀瓦腊查昭"是《帕罗赋》在整理出版和抄写过程中出现的误抄。②

另有一种观点认为,末尾这两首克龙诗并不是出自诗歌作者之手,而是后人添加上去的,所以不足以说明作者的身份问题。相反,在诗歌开头部分提到的"献给有福的君王"才是诗歌真正的作者所写。由此说明,《帕罗赋》真正的作者应该是某位技艺精湛的宫廷诗人。③

---

① 丹隆拉查努帕:"《帕罗赋》研究",载《文学俱乐部》1932 年第五期,6 月 21 日刊。
② 詹梯·哥塞信:《泰国古典文学合集二:帕罗立律》,泰瓦塔纳塔尼出版社,1954 年,第 65—105 页。
③ [泰]春拉达·冷拉利奇:《帕罗赋评论与译注》,朱拉隆功大学出版社,2002 年,第 7—8 页。

我们认为,仅仅根据诗歌中末尾处的两节克龙诗来猜测作者的身份,似乎不足以立论。现今保存于泰国国家图书馆内的《帕罗赋》各个手抄本中,几乎每个本子中都有"玛哈腊查昭完成"或"玛哈腊查昭润饰",只有个别几个本子上有"耀瓦腊查昭"的字样。后者或许是人们在传抄过程中出现的误抄,这种情况在印刷机还没引进的时期应该是难以避免的。

我们倾向于第四种观点,即立律体《帕罗赋》真正的作者应该是某位技艺精湛的宫廷诗人而不是国王。《帕罗赋》是在民间口传的基础上,由某位宫廷诗人撰写而成的。作品中保留有明显的民间吟唱的痕迹。

《帕罗赋》开头讲到帕罗的俊美容貌四处传扬就是靠了传唱的形式:

> 国中男女,胸有文墨,
> 一曲《帕罗》,咏叹人杰;
> 缓缓吟来,声声入耳,
> 丝竹妙音,令人心悦。
>
> 【克龙四】
>
> 世间颂歌,无数妙曲,
> 帕罗颂歌,无与伦比;
> 丽藻加饰,沁人肺腑,
> 恭呈圣上,吾王福祉!
>
> 【克龙四】
>
> 帕罗俊貌,人人传唱,
> 声闻天下,名扬各邦。
> 思彼华颜,枉自神伤,
> 痴男怨女,空断愁肠。
>
> 【克龙四】

松国派人到颂国传扬公主的美貌,也是用假扮商贾的歌手去传唱:

> (侍婢:)"待奴选亲信,乔装扮商贾,行吟到颂国,弹琴唱诵

曲,讴歌公主容:国色天香女,赏心兼悦目,天下无人比!"

可见当时游吟传唱无论在民间还是宫廷都是非常盛行的。宫廷诗人在游吟歌手唱词的基础上,以华丽的辞藻和格律诗重新撰写了这一民间文学作品,进而把它升格成了宫廷文学,而撰写目的则是"恭呈圣上",取悦国王。这种文学创作方式也是泰国古典文学的传统。曼谷王朝初期出现的文学经典作品《昆昌与昆平》就是在唱词的基础上,经宫廷诗人集体再创作写成的长篇巨著,其他还有许多民间故事和佛教故事题材被诗人拿来撰写成诗歌或剧本。

民间吟唱传统在古代东南亚地区,包括泰国北部和我国西双版纳、缅甸掸邦、老挝一带的傣、泰民族文化圈内相当流行。根据傣族史诗推断,我国西双版纳的"赞哈"(歌手)大概出现在公元 600 多年,小乘佛教传入之前。[①]在那么古老的年代,除了口耳相传,不可能有其他方式使故事流传下来。即使到了 13 世纪出现了泰文文字之后,由于教育和书写工具的落后,文学作品的传播仍然是以口传为主。宫廷文学往往从民间传唱中汲取营养,把它改造成高雅艺术。泰国自古以来宫廷文学与民间文学就有着非常密切的关系,《帕罗赋》的前身来自民间艺人的传唱词是很有可能的。

学者们还注意到,在《帕罗赋》中不仅混杂着历史层次跨度较大的词汇,而且出现了一些重复描写或前后矛盾的诗节。这显然是《帕罗赋》在初创原作的基础上,经由后世多位不同时期的诗人陆续添加、补写或改造而形成的。至于它的成书年代,又是另一个引起多种推断的问题。

2.《帕罗赋》的成书年代

关于作品的成书年代,目前大致存在着三种意见:一种是以丹隆亲王为代表的一批学者认为它应该出现在德莱洛迦纳及其四位继承者时期(公元 1448—1533)。原因是:1)在帕那莱王时期星象大臣编写

[①] 张公谨:"'赞哈'产生于何时?",载《傣族文学讨论会论文集》,中国民间文艺出版社,1982 年。

的第一本诗文教科书《金达玛尼》中节选了《帕罗赋》中的诗文作为立律诗体写作的范例。因此，它的成书时间应该早于帕那莱王时期。2)根据阿瑜陀耶王朝各个时期诗歌的流行体式，可以将它们分为三个各具特点的时期，即：德莱洛迦纳(Tralokanat 公元 1448—1488)时期，以立律诗为创作主流；帕那莱王(1656—1688)时期，以克龙和阐体诗为主流；波隆摩谷(Boromakot，1732—1758)时期，即阿瑜陀耶王朝末期，以长歌(Phleng Yao)最为流行。因此根据体式判断，《帕罗赋》应该产生于上述第一个时期①。

持第二种观点的学者通过综合考察作品的语言、创作技巧、风俗习惯和时代环境，认为其中的语言更接近于素可泰王朝后期和阿瑜陀耶王朝初期，并且根据作品开头部分提到的战争，以及篇末提到的喜善佩大佛像(意译"最胜遍知佛")②，推断其成书时间应该在拉玛提波迪二世(公元 1491—1529 年)在位时期③，现在多位泰国学者都支持这一观点。

以詹梯为代表的另一批学者持第三种观点，认为《帕罗赋》的成书时间在帕那莱王朝时期。詹梯综合分析了帕那莱王时期的政治、文化和艺术氛围，并结合诗歌开篇的莱体诗中所描述的阿瑜陀耶城的盛况，认为：只有到了帕那莱王的时期，才出现了所谓的"万国来朝"的盛景，在文化上空前繁荣，"男女都会吟诗作赋"。那莱王时期，阿瑜陀耶和兰那王国的战争以那莱王的绝对胜利告终，"正如诗中描写的那样凯旋而归"。除了詹梯外，布朗·纳纳空(Pluang Na Nakhon)在他编

---

① Dhani Nivat, Prince, 1969, "The Date and Authorship of the Romance of Phra Lo", Collected Articals by H. H. Prince Dhani Nivat Kromamun Bidayalabh Bridhyakorn, pp.141—143. Bangkok: The Siam Society.

② 喜善佩大佛，泰国阿瑜陀耶王朝时期铸造的青铜镀金立佛像。由拉玛提波迪 2 世(1472—1510 年)于公元 1499(佛历 2042 年)年下令铸造，次年造成。佛身高约 16 米，宽 1.5 米，首长 2 米，胸宽 5.5 米。通体以约 3480 千克青铜铸成，外部镀满黄金(重约 171.6 千克)。公元 1767 年，缅甸军队将阿瑜陀耶城付之一炬，喜善佩大佛毁坏严重，表面的镀金脱落，只剩下青铜的佛体。曼谷王朝一世王重新建都后，重新熔铸了大佛的底座，并将其移至曼谷卧佛寺内供奉。

③ ［泰］春拉达·冷拉利奇：《帕罗赋评论与译注》，朱拉隆功大学出版社，2002 年，第 5—6 页。

写的《泰国古代文学史》(Prawat Wannakhadi Thai)中也将《帕罗赋》归入了帕那莱王时期①的文学。

在前面的论述中,我们已经提到,我们现在看到的这部《帕罗赋》,很可能经过后世诗人不断加工、完善,并最终形成了今天的面貌。在阿瑜陀耶王朝时期,吟诵和弹唱,在相当长的时间里不仅在民间,在宫廷中也是诗人们诗歌创作和表演的主要形式。这从作品最后的一首诗:"王子完此诗,琢字修辞文。咏叹帕罗王,王中堪为尊;初识情滋味,真爱公主心。聆之神魂醉,百听不厌闻。"也可以看出,古代对这篇长诗的欣赏是以"聆听"为主的。因此,若论作品的初创时期,我们更倾向于支持第一种意见。因为从作品中词汇的古老和反映的文化氛围上判断,它更为符合阿瑜陀耶王朝初期文学的特点。

现存版本和相关文献

阿瑜陀耶时期的《帕罗赋》原稿已于1767年随着都城毁于一旦。这已是公认的事实。今天我们所看到的《帕罗赋》已经是经过了后人在所存残稿的基础上修补和加工后的面貌。

目前所知最早的几种手抄本《帕罗赋》都是产生于曼谷王朝三世王时期的,现在保存在泰国国家图书馆内。它们是用一种名为鹊肾树②的树皮制成的册页书,纸面涂成黑色,字体是白色,能够长久保存。根据国家图书馆的编号,现在总共藏有52本独立成册的抄本,每一本抄录有从120首至250首数量不等的诗。它们中的一些还可以清晰地辨认出收藏者或是抄本的来源,而大多数已经无法确认来源了。其中的一本注明了抄录时间为1860年,其他的没有注明时间的抄本,从保存状况和外观上判断,年代应该相差不远。这些抄本所用的字体都是三世王时期通行的,没有比这更早的字体,有一些抄本中的字体甚

---

① 详见[泰]布朗·纳纳空:《泰国古代文学史》,泰瓦塔纳帕尼出版公司,2002年,第13版,第110—122页。

② 鹊肾树:streblus asper.

至是四世王或五世王时期使用的。①史料记载,三世王曾经召集了众多诗人编写教科书刻于石碑,供奉在菩提寺(Wat Pho)中,以供人们学习。他下令编写了很多教授诗歌写作和诗律的课本,并修补了很多阿瑜陀耶时期的经典著作,将它们重新润色加工。有学者考证,《帕罗赋》就是在这一过程中"重获新生"的②。

现今可知最早的《帕罗赋》印刷本出版于1902年。之后,1915年泰国教育部的版本,据称也是以1902年版为蓝本的。1926年,瓦其腊彦皇家图书馆以1915年版为底本发行了新的版本③,即"瓦其腊彦皇家图书馆版",之后的版本大多是以它为底本编印的。在图书馆中可查阅到的所有《帕罗赋》的印刷本,都完整地收录了全篇诗歌,其中有的附加了介绍性的文字。

泰国教育部版的《帕罗赋》为每一节诗逐一进行了编号,并且附上了注解,对一些理解有出入的地方进行了说明,对生涩词汇进行了标注,在书后附上了词汇表。另外,还有两个同性质的版本,一个是由詹梯·哥塞信在参考了多个版本的手抄本之后,整理和编写的带注解和评论的《泰国古典文学合集二:帕罗立律》,于1954年由泰瓦塔纳帕尼出版社发行。上述两个版本都对手抄本中有出入的地方进行了说明。教育部版的序言中提到,他们主要根据1926年的版本,对有疑问的地方一一对照手抄本进行确认。不过,并没有进一步说明具体对照的是哪些手抄本。相比较而言,詹梯的版本则更加细致,他不仅对所参照的手抄本都做了说明,对各个不同的异文做了对比分析,并且在书后还附上了所参阅过的手抄本列表。

另一个版本则更为普及,它是由帕沃拉威皮西(Bhraworavetbhisit)教授编写的《帕罗赋读本》,初版于1961年,之后多次再版。这一版中对每一节诗逐节进行了解释说明,并对一些较难理解的地方给出了编者自己的理解。除此之外,2002年春拉达·冷拉

---

①② 詹梯·哥塞信:《泰国古典文学集萃二:帕罗立律诗》,第6页,泰瓦塔纳帕尼出版社,1954年,第105页。

③ Bickner, Robert J, 1991. *An Introduction to the Thai Poem "Lilit Phr Law" (The Story of King Law)*, p. 63. Illinois: Center for Southeast Asian Studies, Northern Illinois University.

利奇(Chunlada Ruangraklikhit)编写的《帕罗赋评论与译注》是目前最新的通行本。她在前两者的基础上,加入了一些新的注解和自己的观点,并在书中附上了自己关于《帕罗赋》的研究文章。帕沃拉威皮西的《帕罗赋读本》和春拉达的《帕罗赋评论和译注》,都是两位学者在朱拉隆功大学教授古典文学课程的过程中,根据自己长年的积累和研究写成的。

由此,我们可以看出,在传抄和整理的过程中,诗歌早已不再是它原初的面貌了。这之中,除了难以避免误抄、篡改等情况外,刻意的增删也会时有发生。仅凭现有的资料,无法断定《帕罗赋》最初的形态是什么样子。因此,我们对现有文本中的各种文化事象和信息应该始终保持历史的、客观的认识和审慎的评价态度。

《帕罗赋》现已在泰国有了英译本——《阿瑜陀耶文学之〈立律诗帕罗〉》[①],是由泰国人派若·格萨曼齐(Pairote Gesmankit),拉查达·伊萨拉谢娜(Rajda Isarasena)和素吉·宾约盈(Sudchit Bhinyoying)三人合译,1999年在曼谷出版。这部英译本收录在《阿瑜陀耶文学》一书中,书中收录了《水咒辞》、《大世赋》等多部阿瑜陀耶时期的经典文学作品,全部采用泰英文对照的形式,并附有简短的作品概述,是一套向英语世界介绍泰国文学经典的丛书。书中的《帕罗赋》英译文,大体采用散文诗与八音步诗行相结合的形式,即用散文诗的形式译泰文里的莱体诗,用八音步不限韵的四行诗翻译克龙诗。不过由于是三位译者分段翻译的,所以前后形式并不完全一致。从语体上看,译文的语言采用近似于白话的现代文。另外,值得期待的还有美国学者罗伯特·J毕克纳(Bickner,Robert J)经过长期对《帕罗赋》的研究,也完成了它的英译本,不过还没有正式出版。

---

① 东盟文学计划之《英译阿瑜陀耶文学》,1999年第二版,第321—545页。

图1 《帕罗赋》目前的三个主要流通版本,自左至右依次是:詹梯·哥塞信编著的《泰国古典文学合集二:帕罗立律》,1954年由泰瓦塔纳帕尼出版社出版;

帕沃拉威皮西编著的《帕罗赋读本》,2002年由朱拉隆功出版社出版;

春拉达·冷拉利奇编著的《帕罗赋评论与译注》,2002年由朱拉隆功大学出版社出版。

研究史回顾

1. 泰国学者的研究

泰国学者对《帕罗赋》的研究由来已久。这部作品的突出地位早在上个世纪初就得到了学界的承认。曼谷王朝六世王时期的泰国文学俱乐部将它评为"立律诗歌之冠";之后,由丹隆亲王建立于1931—1932年的古典文学协会,也对该作品的价值予以了充分肯定;在1945年8月的会刊中,泰国学术研究协会也表示了对《帕罗赋》研究的重视。自1947年至70年代末,在《文学杂志》、《科学杂志》、《文学界》、《语言与书籍》、《语言学研究》等刊物中不断有《帕罗赋》的评论文章刊载[①]。

传统的批评路线主要是从文学史的角度肯定《帕罗赋》的诗歌造诣和艺术价值。例如1974年,文乐·忒帕雅苏婉(Boonlua

---

① [泰]春提拉·格腊玉:"以佛教哲学解析〈帕罗赋〉",载颂芭·詹塔容、让山·塔纳蓬潘编《热爱泰国:文学中的思想与政治》,泰国社会学协会出版,1976年,第5页。

Dhebyasuvarn)的文章《〈帕罗赋〉中的味》,文章主要从赏析的层面论述了诗歌的艺术特色,认为《帕罗赋》是"纯粹的文学艺术",读者首先感受到作品的优美悦耳,然后从感情浓烈的描写中感受到情感的共鸣。末尾处对作品中的社会环境和结局作了简要论述。同年,春提拉·格腊玉(Chunthira kladyu)在《人民文学》发表的《帕罗赋》文辞之美",从思想、内容和形式三个方面论述了诗歌的语言文辞和修辞手法。

然而在《帕罗赋》的研究历史中,也曾出现过一股反对的浪潮,它的导火线是 50 年代一篇登载在《文字期刊》上署名为"因特腊育"的文章。文中写道:

> "我们创作并不是为了给国民催眠……(《帕罗赋》的)作者是一位王官中的诗人,而不是人民的诗人……所以《帕罗赋》是一篇为国王服务的作品,它为国王提供娱乐享受,充分唤起统治阶级情欲上的愉悦,并麻醉国民,使他们昏睡在统治阶级所谓的德泽中。"[1]

从那之后,声讨之势愈演愈烈。受文坛左翼浪潮的影响,批评的声音主要集中在《帕罗赋》的封建性上,认为是"颓废的、为封建帝王树碑立传的作品","语言古老、生涩"[2]等等。直到 70 年代末 80 年代初,学界才逐渐恢复了对《帕罗赋》的客观态度,并重新肯定了它在泰国文学史上的地位。在《帕罗赋》的研究中也开始出现了很多新的角度和方法。

1977 年,瓦腊蓬·邦荣昆(Woraphorn Bamrungkul)在泰国诗纳卡琳威洛大学的硕士论文——《从亚里士多德诗学角度分析〈帕罗〉、〈野敖〉和〈玛塔娜的苦难〉》,第一次从西方诗学的角度解析《帕罗赋》文本中的悲剧因素,具有一定的新意。同年,素帕潘·佳茹特茵(Suphaphan Jaruthewinthra)在朱拉隆功大学的硕士论文——《〈帕罗赋〉的语言研究》中,对作品中的北部方言、高棉语词汇、梵巴语词汇作

---

[1] [泰]因特腊育(阿萨尼·本詹),《文字期刊》,1950 年 4 月,转引自春提拉·格腊玉:"用佛教哲学解析〈帕罗赋〉",载颂芭·詹塔容,壤散·塔纳蓬潘编《爱泰国:文学中的思想与政治》,泰国社会学协会出版,1976 年,第 5 页。

[2] [泰]素帕·西里玛侬:"古典文学评论",载《书林》杂志,1988 年 5 月版。

了统计和整理，是第一部关于《帕罗赋》的语言学研究论著。此外，也有学者试图用本土语境中的文化思想对《帕罗赋》进行阐释，比较突出的例子是 1976 年春提拉·格腊玉发表的《用佛教哲学解析〈帕罗赋〉》。值得一提的是，在文章的末尾，作者还把《帕罗赋》与各个时期有关帕罗故事的文学作了历时性的比较，同时还将它与同时期的其他作品作了共时性的比较。

在 80 年代上半叶出现了两篇较为突出的论文，一篇是 1982 年维帕·恭佳图（Wibha Kongkananda）在巴黎向联合国教科文组织提交的一份英文论文，题为《帕罗：一个悲剧的爱情英雄》(Phra Lo: A Portrait of the Hero as a Tragic Lover)。文章站在泰国传统价值体系的立场上，分析了诗中各个人物形象：男主人公帕罗，女主人公帕萍帕苋，仙人沙明伯和其他次要人物及其在情节构造中所起到的作用。文中还从内部和外部两方面原因剖析了主人公形象与命运结局之间的关系，指出欲望是导致其死亡的根源。在篇末，作者对各个时期出现的帕罗故事文本做了简单梳理，并对其中主人公形象的变迁做了对比，指出它们不仅反映了"创作出这些形象的诗人、剧作家、学者或批评家们各自不同的思想观念、人生经历和创作目的，也映照出泰国社会多样性的特征。"[①] 1985 年，冬孟·吉江侬（Duangmon Jitrjamnong）在"文幕"背后"上刊载的研究文章《从文艺批评的角度评析〈帕罗赋〉》，也是围绕着爱情和死亡主题进行了分析，所不同的是他更侧重于作品的思想内涵。文章主体共分四章，分别论述故事的由来，作品中的爱情与死亡及其关系，作品的悲剧性特征，以及作品中隐含的人生哲学。

自 90 年代至今，《帕罗赋》的研究呈现出百花齐放的态势，各个角度的品评和研究层出不穷。这里面有继续探讨作者和故事来源的，如颂纳查·沙瓦迪昆亲王（M. R. Sumnchati Sawasdikul）："《帕罗赋》寻踪（一、二）"（1993.6，1994.1）、春拉达·冷拉利奇："《帕罗赋》创作于拉玛提波迪二世时期——补证颂纳查·沙瓦迪昆亲王的推测"

---

① ［泰］维帕·恭佳图：《帕罗：一个悲剧的爱情英雄》，泰国艺术大学出版社，1982 年，第 137 页。

(1995)、宾亚·苏宛荣(Priyya Suwanrong):"谁创作了《帕罗赋》?"(1999);有作语言层面的探讨的,例如春拉达·冷拉利奇的"《帕罗赋》中的莱诗和缀词"(1998)、苏查达·姜朋(Suchada Jiangphong)的"从社会语言学的角度分析《帕罗赋》中的人称代词"(2007);有作文化学研究的,例如春拉达·冷拉利奇的"帕罗故事中'魔槟榔'和'锦鸡'的文化内涵"(2005)。

除此之外,也有关于《帕罗赋》的专著出版,例如尼迪萨·阿荣迪(Nitisastr Aromydi)和查丽达·恰班蓉(Chalita Chatrbanyongk)撰写的《艺林秀木》,对《帕罗赋》中出现的植物名称作了专门的考证,并附有图片和文字说明。素玛丽·维腊文(Sumali Wirawongsa)的《〈帕罗赋〉中的泰式生活》,很大程度上是对《帕罗赋》的介绍和文本细读,对诗中涉及的人们的衣食住行等各个方面做了简单的说明,有助于使读者更清晰地了解当时泰人的生活状态。另外,2004年泰国艺术厅出版发行了《帕罗故事汇编》一书,书中主要收录了根据帕罗故事创作的三个剧本和一个格伦体诗歌文本。朱拉隆功大学的春拉达·冷拉利奇于2002年出版的《〈帕罗赋〉评论与译注》,除了收录了《帕罗赋》的全诗、注解和现代泰语散文体译文外,还附上她近年来陆续发表的关于《帕罗赋》的研究论文,并对诗歌的成书年代、作者、文化内涵和象征意象、诗歌体裁、押韵规则、语言风格以及风俗信仰等问题做了较为全面的、扼要的梳理。

2. 西方和我国学者的研究

《帕罗赋》正式进入西方的视野,始于上世纪30年代。1938年,贝姆·查亚亲王(Prem Chaya)根据帕罗故事创作的英文话剧剧本——《魔莲花:一个浪漫的传奇》(*Magic Lotus:A Romantic Fantasy*)出版,并在英国BBC广播电台播出[①]。自20世纪70年前后开始,陆续有学者在英文期刊上发表研究文章。1969年,《暹罗学会会刊》上刊载了塔尼·尼瓦王子(Dhani Nivat)的文章"帕罗成书的时代和作者"。1982

[①] Kongkananda,Wibha Senanan,1982. *Phra Lo:A Portrait of the Hero as a Tragic Lover*, pp. 1—2. Nakorn Pathom,Thailand: Faculty of Arts,Silpakorn University.

年,泰国学者维帕·恭佳囡在巴黎向联合国教科文组织提交了题为《帕罗:一个悲剧的爱情英雄》的英文论文。1981 年,美国学者罗伯特·J 毕克纳在密歇根大学的博士毕业论文《对一部泰国文学经典的语言学分析》,是西方世界最早研究《帕罗赋》的专著。这篇论文后来经过作者的修改,于十年后成书出版,更名为《泰国诗歌〈帕罗赋〉导论》,这是一本取证翔实、论述精到的专著。

书该从历史比较语言学的方法和角度入手,首先对泰语声调系统的演变历程做了一个简要回顾,指出文本生成之时的日常口语和今天的中部泰语存在着音调等方面的差异,而泰语书写系统的运用相对于语音的演进是比较晚近的事情。在此前提下,作者对《帕罗赋》中的克龙二、克龙三、克龙四和莱体诗逐节进行了细读,提出克龙诗歌具有明显的耳闻性特征,与今人的习惯不同,古代的诗人主要是以口诵耳闻的方式创作和欣赏诗歌的,如果不认清这一点,很容易导致对古代诗歌文本的误读。泰国传统观点认为,《帕罗赋》的作者对声韵规则并不十分严格地遵守,很多该押韵的地方没有押韵,或是该用第一声或第二声的地方没有用。罗伯特认为,这种观点是站不住脚的,因为它忽视了泰语语言的历史变迁,以及在抄录过程中的人为窜改。

继毕克纳的博士论文之后,约翰 F·哈特曼(Jhon F. Hartmann)和乔治 M·亨利(George M. Henry)在《交叉之路》(Crossroads)1989 年第 4 期上联合撰文"一个古老泰语文本中的词汇谜题和原始台语遗留",进一步从词汇学方面对《帕罗赋》进行考证。

相对泰国国内和西方学界的研究,中国学者对《帕罗赋》的研究还相当薄弱,仅有栾文华编写的《泰国文学史》(1998)中相关章节的介绍性文字,和裴晓睿于 2000 年发表于《东方研究》上的"我观《帕罗赋》"一文。

栾文华在他编写的《泰国文学史》中专辟一节介绍了这部作品,包括诗歌的作者、产生年代、故事情节、艺术成就以及评价问题,批判了某些泰国学者割裂作品产生的社会历史条件、仅以阶级斗争的观点评判作品优劣的做法。裴晓睿的文章,针对泰国文艺界极"左"思潮对《帕罗赋》的批判和指责,予以回应,从诗歌的内容情节、艺术手法、人物形象和主题等方面,客观地重新肯定了这部作品的价值。

文本流变与后世影响

1. 文本流变

帕罗故事是泰国历代诗人作家所钟爱的题材,在《帕罗赋》之后,出现了多个以它为蓝本的文学作品。

《帕罗谕世》(Phra Lo Son Lok) 这是一部在北部兰那地区流传的训谕文学作品,以克龙诗体写成。现今最古老的抄本产生于1799年,于1952年被发现,1965年编订出版。作品选取帕罗来到伽龙江畔的夜晚作为背景,先以帕罗作为第一人称叙述了他对母亲和颂国子民的思念,随之借由对随从的训导开始了对世人的劝谕和告诫,对社会各阶层人们的行为准则和道德规范进行了规诫。全诗共由一段介绍性的莱诗和71段克龙诗组成。

舞剧剧本《帕罗纳若拉》(Phra Lo Noralak) 拉玛三世王时期由玛哈萨迪朋拉塞(Krom Phra Ratchawangbowon Mahasakdipholasep)亲王撰写,1920年由瓦其腊彦皇家图书馆初印发行,之后多次再版。剧本以格伦诗剧的形式写成,其创新之处在于对帕罗中蛊染病的一段情节进行了详尽的刻画,除了罗列出许多疾病的名称之外,还描写了御医诊脉、开方、按摩的细节,增强了表演时的戏剧性效果。

《帕罗剧本》(Bot Lakhon Ruang Phra Lo)(之一) 大约创作于1888年。由著名剧作家纳腊提巴潘蓬(Narathippraphanphong)亲王撰写,是献给五世王的宫廷剧表演剧本。由于总篇幅过长,分成三段演出,第一段由六幕组成,第二段五幕,第三段六幕。这部剧本最大限度地保留了《帕罗赋》原作中的内容和语言风格。在创作方法上同以往的舞剧剧本有很大的不同,即没有通篇全用格伦诗剧的形式,而是借用西方舞台剧剧本的结构,根据重要的情节分成几个剧幕,以旁白、人物对话推动故事发展,其中不时穿插有唱词。剧本中也吸收了一些民间剧的喜剧因素,以表演的生动性和趣味性见长。

《帕罗剧本》(Bot Lakhon Ruang Phra Lo)(之二) 拉玛五世王时期由昭帕耶忒威翁维瓦(Chao Phraya Thewetwongwiwat/ M. R. Lan Gunjara)所作。1921年,艺术厅发现了一份手抄本残稿,内容不

全，只从故事开篇讲到西提采仙人告诉文乐太后（帕罗的母亲），他的法术已经用尽，无力救治帕罗之病为止。艺术厅将残稿影印保存，后于1965年第一次出版发行。剧本以格伦体写成，里面借用了很多宫廷剧中的喜剧成分，例如帕罗第二次中蛊之后，失态追打嫔妃。在歌颂帕萍、帕芃美貌的时候，还在格伦诗中穿插了几段《帕罗赋》中的克龙诗句。

《帕罗格伦诗》(*Phra Lo Kham Klon*) 是一部由《帕罗赋》改写成八言格伦诗体的作品，作者隆忒含拉撒（坡）(Luang Tuai-han Raksa)(Poem)，是一位皇家军队的高级军官。诗作于1895年初版。这部仿写的作品，不论从选词炼句，还是修辞技巧都无法与原作媲美，甚至有人指出"它通篇都充斥着拼写错误""在很多地方用词不当"①。

《魔莲花》 由贝姆·查亚王子创作的英文舞台剧剧本，1937年第一次出版，1946年再版。剧本共分为十四个场景，内容上基本维持了《帕罗赋》中的情节顺序，只是根据叙述紧凑的需要略有调整和删减；故事中人物姓名不变，出场先后与原诗略有不同；在人物的对话中不时穿插有唱诗，唱诗的内容都是由原作中的克龙诗翻译而成。

小说《被忽视的爱》(*Rak Thi Thuk Moen*)和《中了魔咒的爱》(*Rak Thi Tong Montra*) 这两部分别创作于50年代和60年代末的现代小说都是以帕罗故事为原型、以女主人公为叙述者改写的。所不同的是，妮蒂亚·纳塔雅屯(Nittaya Natayasunthon)的《被忽视的爱》是站在帕罗的王后拉萨瓦蒂的角度，讲述了她与帕罗之间的爱情。小说另辟蹊径，选取原故事中只有寥寥数笔、又是帕罗生命中十分重要的一个人物为切入点，以一个女性作家特有的细腻解读了一段被人们忽视的爱情。也许是受这部作品的影响，后继者塔玛颜迪(Thamayanti)的《中了魔咒的爱》，则从两位公主中的妹妹的角度，叙述了她们和帕罗间的爱情悲剧。小说颇似为帕萍、帕芃姐妹昭雪的性质，针对以往被

---

① 诗琳通基金会编，《泰国文学词典一：古典文学》，南美书局，2007年出版，第356页。

认为是"情欲的化身"、"导致帕罗死亡的祸首"等观点,通过女主人公的叙述一一予以解释和昭雪。

除了以上这些以帕罗故事为蓝本的再创文本之外,还有一些拟作或仿作的文本,例如1856年,四世王时期的帕拉查库皮其(玛哈格腊)(Phra Rachkruphichet)(Mahaklad)拟作的《帕乐赋》(*Lilit Phra Lue*),作品中男女主人公的名字分别改成了帕乐、帕嫔、帕潘,帕乐是华富里国的王子,帕嫔、帕潘是诺帕惹国的两位公主,故事的主线几乎和帕罗故事一样,不同的是《帕乐赋》中两国之间没有世仇,并且以两国联姻,结为盟友作为皆大欢喜的结局。在语言和修辞上,拟作也在很大程度上模仿了原作的风格和手法。

由以上这些作品,足以见出帕罗故事在泰国的深入人心。这些在不同时代的仿作和再创文本中,虽然故事主线没有出现较大的变化,但是不同的历史文化语境、不同的价值观念以及不同的创作目的和审美取向,都在逐渐丰富化、生动化的人物形象和情节安排中得以体现。原诗中高贵、理想化的国王也可以不忌尊威追打宫女;法力无边、令人敬畏的山中神仙成了凶神恶煞的恶鬼首领;高居尊位的王太后,亲自过问御医的食宿情况。除此之外,从文本形式的变化中,也可以看到外来文学对泰国本土文学的影响。例如在西方文学传统的介入下,出现了新的剧本写作手法,戏剧的演出形式也在逐渐发生着变化。在人文精神、精神分析、女性主义思潮的影响下,作品更加关注人物的内心世界,开始站在女性的角度思考人生和爱情。

当然,后来出现的所有文本,都没有超越或达到《帕罗赋》的艺术高度。

2. 后世影响

《帕罗赋》在泰国文学史上可谓是一座丰碑式的作品,它不仅为后世树立了立律体诗歌创作的一个不朽的范本,而且留下了一段爱恨交织、凄婉缠绵、如诉如泣的千古绝唱。几百年来,帕罗、帕萍和帕芃等一个个经典的人物形象,在人们的心中深深地留下了烙印。主人公凄婉的爱情,让一代代的读者为之动情、为之叹息。诗歌优美的辞藻、精妙的修辞、和谐的声律，让历代诗人竞相模仿，却难以超越。

　　立律诗歌是阿瑜陀耶王朝初年在宫廷十分流行的一种诗文样式，在泰国文学史上三部最具代表性的立律诗歌中，《帕罗赋》是其中公认的佼佼者。泰国第一本诗文教科书《金达玛尼》中引用《帕罗赋》的诗句作为立律诗歌写作的典范。虽然在后世的文学发展历程中，不断有其他的文学样式出现，并且成为某一时期的创作风气，然而立律诗这种文学样式却始终没有从世人眼中消失。在曼谷王朝初期，曾经再次出现了立律诗创作的高潮，产生了多部立律体诗作，分别有一世王时期大诗人昭帕耶帕康（洪）创作的《帕蒙固》、《西维采本生》，以及三世王时期帕波拉玛努奇其诺若所作的《达楞之败》等等。

　　《帕罗赋》为后世留下了一段传扬千古的爱情传奇。这部被誉为"泰国的罗密欧与朱丽叶"的长篇诗作，成为泰国文学史上为数不多的爱情悲剧中的永恒经典，为古今中外各个时代的人们所喜爱。它探讨的是生与死、爱与恨这两个全人类永恒的主题，是人类生存和情感历程中要共同面对的问题，它将生命与爱情置于人生的终极天平之上，拷问着人类理智与情感的抉择。这或许正是它之所以成为后世作家们争相借鉴作为文学素材的原因所在。

　　帕罗，已经成为几百年来美的化身，成为泰国传统价值体系中男主人公形象的经典代表。他身俱天神般的绝世姿容，雄狮般的英勇威严，爱神般的风流多情。对待父母，他恭敬孝顺；对待妻子，他怜爱有加；对待臣民，他宽厚礼待；对待敌人，他威如狮吼；对待爱情，他精诚不悔；对待生死，他凛然无惧。

　　由于产生年代的久远，《帕罗赋》中仍保留着大量古老的词汇和文化事象，不仅为古代语言的研究保存了一份珍贵的样本，还可以使今人能够通过它来管窥古代泰族人的生活习惯、风俗信仰和思想观念。

图 2 根据帕罗故事改编的电影《帕罗》广告

诗歌体式和韵律规则

1. 立律诗及其兴起时代

"立律"(Lilit),在泰国古典诗歌中专门用来指称特定的一类诗文创作形式。有学者从词源学上对"立律"一词进行考证,认为它来自于巴利语的 Lalita,原义是"在各种情感中享受欢乐"①。然而,这一说法尚未被学界广泛认同。根据泰文传统教科书中的描述,一部用立律体写成的诗作,是由若干节莱体诗和若干节克龙体诗相互连缀而成的叙

---

① [泰]恩洪·齐达索本:《立律诗文学》,清迈大学图书馆书刊发行处,1982年1月,第3页。

事诗体,诗节与诗节之间以韵相连,即前一个诗节最后一个元音,与下一诗节的第一、二或三个音节相押,传统上将这种押韵方式叫做"入立律"(Khao Lilit)。在实际的《帕罗赋》文本中,并不是每两节之间都是头尾押韵。针对这一现象,过去有学者解释说,是因为作品产生之时还处在诗体发展的初期,对韵律和形式的要求远没有后世那么严格。不过,最近又有学者提出,立律的连缀方式并不是以诗节为单位,而是以段为单位;一个单位段由若干诗节组成,同一段中诗节的形式相同。①

和大多数泰国古代诗体一样,由于文献资料的有限,立律诗歌是如何在当时的宫廷中流行起来?它的初创者是谁?是在泰民族语言内部自发生成的还是在外来文学因素影响下出现的?这些在目前都还难以判定。泰国古代有限的诗学论著例如《诗律》(Chathalak)、和《金达玛尼》中虽然对各类诗体的韵律规则、写作范式等作了详细的说明,但是却缺乏对诗体来源、发展演变等方面的论述。加之历史原因导致的文献失佚,使得考证工作更加困难。根据现存文献中各时期文学作品的类型、样式和题材等,基本可以判定立律诗歌是阿瑜陀耶王朝初期宫廷中十分流行的一种诗歌样式。

目前所知最古老的立律体诗歌是产生于拉玛提波迪一世(乌通王)时期,由当时的婆罗门祭司创作的《水咒辞》(*Lilit Ongkarn Chaengnam*)。这是古代宫廷为宣誓效忠君主而举行"水咒仪式"时的婆罗门诅咒词。另一部较为古老的立律体诗歌是《庸那迦之败》(又译《阮国之败》),作品以阿瑜陀耶与庸那迦(亦称阮)之间的一场战争为题材,歌颂了阿瑜陀耶的胜利。

2.《帕罗赋》中的立律诗特征

《帕罗赋》虽然是一部叙事长诗,但是却具有很强的抒情性特征,这与诗歌的形式是密不可分的。上文已经谈到,立律体是由克龙和莱体诗以韵连缀而成。作为立律体的组成部分的克龙体和莱体,是至今

---

① [泰]春拉达·冷拉利奇:《帕罗赋评论与译注》,朱拉隆功大学出版社,2002年,第41页。

所知泰国最古老的两种韵文形式。莱体诗以"顿"(wak)①为单位,要求每节诗有 5 顿以上,诗末的最后一个顿有的有字数和音韵上的限制,有的则没有。每顿的音节数以 5 个最为常见,但也有少于或多于它的,一般都限制在 3—14 个音节,但以 5—7 个为主。素帕莱(Rai Suphap)体是从古莱(Rai Boran)体演化而来的。在押韵方式上,它沿袭了古体莱诗,前一顿的尾音与后一顿第 1 个音节直至最后一个音节中的任何一个押韵都可以。不同之处在于诗节的结尾方式:古体莱诗叙述完后自然结尾,而素帕莱诗则是以克龙二的末句句式结尾。

克龙诗也是以顿为最小单位,两顿组成一个诗行,诗行的前半顿为五个音节,后半顿根据所处的行数有规定的音节数,一般为二、四、六个音节不等。克龙诗按照单个诗节所包括的五音节的顿数可以分为克龙二、克龙三和克龙四。在每一个诗节中,对特定音节之间的韵律、和特定位置上的声调都有严格的限制。作为附属性的"装饰"音节——即通常所说的缀词(Kham Soy),也有规定。下图 1 是一个克龙二诗节的示意图,圆圈用来表示音节,泰语声调符号用来表示该位置上的词语必须带有以上声调符号。音节之间的连线表示根据规则必须押韵的部分。附加音节用小括号标出。

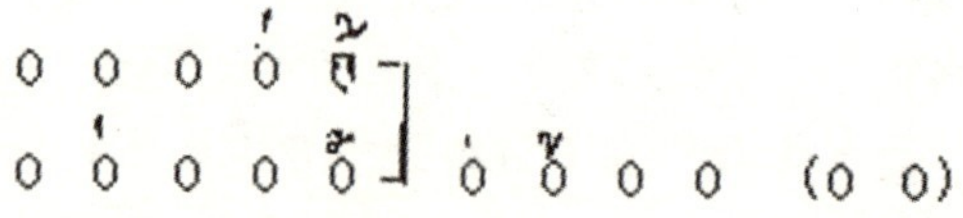

图 1 克龙二

一些文本中的图示和解释显示出,克龙二和克龙三在形式上几乎一致,不同的只是后者在前者的顿首前加上了一顿。克龙三诗节中的第一顿没有声调上的规定,但是必须与下一顿以韵相连,即其末位音节与下一顿的第一、二或三个音节的元音相同。每一对成韵的音节中,前者被称作"送韵"(song samphat),后者被称作"接韵"(rap samphat)。图 2 所示的克龙三结构图中,同样根据惯例用圆圈表示所需的音节,用黑线连接成韵的音节,用调号标出规定声调的音节所处

---

① "顿"是 wak 的意译,即诗歌中的一个停顿句节。

的位置。

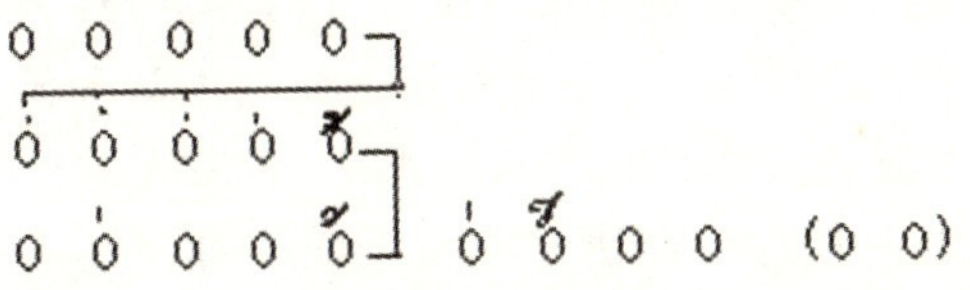

图2 克龙三

克龙四在结构上与上述两种类型基本相近，只是在声调要求和押韵方式上更加复杂。如下图3所示。

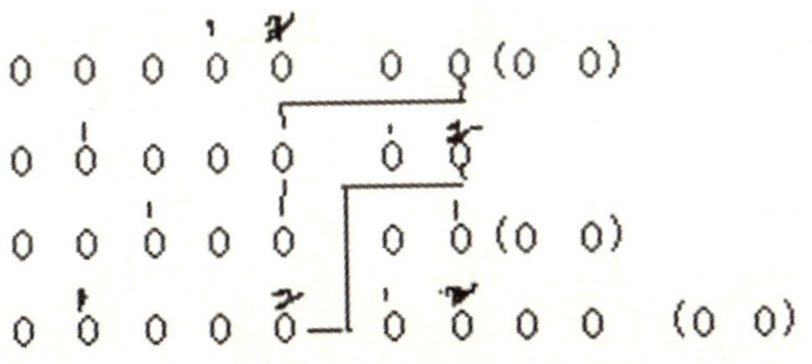

图3 克龙四

早有学者注意到，在《帕罗赋》的克龙四诗体中，单个的顿中往往出现多于规定数量的音节，特别是在那些规定为五个音节的顿中表现得更为明显。总体说来，那些多出的音节往往是多音节词语的开首音节，它们多带有一个短元音，用今天的说法，即末尾带有一个声门的停顿。克龙四每一行的第一顿一般是五个音节，很多例子确实如此。少于五个音节的现象几乎没有，并且那些多于五个音节的诗句，通过轻读和缩短音节间隔的方法也可以将它们当做五个音节来读。

从以上对克龙和莱体的建行形式和韵律规则的叙述中可以看出，莱体诗在形式和韵律上的自由度要远远大于克龙体。但是在声韵的美感程度上，又不能与之相比。克龙诗不仅规定了句内韵，而且在特定的地方还规定了平仄，这使得诗歌在声韵上具有了抑扬顿挫的效果。相对而言，莱体的首尾押韵，起到的效果更多是一种音韵上的连缀作用，却难达到一种起伏的音乐感。

莱体诗和克龙诗在形式和韵律规则上的不同，从一定程度上也限制了它们各自不同的功用。单节莱体诗中没有词数的限制，使其伸缩度大,长短可根据需要适意调节,使诗人可以较为顺畅地进行叙事。此外,建行形式在视觉上也给人恢弘大气的感觉,这种特点在大段的描写段落中显得尤其明显,往往能够透过绚丽的辞藻给读者带来强烈的画面感。相比之下,短小精悍的克龙诗,对诗人的选词无疑造成了较大的限制。然而它却可在听觉上营造出一种回环的节奏感和音乐感,十分符合情感表达的需要。在《帕罗赋》中,这两种诗歌形式交替使用,各显其能,时而叙事、时而抒情,时而急促、时而平缓,使欣赏者真正体味到了"在各种情感中享受欢乐"。

《帕罗赋》译文

1.
祈降吉祥、成功、威权与胜利！伟大圣城，雄威震天宇。大小城邦，谁与匹敌？扬威奋武，势惊天地。扫荡众邑，所向披靡。征讨"老交"①，挥刀斩将啸疆场。降服阮②、佬③，扬旗擂鼓，得胜回朝。泱泱国土，百姓乐陶陶，国库尽珍宝。和乐之气遍及，祥瑞之光普照。荣耀的阿瑜陀耶④，伟大的王城，拥有九宝⑤。一方乐土，天设地造。⑥

【古体莱】

2.
君王盛德，广庇天下，
安乐常在，绵延无涯。
阿瑜陀耶，欢愉永驻，
众国齐赞，美名播撒。

【克龙四】

---

① 老交："老交"(Laokao)是傣泰民族的一支，居住在泰国东北部帕府和难府以及老挝部分地区。

② 阮：兰那泰族别称，亦称庸那迦、老阮，分布在今泰国清迈府一带。

③ 佬：佬族，指今泰国东北部地区和老挝的佬族。

④ 指暹罗国（泰国古称）的阿瑜陀耶王朝（1350—1767）。

⑤ 九宝：钻石、红宝石、翡翠、石榴石、黄玉、猫眼石、黑宝石、珍珠、锆石（见 泰国皇家学术院1999版《泰语词典》第961页；春拉达·冷拉利奇：《〈帕罗赋〉研究与释义》，朱拉隆功大学出版社，2001年，第80页）。

⑥ 本段内容是对阿瑜陀耶王朝的颂辞。下面所述故事中的两个国家——颂国和松国是阿逾陀耶王朝的两个城邦国家。颂国在城邦国家中相对强大，拥有多个属邦。

3.
国中男女,胸有文墨,
一曲《帕罗》,咏叹人杰;
缓缓吟来,声声入耳,
丝竹妙音,令人心悦。

【克龙四】

4.
世间颂歌,无数妙曲,
帕罗颂歌,无与伦比。
丽藻加饰,沁人肺腑,
恭呈圣上,吾王福祉!

【克龙四】

5.
英武的曼颂王,统治西方颂国。王后文乐,美若天仙,贵为王女。妃嫔宫娥,个个娇丽。贤臣满朝,象、马万骑。兵甲天下,骁将护御。属邦众多,皆有盛誉。王有储君,名号帕罗,接续大统,王中翘楚。

【莱】

6.
松国国君,平皮萨柯,九五之尊,傲踞东隅。松、颂两国,实力匹敌。王有爱子,名号皮采①,英勇无比。王子长成,遂命问亲,适有王女,配为子妻。达拉瓦蒂,娇媚无比。嗣生两女,双胞佳丽。取名萍、芃,如月中天,周身无瑕,万人皆迷。

【莱】

7.
话说曼颂王,召集众城主,宫廷议大事,图谋把兵举:"松国国君悍,必成我劲敌,我欲征讨之,令其伏丹陛!"即刻传圣旨,三军急调集。众将各领命,国王御驾征,挥师赴沙场,率军出都城,象马有万千,铺天盖地行。

【莱】

---

① 皮采:皮采皮萨努功之简称。

8.
伟大松国君,闻敌来犯境,匆匆颁谕旨,火速布阵容,王驾临疆场,两军已交兵:飒飒挥长戈,锵锵舞刀锋。纷纷掷长矛,唰唰如雨倾;左翼正相持,右翼已交锋。刺杀拼武力,骁勇搏先机。呐喊震天响,火弩声轰鸣。弓箭齐迸射,兵卒拼肉搏。长矛对长矛,战象猛撞击,战马混纠缠,踢踏腾跃移。颂军步步逼,压向松国主。松王身中刀,象颈俯身毙。众将拼一死,护驾突重围。逃入王城中,急将城门闭。

【莱】

9.
松国立新君,诸事待料理:礼葬先王毕,再谕二爱女:帕萍与帕芃①,且伴太后居,两名贴身婢,聪慧又机智,赐名仁与瑞,侍奉在朝夕。国王与王后,移驾中宫居。

【莱】

10.
那时节,威武曼颂王,为子问姻亲,求取吉祥女。公主拉莎娜②,配为帕罗妻。赐予宫娥嫔,内廷万事齐。未久王驾崩,帕罗遂登基,华容称绝代,仙凡叹不已,青年俊彦王,天下谁人及?

【莱】

11.
疑是因陀罗③,英姿照人间,博世人赞叹。

【克龙二】

12.
腰肢圆而纤,身材修而长,仪态万方。

【克龙二】

13.
华貌盖三界④,俊逸叹绝伦,焉不动人心?

【克龙二】

---

① "帕"是国王、王后、王子、公主名字的前缀,也用于宗教教主、僧侣、教士称谓。
② 拉莎娜,即拉莎娜瓦蒂之简称,拉莎娜瓦蒂是另一城邦国家的公主。
③ 印度神话中的天神之王,能随意变形。
④ 三界:佛教术语,指天堂、人间、地狱。

14.
美名播天下,各地游商贾,纷纷传佳话。

【克龙二】

15.
皓月挂当空,无缘见俊王,观月代帕罗①。

【克龙二】

16.
目似鹿儿眸,双眉黛而弯,恰如弓满弦。

【克龙二】

17.
颊如凝滑脂②,双耳若莲瓣,观之何粲然!

【克龙二】

18.
鼻峰俊而挺,造化巧变幻,爱神情钩般③。

【克龙二】

19.
鲜唇润盈盈,画笔难描点,非笑似笑靥。

【克龙二】

20.
下颏美而巧,颈圆如旋削,撩人双肩俏。胸阔若雄狮,双臂似象鼻,十指修长甲,润泽似柔荑。莲足至青丝,处处惹人迷。

【莱】

21.
帕罗俊貌,人人传唱,
声闻天下,名扬各邦。
思彼华颜,枉自神伤,

---

① 俊美之人,指帕罗。
② 原文将面颊喻为 maprang 果。该果金黄色,果皮细腻有光泽。
③ 印度神话中爱神手中的钩子,把有情之人引导到一起,使之相恋。

痴男怨女,空断愁肠。

【克龙四】

22.
帕罗俊貌,闻遍松城,
美名传入,姐妹①耳中。
相思日重,乏力如藤,
深闺期盼,翘首聆听②。

【克龙四】

23.
帕萍帕芃,忽生疑虑,
心中思量,揣摩消息:
"莫非是计,诱我痴迷?"
花容憔悴,胸中积郁。

【克龙四】

24.
娘仁、娘瑞③,入殿拜见:
二主愁容,似有病颜?
平日花容,皎如明月,
"何事忧伤?容婢纾解。"

【克龙四】

25.
(公主:)④"身体有恙,尚可药救,
奇症怪疾,谁人可医?
心生严疴,莫如一死!
侍姐⑤只待,葬我二尸。"

【克龙四】

---

① 姐妹,此指帕萍与帕芃二位孪生公主。
② 聆听宫外流传的有关帕罗的消息。
③ 泰族古代女性无论婚否,名称之前一律加"娘(Nang)",男性名称之前加"乃(Nai)"。
④ 为易于理解,译者以括号形式加注了发话人物,以下同。
⑤ 古时泰人对佣人年长者亦以兄、姐称之,如中国古代"丫鬟姐"之称谓。

26.

(侍婢:)"奴婢不解,二位尊主,何出此语?

【克龙二】

27.

何事不如意?但请告奴知,担待有奴婢。"

【克龙二】

28.

(公主:)"此苦比海深①,倘被天下知,颜面如何存?此羞不可遮,莫若求一死,免被世人讥。侍姐休再问,悲楚难言尽,如若肯见怜,莫触我伤心。"

【莱】

29.

(侍婢:)"愿奉奴性命,甘做主亲信!殿下出此言,显见不放心,莫非两公主,不再怜奴身?"

【莱】

30.

(公主:)"宫外传闻,声声不息,
何人美名,赞声鹊起?
侍姐不闻,莫非睡去?
自去思忖,休再问疑!"

【克龙四】

31.

(侍婢:)"奴的殿下!切勿烦忧;
愿效犬马,好事成就。
定教俊王,来述淑女,
巧通款曲,略施计谋!"

【克龙四】

32.

(公主:)"羞惭甚!有悖伦常!

---

① 原文是"比地深"。

岂有闺中女,私邀情郎?
宁相思肠断,命归无常。
纵无缘相见,独痴恋,又何妨!"

【克龙四】

33.
(侍婢:)"此事已料定,无须多虑,
　　　　自有上佳策,不违纲纪。
　　　　定有神巫在,奴去拜请,
　　　　但须施法术,扰王①心智。"

【克龙四】

34.
公主心暗喜,嘴上千般辞:"莫把大错铸!此举背常礼。恐被他人闻,损我王女仪,颜面一扫地,丑事传千里!"公主巧言语,怎骗二侍女?分明思情郎,唯忌乱礼仪。遂启公主道:"殿下佯不知,皆是奴婢意。公主放宽心,定保无闪失。不能分主忧,何用留奴婢?"

【莱】

35.
(侍婢:)"待奴选亲信,乔装扮商贾,行吟到颂国,弹琴唱诵曲,讴歌公主容:国色天香女,赏心兼悦目,天下无人比!"

【莱】

36.
(歌者:)"大小邦国无数,皆有公主,
　　　　姿颜谁能匹敌——姐妹王女。
　　　　帕萍芳容绝世,娇艳无双,
　　　　帕芘月貌皎皎,清婉靓丽。"

【克龙四】

37.
"玉容仙颜堪比,天女下凡,
宛如飞天乐神,飘落人间。

---

① 指帕罗王。

惹起多少相思,盼结缘,苦无缘!
惟有含笑叹赏:福泽造就娇媛。"

【克龙四】

38.
"多少王侯将相,城主国君,
徒有痴心妄想,思心如焚。
前世善果修成,一对玉女,
福德兼备之君,可配佳人。"

【克龙四】

39.
咏公主芳名,四海传扬,帕罗耳畔闻。

【克龙二】

40.
听悠悠歌声,令召见歌者,入殿把话问。

【克龙二】

41.
聆萍、芃赞歌,真情难抑,心湖泛涟漪。

【克龙二】

42.
忐忑暗思忖:"如若福缘在,当可偕连理。"

【克龙二】

43.
听歌者描叙,心荡神驰,将歌者赏赐,赠罗缎锦衣:"感汝传佳讯,甚合我心意。"

【莱】

44.
(帕罗暗思忖:)"我当如何行,方能与佳人,同衾共鸳枕?"

【克龙二】

45.
帕罗心生计,遂拟克龙诗,缠绵表心意;

【克龙二】

46.
"悠悠词韵,述尽倾国貌,
美人历历在目,秋波含笑。
双媛妖娆丰姿,若芙蓉含苞,
恍惚相伴左右,与兄共度春宵。"

【克龙四】

47.
(帕罗)一手抚额头,一手揉前胸,暗语传心声。

【克龙二】

48.
哑谜得会意,再赐佳肴馔,歌者饱口福,辞归返故里,满面沐春风,带回好消息,详告仁与瑞,仁、瑞禀公主,公主心欢喜。

【莱】

49.
仁、瑞不怠慢,遍觅神巫妪,精通施药术,更兼有法力,曾试皆不爽,方才表来意:"此事玉成后,定当赐厚礼。阿婆①享天伦,余生乐无比。"

【莱】

50.
老妪忙摇首:"虽曾治恶徒,岂敢试王侯?犯上罪莫大,焉能施蛊咒?"

【克龙三】

51.
(仁、瑞:)"阿婆服何人?可否劳荐举?我等立往请。"

【克龙二】

52.
(巫妪:)"国中众巫师,个个皆知晓,居多道行浅,大事成不了。唯独有三人:我与老巫和大巫,点谁谁必往,呼谁谁必到。但有一例外,国王九五尊,福深权位高,满腹藏学识,我等岂敢扰,无力助公主,难引国王到。"

【莱】

---

① 此是对老巫妪的亲昵尊称。

53.

"沙明①三弟子,法术皆高深,奈何仙踪隐,欲觅何处寻?"妪将二女往,行至仙洞前,只身先返回,侍女入洞探。得遇两巫师,躬身拜高人,乃将情由诉,乞解救医方。所答与妪同:"我辈修为浅。倘使寻常人,法咒尚灵验,天子御寰宇,孰敢犯君颜?"二女闻此语,情急忙告怜:"可知有何人,法术最高深,独有盖世功,术可缚王侯?馈报定丰厚,财帛堆成丘,金钱上亿两,荐者亦有酬。请看薄颜面,怜我吐真言,何方隐神仙,恳求速指点。"

【莱】

54.

觊云普天下,芸芸众仙家,谁人可堪比,林神沙明伯?仙翁启金口,生死转瞬间,呼风又唤雨,人魔鬼兽任使唤。倘欲往拜诣,我自将尔去。唯此路漫漫,宿昔难往还。今朝薄暮近,二人且回返,明晨复来见。仁瑞辞觊归,回宫禀公主,公主闻此讯,愁颜始得展。

【莱】

55.
美公主俏双媛,喜聆佳讯,
仿佛闻俊彦王,御驾即临。
似芙蓉迎日华,笑靥舒展,
又唯恐泄私情,闲言缠身。

【克龙四】

56.
慧公主心机敏,颜色忽改,
佯作态隐玄机,故施巧计。
将情思埋心底,不露痕迹,
中规矩藏言笑,避险化疑。

【克龙四】

57.
两侍女见此景,暗生疑虑,

---

① 此处为沙明伯之简称。"沙明伯"乃 Samingprai 之音译。意译为"山林之神"。

两公主又布出,谜中之谜?
将此情禀太后,太后大惊:
皇孙女容憔悴,双眸忧凄!

【克龙四】

58.
(仁、瑞:)请巫医巫医曰:"宜速招魂!
　　　　芳魂儿已出体,飘摇入云。
　　　　徘徊在高山岭,林间徜徉,
　　　　须趁早设祭坛,明旦吉辰。"

【克龙四】

59.
太后闻兹凶讯,愁郁满心:
"速速去休耽延,面奏圣君——
万民主、国之魂,公主父尊!"
仁与瑞见陛下,一一禀陈。

【克龙四】

60.
(仁、瑞:)国王陛闻此变,心急如焚:
　　　　"医师有何良方?一令照准!"
　　　　"应赴深山招魂,陛下明鉴。
　　　　医嘱请赐御象,疾驰加鞭!"

【克龙四】

61.
仁、瑞禀奏毕,引身退下;
回禀萍、芃公主:"谕旨已达。"
公主闻言喜悦,心花绽放:
"侍姐明早动身,速去求法!

【克龙四】

62.
快牵御象"如风",与风比俦,

更有坐骑"风神"①名不虚留,
奔腾千里何疾!赞不绝口。
扬鞭策象飞驰,雄姿赳赳!"

【克龙四】

63.
鸡鸣天未晓,象夫备象忙,牵象阶台旁。

【克龙二】

64.
未晞辞公主:"勿忘备飨礼,恭迎仙驾至。"

【克龙二】

65.
"奴婢请辞行,未几天将明,延宕误途程。"

【克龙二】

66.
骑象匆匆去,奔赴茫茫路,须臾至中途。老觋遥见客,变作少年郎,朗朗眉目秀。侍女揖少年:"敢问觋安在?"老觋心窃喜,笑问仁与瑞:"二姝何方来?"

【莱】

67.
仁、瑞暗称奇:"何方俊公子?老觋孙儿欤?"

【克龙二】

68.
意乱芳心迷。但为公主故,不忍误归期。

【克龙二】

69.
忽而老觋现,乌发化苍颜。仁、瑞顿惊悟,法力孰可比?若得此翁助,何须他处觅。

【莱】

---

① "如风"、"风神"皆为御象之名。

70.

（觋曰：）"弃灯傍火萤，不谙灯之明，自叹学未精，惟汝不知情！"

【莱】

71.

请觋先登象，二女驭象从，三人同路走，迤逦趋葱岭。长望路漫漫，山峦多蜿蜒。穿芦度香蒲，石茅参其间，葱葱印楝林，郁郁生紫檀，错落龙胆香，雾障担龙天①。娑罗②凌云雾，林茂草木繁，蜿蜒藤蔓绕，风来叶翩跹。簇簇群芳盛，万卉竞吐妍，含苞唧嫩蕊，金果引垂涎，百香惹人醉，翠叶虬枝干。

【莱】

72.

三人行未久，已临山脚下。猿猴猢狲闹，鬼哭似狼嚎。毛骨悚然立，心惊胆魄寒。猛虎踞旁径，犀兕横中间，野牛穿林过，沿途啃草木。熊罴行俟俟，牝象徐徐步，结队从牡象，难以计其数。蛇虺吐毒芯，花蟒缠牛犊，羚羊惊奔走，蹬蹄跃岭出。深山藏异兽，幽谷纳希禽，老觋无惧色，泰然入幽林。

【莱】

73.

可怜仁与瑞，瑟瑟心颤栗，加鞭追将去，紧随老巫觋。满眼水泊湖、山涧溪流清。万鳄攒头窥，水象击人影③，人鱼④甩长发，缠定行人颈，倏忽拽入水，以发勒毙命。巨木枝头高，忽闻短耳鸮，丁杜⑤呢喃语，鸲鹆双哀号，长鸣震幽林，行者心惊跳。老觋嘻嘻笑，笑语慰二女：卿且勿惊惧，此景皆幻影，吾师戏作法，弟子咸无惧。策象上山岭，未久抵仙居，老觋下坐骑，仁、瑞追未及。老觋独入穴，谒师沙明伯，举臂俯地拜，因由道仔细：

【莱】

---

① 担龙天料木（Homalium damrongianum），泰国植物名。
② 多花娑罗双（shorea fioribunda），泰国植物名。
③ 水象：泰国神话故事中的水生动物，类似蛟，行人水中倒影若被其击中则行人亡。
④ 人鱼：ngeak，神话中的人身鱼尾兽。
⑤ Tingthud：鸟之一种，此处是音译。

74.

"公主愁万缕,差遣两侍女,前来叩仙机。"

【克龙二】

75.

仙翁告弟子:"但唤二女入,嘱其毋惊怵。"

【克龙二】

76.

觋传仁与瑞:"遵师命速请,入内见洞主。"

【克龙二】

77.

(仁、瑞入内)忽见猛虎座前卧,花容失色拜于阶。

【莱】

78.

定神睹猛虎,倏忽化硕猫,花斑惹人爱,周身华光耀。抬头见尊仙,眉睫两苍苍,俨然一老翁,发鬓皓如霜。忽而化少年,貌美好身段。身修丰姿显,风流一笑间。须臾变壮年,英挺身矫健,谦谦一君子,风度自翩然。二女呈厚礼,一一献尊前,遂致公主意,代主拜圣仙。

【莱】

79.

"公主愁思千万里,唯有尊仙翁,能解相思疾。

【克龙二】

80.

朝催奴启程,来此谒仙翁,为主医心病。

【克龙二】

81.

美事若成就,金银堆成丘,珠宝样样有。

【克龙二】

82.

爱焰炽如焚,但求见帕罗,起死可回生。"

【克龙二】

83.

　　仙翁缄金口。只待入禅定,便宜观端由:此事当助否?须臾皆了然:前世业缘就。功德未圆满,今生劫难有。三人将速亡,因果报当头。帕萍与帕芃,前世勤祈祷,期受我庇佑,今当酬其劳。仙翁出禅道:"休言多报偿,回宫去禀告:我将亲造访,今日或明朝。"

【莱】

84.

　　二婢感翁言,欣喜拜连连,出语谢仙翁:"仙翁一席话,仙露饮百升,万端愁与苦,瞬间尽消融。

【莱】

85.

　　却道来途中,险凶四面围,鸱鸮声声恶,鬼魅频作祟。还望倚福泽,保我平安回。"

【莱】

86.

　　仙翁盈盈笑:"二位美淑女,此事勿心焦!——

【克龙二】

87.

　　日落西山前,出林速返还,回宫禀公主,心事向翁言。"

【莱】

88.

　　仁、瑞忙起身,欣然辞圣仙,与觋同驭象,迤逦山麓间。重识来时路,顾盼不停闲。琼枝交玉叶,胜似仙宫阙。红花一簇簇,恰如石榴珠①。碧叶万千树,宛若翡翠玉。黄花闪金光,白花撒珍珠。风光千般美,处处惹人醉。渐入幽谷中,草木更葱茏,缤纷缭人目,好景幻无穷。天籁耳边回,百鸟花间鸣,唱和林木间,婉转缠绵声。

【莱】

---

① "石榴珠":泰语中管红宝石叫石榴石或石榴珠。

89.

红鹦八哥与噪鹃,黑领椋鸟声正喧;鹩哥成对儿叫,桑早普罗兜①。黑卷尾,赤领鸟,懒将燕鸥瞧。苍鹭啼相思,鹊鸰尾扇翅。麻雀与鸤鹨,燕莺与鹳鸟,孔雀展翠屏,锦翎轻轻摇,引来雌雀众,鸟王②身边绕。金鹿③双双依,泽鹿④觅爱侣。良禽美兽多,花草伴虫鱼。龟鳖潜水底,虾蟹无数计。百鸟齐翱翔,天鹅凌波浴。鸭游水中央,鹈鹕淌水戏。水鸭卧孵卵,莲鸟⑤莲枝栖。蜜蜂醉花间,贪将花蕊吸。芙蓉千百色,枝枝争艳丽。红莲灼人眼,白荷倩影碧,蓝粉相辉映,青荷间紫蕖。阴森来时路,须臾美无比!仁、瑞出山林,驰象趋王廷,及至宫殿外,为主先招魂:"魂灵返主身,守护我主人。灾难不得近,疾患永不侵——

【莱】

90.

——心想事竟成,好运速成真,勿负有情人……"

【克龙二】

91.

且说两公主,飨礼悉备全:梁楹挂华彩,金榻摆中间,御座披黄缎,锦枕绣花垫,罗幔掩珠帘。采百花,荟其间,香麝氤氲袭人面。珠宝代米粮⑥,金银铸花坛⑦。百味陈珍馐,美酒引垂涎。

【莱】

92.

仁、瑞祝未休,仙翁倏然至,遥见近宫宇。

【克龙二】

93.

忽现乌云闭日,公主心中生疑,莫非仙翁已临?急忙望空施礼。

【莱】

---

① "桑早"和"普罗兜"均为鸟名"Seangsao"、"Phuradok"之音译。
② 指孔雀。此句言众鸟围绕孔雀,如汉语之百鸟朝凤。
③ 金色巴利鹿。
④ 雌性泽鹿,Eld's deer。
⑤ 鸟名,意译。
⑥ 泰国古代飨礼须备米粮,此处以珠宝代替米粮,极言王家之奢华气派。
⑦ 用金银制作的花束代替鲜花布置花坛。

94.
急将二婢寻,抬眼见远影,渐行近内庭。
                                          【克龙二】

95.
宫娥鱼贯迎,仁、瑞下象来,俯拜萍与芁。
                                          【克龙二】

96.
公主左右顾:"莫非仙翁到? 显已见征兆!"
                                          【克龙二】

97.
(仁、瑞:)"定是仙家到! 祖公①已亲临,公主不须疑!"
                                          【克龙二】

98.
恭迎沙明伯,合十臂高举②,叩拜伏于地。
                                          【克龙二】

99.
撒花扬爆米③,燃香点金烛,齐声唱颂曲:
                                          【克龙二】

100.
"上仙尊威,昊天罔极,显现圣灵!"
                                          【克龙二】

101.
公主恭敬礼拜—— 林神圣仙:
"仙翁但施神威,真身莫掩。
祈愿福泽广被,永葆平安,
只求展露仙容,令睹真颜。"
                                          【克龙四】

---

① "祖公"是对林神沙明伯之亲昵称谓。
② 行合十礼时,双手合十高举过头是表示对神佛恭敬有加。
③ 请神仪式上要以爆米花铺撒地面。

102.
霎时仙灵降,真身显现:
容止俊雅,风度翩翩。
秾纤得度,华茂当年,
明眸朱唇,发肤光艳。

【克龙四】

103.
萍、芃睹仙容,惊叹不已,
合十行大礼,俯首叩地。
飨礼悉呈上,乃启祖公:
"拜请圣尊神,望祈受祭!"

【克龙四】

104.
心迹溢言表,仙翁感其诚,
暗怜痴情女,决意牵红绳。
祭礼悉受纳,姐妹喜盈盈。

【克龙四】

105.
萍、芃叩拜仙翁,恭行大礼,
遂将满腹愁肠,一一倾叙:
"但求祖公助力,脱离苦海,
切望夙愿得偿,美满如意。

【克龙四】

106.
来日将奉上:珠宝九千万[①],
黄金与白银,牛车悉载满。
白牛镀金角,天鹅猪鸭鸡,
美酒并香米,报恩表心迹!"

【克龙四】

---

① 极言数目巨大。

107.
仙翁闻言道:"勿令蒙羞!
莫以牲礼贿,为我深恶!
精诚心所至,万金难买,
愁苦自然消,何须多虑?
【克龙四】

108.
岂无饿死鬼,佯装神明?
辗转天地间,为乞供奉。
巧语耍伎俩,诱人祭飨,
作恶无羞颜,为裹饥肠。
【克龙四】

109.
我乃山林仙,贵为山神,
世人皆尊称——'祖公'。
修得无量果,福泽绵延,
享年千万载,看沧海桑田。
【克龙四】

110.
无边法力,乃福泽造就,
行善积德,脱尘世烦忧。
财富绵延不绝,似江河长流,
奇珍八方来聚,皆世间罕有。
【克龙四】

111.
一见两公主,心生怜意,
自当施援手,切莫焦急。
必引帕罗来,千里相聚,
毋须自怨艾,且待佳期。"
【克龙四】

112.
萍、苊稽首拜,急急发问:
"尚需几多时,可会圣君?"
仙翁缓缓道:"彼乃福王,
高居万人首,岂比寻常?

【克龙四】

113.
身旁法师众,善解咒语,
若问功成时,须待良机。
但须勤用力,事必谐就,
难逃我掌心,王必临幸。

【克龙四】

114.
公主且宽心,倘若久不临,遣使来报信。"

【克龙二】

115.
赐赠仙露水,着令浣青丝,仙翁遂辞归。

【克龙二】

116.
遥望仙翁影,去去一阵风,转瞬逝无踪。

【克龙二】

117.
须臾返仙居,取竹枝,编风球,刻人偶:帕罗居中央,萍、苊倚两旁,风情千万种,引邀俊彦王。风球沿边写符箓,大树七人合围粗,双目凝之频念咒,招手引树弯,枝头乖乖伏眼前。

【莱】

118.
巨木听召唤,帕罗神难安。仙翁执风球,牢牢系树端。倏忽轻放手,树端顿回弹。虬干复矗立,风过枝叶颤。风球随风旋,犹似飞轮转。咒术不止歇,俊王神思乱。

【莱】

119.
帕罗入酣梦,幽会萍与芄,
佳人卧两侧,相戏鸳帐中。
玉臂腰间绕,摩挲轻抚弄,
频频相邀约,使赴松国城。

【克龙四】

120.
一觉梦阑干,醒来嘤嘤泣,郁郁徒呼唤。

【克龙二】

121.
帕罗相思心欲碎,一梦消得人憔悴。六宫嫔妃窃窃语,相顾问疑遍宫闱。太后得消息,顿时焚五内,立往探爱子,果见神色摧。切切急发问:"王儿何因为,形色枯暗面如灰?"帕罗禀慈母:"今晨忽惊寤,心潮难自已。昨夜残梦在,亲睹两公主,合欢在帐内,嘻戏耳鬓磨,相拥频招引,邀我适彼国。心火难平复,无缘空伤悲!母后开洪恩,准儿赴期会。"

【莱】

122.
一番痴言语,句句刺母心,
晴空响霹雳,五脏俱皆焚。
双目如泉涌,泪水流涔涔,
哀痛难休止,涕泣不成声。

【克龙四】

123.
捶胸呼爱子:"儿是母后心!
儿运遭此厄,未知缘何因?
国中多金银,珠宝数不尽,
倾尽天下财,为儿医病身!

【克龙四】

124.
乃盖①!速速出宫。

---

① 乃盖与下文的乃宽都是帕罗王的贴身侍从。

召星相大臣,不得有误!
药师、神汉,天下寻遍,
巫觋、巫妪,解王疾患!

【克龙四】

125.
乃宽!速传口谕:
百官群僚,齐来助力。
林中猎户,把仙药寻觅,
着令司库,将番药购入!

【克龙四】

126.
耗尽国之金库,倾尽本宫私蓄,
只求觅得良方,保国王无虞!
纵使财源枯竭,财产尽失,
能保王儿安康,母心欢喜!"

【克龙四】

127.
个个寻医问药,四处奔走,
谨遵良医妙策,回春高手。
帕罗终被唤醒,乌云消散,
医者皆得重赏,人人有酬。

【克龙四】

128.
太后愁结已解,心花开绽,
王后携同嫔妃,愁眉舒展。
百官万民同乐,欢声笑语,
君王心神守正,脱离痴迷!

【克龙四】

129.
玉人空盼望,音讯杳渺,心如烈火烧。

【克龙二】

130.
遣使问仙翁,(对曰)"彼国神巫众,能解我法宝。"

【克龙二】

131.
(仙翁)取来三角旗①,加倍画咒符:帕罗居中央,萍、芃两侧依,紧拥俊彦王,引拽赴约期。又择担龙木,虬干九合围②,仙翁吹法气,大树缓缓弯,角旗插枝头,一弹巨木立,枝叶簌簌摇,高耸入云际,风过旗招摇,咒语随风飘。帕罗中符咒,二姝影复现,殷勤轻抚慰,历历在眼前。

【莱】

132.
帕罗倍痴迷,情影频召唤,邀约适松国,后宫会淑媛。俊王神游离,情动心恍惚,周身微颤抖,痴痴朝东觑③。宫人传消息,太后惊闻讯,速往探爱子,涕下泪如雨。促膝拥入怀,饮泣声声哀。何忍睹儿面,俊颜失光采。沉痛摧五内,哽咽不成声。捶胸长悲叹:"可怜母心肝!

【莱】

133.
儿病母哀伤,如山压心间,
孩儿早康复,为母始得安。
今见儿愁苦,犹甚数日前,
为母哀陡增,天塌压胸前!

【克龙四】

134.
世间众生多,母心独忧儿。
唯我母与子,生死永相随。
却是何缘故?致儿恁凄楚。
我儿若有虞,母伴黄泉路!

【克龙四】

---

① 锯齿状三角旗,泰国古代战旗。
② 九人合围之粗大树干。
③ 松国位于领国东方。

135.
乃宽和乃盖！速去寻医方！
何处医有名，逐个去寻访。
一一带入宫，疗治我圣王，
快去莫耽延，为主显忠良。"

【克龙四】

136.
寻遍江湖郎中，妙手神医，
踏遍座座青山，寸寸土地。
个个束手无策，摇首叹息，
太后惊疑莫名，苦无良计！

【克龙四】

137.
乃诏群臣百官，朝中议事。
令垂帘高卷①，亲下懿旨：
"国王万民之主，贵体有恙。
百药千方难解，作何计议？

【克龙四】

138.
求医寻觅高人，仔细探访，
或有圣医妙手，曲隐深藏。
尚有何计可想，速速思量！
倘有良策可行，但行无妨！"

【克龙四】

139.
群臣悉受命，纷纷寻高人。闻有西提采②，远栖深山林。通晓奇幻术，善使咒与符，法术超常辈，威力摄鬼神。太后下懿诏，迎迓接入朝。

---

① 古代泰国宫廷法制规定后妃召见大臣须垂帘议事。此处太后命卷起垂帘，置宫廷仪礼于不顾，足见其焦急之至。
② 神巫之名。

乃行拜火礼,祭神频祷告。作法念符咒,巫术祛心魔。沐身以灵水,身轻神舒爽,再服仙丹膏,浴发沐周身。布防三层围:天神护御内,罗刹守中层,鬼军把门外。空中幽灵聚,四面八方护。乃置大飨赏,招聚帕罗魂。太后赐重赏,施与西提采。随行众医官,皆得赐衣裳。一一犒赏毕,功高护国王。

【莱】

140.
可怜痴情女,公主萍与芃。
不见意中人,愁郁焚心胸!
未知君王意,可与妾意同?
相看两无语,泪眼已朦胧。

【克龙四】

141.
遂遣两侍婢,急切速启程,
求问何缘故,不见君王影?
二仆谒仙翁,恭谨盈盈拜:
"未知帕罗王,何日至松城?"

【克龙四】

142.
仙翁参禅观,即刻知端由:
"彼国有高人,破我灵符咒。
泛泛巫觋辈,难与其比俦,
待我使奇术,与之再交手。

【克龙四】

143.
休怨郎来迟,只须不数日,必迎君王至。"

【克龙二】

144.
(仙翁)潜心呼诸神①,诸神齐来应:点水步凌泉、飞身出山洞、穿

---

① 此处指守护山林的诸位天神。

林越重岭,纷纷谒仙翁。各处众弟子,座下听号令。森林守护神、西婆罗拉沙①,受命为统领。兵卒无计数,鬼怪齐上阵。天兵与天将,各路领鬼兵,坐骑为百兽,象虎狮熊犀马牛。鬼魅多变幻,形容万千种,人身禽兽头。黑鸦、秃鹫、象虎、鹿牛。操戈挥利刃,跳跃呼啸走。响声震大地,摧木卷砂石。遮天蔽白日,杀气慑地祇。兵备待时发,仙翁军令下,分派迷魂药,巧布降敌法:"依计发神兵,击溃护城神,破他灵丹药,巫咒难护身。彼师②既败走,乃将槟榔投③,槟榔越长空,帕罗含入口,请来会公主,令其夙愿酬。尔等切记牢,遵令勿违拗!"

【莱】

145.

深山圣仙翁,号令神鬼军,
千军腾空起,来势何汹汹。
遮天蔽白日,魑魅呼啸行,
凌风驾云雾,飞驰行匆匆。

【克龙四】

146.

鬼兵气焰高,堪比摩罗军④,
卷石摧草木,狂飙过山林。
倏忽大兵至,遽临颂国都,
守城群鬼惊,奔走传危讯!

【克龙四】

147.

(颂国)城鬼忙集结,仓皇守城池,奈何敌师众,兵败成定局。勇将力拼杀,飞步英姿飒;懦夫忙逃窜,藏匿保身家。

【莱】

---

① 湿婆神的侍卫,印度教中的小神。
② 此处指帕罗都城的护城鬼军。
③ 泰国古代巫术之一。施了蛊咒的槟榔叫做 Salaheon,可以飞越长空落入槟榔盘,吃下之后,便会中蛊。东南亚其他国家亦有此巫术。
④ 摩罗:印度宗教神话中的恶魔。

148.

(松国)群魔纷乱拥,咆哮闯入城,
　　　　挥刀斩利戟,魔光鬼影重。
　　　　幻化万千状,排云掣电出,
　　　　叱咤呼声厉,满城遍阴风。

【克龙四】

149.

鬼军拼厮杀,戟剑刀来架,神功接妙招,呼声惊尘沙。仙翁鬼军厉,急进势汹涌,呐喊声高亢,破敌占颂城。

【莱】

150.

仙翁鬼魅军,作法幻象生:大火起瞬间,乌烟障碧天。城鬼难抵挡,借风报灾殃,风声呼啸过,巨响震洪荒。护城神大惊,王城岌岌危,凶相呈四野,城柱①几崩摧。昊天泛黄光,青烟布苍穹。天神②各惊惧,仙翁逞威风。西提③睹异象,深知大难降。静心入定观,知是鬼魅狂。遽奏禀太后,太后闻而惊:"欲防防无术,束手承祸殃!"哭诉声声悲,捶胸泪横流:"可怜我王儿,今朝孰可救?"

【莱】

151.

(太后问神巫:)"敢问尊仙师,此为何缘故?
　　　　　　祈请开法眼,参禅观机枢。
　　　　　　可怜我母子,无奈求相助,
　　　　　　倘能渡危厄,江山半赠汝!"

【克龙四】

152.

西提参禅毕,叹息力难逮,
"彼有神明助,鬼兵蜂拥来。

---

① 城柱:原文是"都城心脏",亦有"都城支柱"之意。
② 此处指守护颂国之天神。
③ 巫师西提采之简称。

更兼法咒厉,频施破我术,
颂国护城军,一溃节节败。

【克龙四】

153.
尚存坚战者,心知气数尽,
护城神与鬼,纷纷败下阵。
吠陀真言咒,法力俱已衰,
愧无回天术,击退仙翁军。"

【克龙四】

154.
可怜王太后,帕罗慈悲母,
惊闻西提言,绝望无以复。
不禁放悲声,声嘶力已竭,
百劝难歇止,涕泣泪如注。

【克龙四】

155.
城鬼①弃城走,外鬼②入城来,仙翁号令下,(颂国)护法尽失灵。千里传捷报,报与沙明伯。仙翁闻捷讯,乃抛魔槟榔。槟榔穿云霄,瞬息抵颂城,飞入纱橱内,金盘落无声,待同贡果出,终到帕罗手,撷之含入口,顷刻发药性。复生相思苦,苦念萍与芘,空恨无计出,愁肠百转痛。

【莱】

156.
帕罗遂起驾,后宫谒太后。
俯伏行大礼,莲足置于首③:
"儿臣囿于宫,身心俱疲累,
拜辞圣母后,林中一畅游。"

【克龙四】

---

① 守护颂城之鬼军。
② 外来之鬼军,即仙翁派来攻城的神鬼大军。
③ 把母亲莲花般的双足放在自己的头顶,言敬重至极。

157.
太后闻王言,循循问因由:
"告母以实情,几时要出行?
一应神鬼巫,护君已乏术。
施尽巫法咒,可惜功未成。

【克龙四】

158.
"敌国神鬼军,攻城气势汹。
幻术魔法咒,如网布重重。
一朝儿出走,弃母离王宫,
母心支离碎,归阴丧性命!"

【克龙四】

159.
辞宫未获准,帕罗暗伤神,
坐卧心难安,郁郁自愁闷。
高居九五位,不恋江山美,
独吞相思果,幽幽念佳人。

【克龙四】

160.
王后殷勤侍,伏身近夫君,
手捧王双足,高举触发髻①。
妃嫔两旁立,频频摇翠羽②,
慈母搂怀中,好言相慰藉。

【克龙四】

161.
奈何情已深,相思丝难断,
却入梦中寻,频把佳人唤。
悠悠魂梦深,寂寂无应声,

---

① 王后伏于御座之前,抬起帕罗王的双脚放在自己的头顶上。
② 翠羽执扇。

此恨何堪受,唯欲诀人寰。

【克龙四】

162.
觉来悲愈甚,复生去国意,
假言巡山林,赏木捕象麋。
"儿欲游郊野,逐兽猎美禽,
怡情崇岭间,悠游探奇珍。"

【克龙四】

163.
太后闻此语,心下暗生愁:
"口中辞切切,假言入林游。
心内怀别意,择机会佳偶,
去意坚至此,安将我儿留?"

【克龙四】

164.
重臣与祭司,受召齐来聚,
太后告群臣:国王决意去。
星相大臣奏,直言抒己见:
"君意既已决,劝止恐无益。"

【克龙四】

165.
巫师西提采,启奏王太后:
"纵然神仙劝,君心亦难留。"
大臣各表奏,悉言无良策:
"唯应遣使臣,探风赴松国。"

【克龙四】

166.
太后感兹语:"卿奏合我意!他计无可施,此法唯可取。"

【克龙三】

167.
复至罗王①宫,对子敞心声:"我儿怜母心!
【克龙二】

168.
适才母听闻,儿欲游山林。料此非真意,或恐怀他心。但以实情告,母子应开诚。"
【莱】

169.
(帕罗:)"儿实别有图,欲陈母后知,又恐遭劝止。"
【克龙二】

170.
(太后:)"欲图何方物? 皆为儿求取,何曾忤儿意?
【克龙二】

171.
若然合义理,固当成全汝,寡母当怜孤。"②
【克龙二】

172.
(帕罗:)"儿臣慕佳人,松国萍与芃,但期睹真容。"
【克龙二】

173.
(太后:)"此愿诚难遂,若准儿赴约,王儿焉得归?"
【克龙二】

174.
(帕罗:)"此番别高堂,得会两公主,急速返故乡。"
【克龙二】

175.
(太后:)"我儿此番去,焉得平安返?
　　　　鹿投猛虎口,性命岂能全?

---

① 指帕罗王的寝宫。
② 言帕罗失祜,寡母倍加怜惜孤儿。

　　　　闻儿出此语,为母徒奈何。
　　　　回肠百千转,苦痛心熬煎。
　　　　　　　　　　　　　　　　　　　　【克龙四】

176.
　　母后有一计,盖当合伦常,
　　丝毫无阻碍,易行如翻掌。
　　遣使赴松国,备礼求秦晋,
　　明媒娶佳姝,迎归储椒房。"
　　　　　　　　　　　　　　　　　　　　【克龙四】

177.
(帕罗:)"此法固成理,所费时日深,
　　　　亦恐公主父,惜嫁迶无门。
　　　　区区寸尺书,千里意难传,
　　　　不若儿亲往,疾速易成真。"
　　　　　　　　　　　　　　　　　　　　【克龙四】

178.
(太后:)"我儿果若去,焉保全身归?
　　　　必遭囹圄苦,性命临灾危。
　　　　彼土魔药甚,巫蛊幻术高,
　　　　人恶鬼亦厉,妖魔作福威!
　　　　　　　　　　　　　　　　　　　　【克龙四】

179.
　　今朝凶相现,灾殃迫帝宫,
　　鬼魅临空降,哀声满都城。
　　使儿今别去,不复返朝中,
　　母后难苟活,身同帝业薨!
　　　　　　　　　　　　　　　　　　　　【克龙四】

180.
　　忆昔儿父王,举兵犯松土,
　　刀劈松国君一萍、芃先祖父。
　　大仇既已结,彼方定思报,

181.
（帕罗:)"因果轮回转,业报无止息,
　　　　生死从业力,定数几曾移。
　　　　善业有善报,修者常安乐,
　　　　孽债必抵偿,恶果焉可避？
　　　　　　　　　　　　　　　　【克龙四】

182.
诚知去无返,命殒不足惜,
宁肯堕地狱,万劫何所惧！
情知享王位,堪与天堂比,
奈何心意决,定要辞母去！"
　　　　　　　　　　　　　　　　【克龙四】

183.
太后闻儿言,怆然捶胸泣：
"为母苦相劝,盖已成空语。
岂料夙业造,因果已注定,
明知大祸临,痛惜苦无计。
　　　　　　　　　　　　　　　　【克龙四】

184.
遥忆当年事,犹记祈子时：
斋戒满七天,精勤无废弛。
开仓布施广,功德与天齐,
遂怀麒麟儿①,如愿心欢喜。
　　　　　　　　　　　　　　　　【克龙四】

185.
十月怀腹中,孕育帝王胎,
百般勤呵护,毫厘无懈怠。

---

① 原文是"有德行的男孩儿"。

一朝始出世,呱呱坠人间,
受洗净儿身,酣睡慈母怀。

【克龙四】

186.
亲手哺三餐,须臾身不离,
不假他人手,唯恐出差池。
爱子惜如命,顾复倍仔细,
无时敢疏忽,直至能自食。

【克龙四】

187
悉心备餐饭,亲手烹饮食,
慎微杜疏漏,误失无毫厘。
食物百千种,一一皆细察,
弗与他人办,事事亲料理。

【克龙四】

188.
自幼谆谆教,诲儿辨是非,
年岁日渐长,终至成人魁。
今朝登王位,受命君天下,
宁将弃亲母,孤独伴苦悲?

【克龙四】

189.
生年独一愿,倚儿享荣福,
身后遗寒躯,靠儿葬入土。
忽闻儿将去,决意弃亲母,
他日由何人,为母焚尸骨?

【克龙四】

190.
苦心拦去意,苦口相劝止,
奈何志已坚,教诲成空语。
慈心唯自哀,骨肉忍分离,

残生泪为伴，长恨无绝期。

【克龙四】

191.
何业造孽果？亲子执意去，
痴心无二物，但求会佳侣。
忍将寡母抛，孤独守愁绪，
别时惟多顾，聊解寸心凄。

【克龙四】

192.
一顾香腮颊，额际发痕①青，
再顾朱唇俏，双眸秋水盈。
三顾如月庞，百看看不厌，
我儿禀俊质，且教为娘吻。

【克龙四】

193.
一吻玲珑鼻，沁香无以比，
再吻颈与颔，心酸不忍离。
三吻儿胸膛，健肌与美乳，
藕臂至双胁，复吻肩与背。

【克龙四】

194.
骨肉难割舍，吻遍爱子身，
帕罗掌合十，行礼谓母亲：
"伏惟乞母后，赐我顶髻吻②，
亲儿颊与鬓，为儿饯远行。"

【克龙四】

---

① 即绞掉细绒毛发后留下的头皮青痕。旧时中国已婚妇女也有绞脸的习俗。
② 泰国人认为头顶是最尊贵的部位，只有头顶才值得母亲亲吻，亲吻其他部位，有失母亲的身份。

195.
（母后：）"呜呼我王儿，可怜为母心！
　　　　宁愿捧莲足，顶礼拜国君。
　　　　所求既区区，何致不应允？
　　　　惟冀吻儿足，以兹饯远行！"

【克龙四】

196.
（帕罗：）"母后且慎言，切莫降纡尊！
　　　　遗儿不肖名，罪孽犹倍增。
　　　　养儿本不易，诲育恩更深，
　　　　滴水未曾报，累母枉苦辛。

【克龙四】

197.
或恐业报定，终须别慈母，
或恐前世孽，引我离故土。
母恩未及报，还将慈意违，
岂非巫蛊术，教我心智摧？"

【克龙四】

198.
彼时颂国母，心中何凄楚！柔肠几欲断，寸心几欲碎。忍悲告爱子："呜呼我王儿！爱儿胜己身，爱儿胜己目。头颅不足惜，身死亦何惧。爱子将远行，别母去故土。勿忘七王德①，母训当谨记：身份不得忘，王德不可弃。疏漏不得有，伪佞尽远之。行事当三思，出言斟字句。国事秉公办，民心不可欺。内忧外患除，普天同欢愉。明察各枢要，以理服臣僚。不为假相蔽，鲁莽易失道。防卫当固牢，攻击宜巧妙。用人知根底，择臣惟忠孝。励民勇无畏，除恶剿乱贼。以法绳万民，护民攘外危。除恶当除苗，摘果勿抢早。套马不二缰②，治人莫挟

---

① 这里阐述的王德远不止七项。原文如此，照译。
② 即不要给马在两侧套上两条缰绳，以至马头左右受制，无所适从。引申义为管理百姓不能管得太严，以至他们没有活动的余地和空间。

要。勿遗害身后,勿惹人暗咒。亲民使人爱,勤筑普渡桥。功德圆满时,众神颂美誉。良言须牢记,常念莫疏离,切记遵训诫。纵使天地崩、空劫①灭,荣耀永留世,吉祥永相偕!

【莱】

199.
惟祈祥瑞降,威德万年长,
苦忧一扫尽,无病远灾殃。
神威无人挡,仇敌皆败亡,
安乐长相伴,终年无愁伤。

【克龙四】

200.
但祈会佳姝,如愿缔良缘,
但祈勿沉迷,美色不贪恋。
但祈念母训,谨遵不遗忘,
但祈早日回,归位重为王!

【克龙四】

201.
天空与河川,山岭并森林,
神明皆驻守,伏祈多护佑!
至上三圣神②,伟大因陀罗!
伏祈庇我王,不使罹祸殃。

【克龙四】

202.
待到王归日,迎迓展排场,
结彩张华盖,悬幢锦幡扬。
流苏饰金烛,灼灼溢彩光,
鸡、鸭、安魂塔,还愿祈安康。"

【克龙四】

---

① 佛教语。即成、住、坏、空四劫之末。指世界灭坏之后、再造之前的空虚阶段。
② 指印度教三大主神:湿婆、梵天、毗湿奴。佛教把他们看做是护法神。

203.
帕罗聆兹语,恭行触足礼,俯身领训谕。

【克龙二】

204.
顶礼受赐福,解髻拭莲足①,伏拜生身母。

【克龙二】

205.
举臂掌合十,再拜辞太后,升殿谕臣子。

【克龙二】

206.
即诏心腹臣:"卿等皆忠僚。且代主朝纲,江山须自保。政务勤治理,都邑守护牢。安邦恤国民,治国须有道。百姓无怨言,外敌尽除剿。恭谨侍太后,一如王在朝。"

【莱】

207.
遂乃颁圣旨,钦令点兵将:"即刻整行伍,备齐四兵部②。王将亲统御,出城在翌日!"

【莱】

208.
起驾返后宫,柔语别王后:"御妹③自珍重!

【克龙二】

209.
兄今辞妹去,不日再重逢,无须太伤情。"

【克龙二】

210.
(王后)忧郁结满胸,泪尽血流淌,双目红肿样。

【克龙二】

---

① 意为"解开发髻,以下垂的长发擦拭太后的脚"。头和发被认为是一个人最高贵的部位,脚是最低下的部位。帕罗以自己的头发擦拭母亲的脚,表示无比的尊重和爱戴。
② 即步兵、象兵、骑兵、车兵。
③ 泰国王室夫妻间亦以兄妹相称。

211.
再拜问夫君:"焉忍弃妾身,独守空椒房?

【克龙二】

212.
此去道途险,荒野猛兽多,魑魅作祟常。

【克龙二】

213.
前有仇敌①俟,后有哀妻伤,双珠同失光②。

【克龙二】

214.
听妾殷殷劝,王兄莫赴汤,妾身得依傍。"

【克龙二】

215.
(帕罗:)"世事皆无常,轮回无止息,
　　　　善孽自分明,亘古永不易。
　　　　如影附形骸,万世随己躯,
　　　　生死由之定,因果自相系。

【克龙四】

216.
别卿情何堪,中肠何凄凉,
弃偶述新俦,吉凶难知晓。
弃行岂易事?相思如火烧,
今暂别卿去,不日聚良宵。"

【克龙四】

217.
(王后:)"果若得二姝,安能念旧巢?
　　　　新侣颜无双,丽姿多美娇。
　　　　博得王心醉,唯思风月好,

---

① 指世仇敌邦——松国。
② 指帕罗王和王后将双双亡故。

王心纵思归,二美焉肯饶?"

【克龙四】

218.
(帕罗)"今朝与卿别,非为厌旧侣,
　　　身虽远贤妻,恩爱不曾离。
　　　莲枝采撷去,藕丝犹相系,
　　　卿且莫悲伤,兄心永不弃。"

【克龙四】

219.
央告语切切,奈何成徒劳,
凄凄容憔悴,无言泪滔滔。
埋首匍匐拜,轻触君王脚,
解鬟拭莲足,吉祥永照耀。

【克龙四】

220.
俊王见此景,凄楚陡倍增,
轻抚好言慰:"御妹休哀痛。
恐或成凶兆,逢祸在林中,
宜速止悲伤,憔悴损花容。"

【克龙四】

221.
劝罢结发妻,再往辞妃嫔:
"卿等悉留候,且莫枉伤神。"
群艳接圣谕,顶礼拜王足,
掩面同悲泣,难禁放声哭。

【克龙四】

222.
哭声与哀号,震彻后宫闱,
群臣同凄切,朝野咸伤悲。
黎庶尽唏嘘,叩胸涕泗垂,
炎都寒意透,泪雨汇江水。

【克龙四】

223.
举目皆哀恸,帕罗添惆怅,
悲楚焚心胸,沉郁压心房:
"劝尔止涕泣,切毋纵哀伤,
悲苦招疾患,病久归无常。"

【克龙四】

224.
俊王稍止哀,辞毕众妃嫔。未及入寝寐,残月没天边。群星隐余辉,晨星升中天。雄鸡抖彩羽,扑翅报晓天。噪鹃鸣清远,国王更衣还。宫女奉浴汤,帕罗入池间。未几沐浴毕,金粉点香露。彩缎撩幔尾①,飘然垂锦带。布幔②藤萝纹,腰裹金束带,上装彩绸衫,胸绕华纹缎。佩链斜肩挂,胸饰镶宝钻。上臂蟠龙玔,手戴美指环。王冠放光华,佩剑添威严。款款移莲步,狮王出洞府③。须臾至象台,象夫久恭伫。俊王登御象,大军浩荡出。

【莱】

225.
号角锣鼓笙,军乐齐奏鸣,响彻颂国城。

【克龙二】

226.
御骑名神威④,勇猛无匹敌,
一怒扫千军,英主独垂青。
矫健身姿美,流苏佩象背,
缨络⑤饰象首,辔带耀星辉⑥。

【克龙四】

---

① 泰式男裤Jongkraben,又译作撩幔尾,穿着时将绊幔尾的下摆穿过胯下往后撩起,尾尖别于腰间。
② 下身遮腿的装饰布幔。
③ 以狮王或雄狮比喻国王或英雄是古代泰国文学作品惯用的比喻手法。
④ 原文御象名"帕耶采努帕","威武不败的象王"之意。
⑤ 大象额头上挂的网状珠玉饰物。
⑥ 象夫用以牵制大象的缰绳,上面缀满了闪闪发光的金星。

227.
帕罗握双刀①,赫赫显威严。
一似因陀罗,下界到凡间。
坐骑神威象,亦如蔼罗万②。
军阵俨然列,天兵降人寰。

【克龙四】

228.
队前旌幡展,象背令旗飘。王师前行疾,征途路遥遥。三军士卒众,警督并肩行,马队一字排,纵横锐气生。将官骑马上,长枪舞红缨。背上箭筒斜,马具珠光莹。骐骥英姿挺,轻步扬飞尘。傲然引颈啸,咻咻向天鸣。骑士③貌自威,国王亲点兵,或为千夫长,或为万户侯。锦衣何鲜亮,华服佩彩绶。昂首随君驾,捭阖护左右。长军迤逦行,首尾无尽头。骏马无数计,犹胜天堂骝!

【莱】

229.
勇将领骁兵,次序井然行,队前彩幡飘,行伍有连营。攻守分队列,昆、门④多随从。士卒持兵器,弓箭刀戟盾,长矛并关刀,雄姿威风凛。各路兵器全,火弩更助阵。武官骑象背,踞高多威猛。刀兵摆阵奇,"大鹏展翅飞"⑤。前后与左右,士兵重重围。国王坐骑下,刀兵护象腿⑥,护驾御林军,簇拥如层云,伴君向前行。御象华光耀,玲珑彩饰全。军列雄赳赳,装备叹绝伦。

【莱】

---

① 双手握两把关刀,刀片下部带钩,既是作战武器,也是驭象工具。象战中一般将帅均使一把关刀。帕罗使两把,象征国王的威风和勇武。
② 即因陀罗神之坐骑蔼罗筏孥。泰文称蔼罗万。
③ 国王御封的骑兵军官。
④ "昆(khun)"和"门(mun)"均为古代低层官阶,由地方长官任命。
⑤ 泰国古代一种布阵形式,阵形如同印度神话中的大鹏金翅鸟(Khrut)展翅欲飞。
⑥ 国王所骑战象的四条腿各有一持刀勇士守护。

230.

放眼皆伞盖①,流光溢华彩。华盖②有九层,孔雀翠羽翎。国王仪仗伞③,世人皆惊叹! 玲珑翠羽扇,徐风拂王面。坐骑左右边,琳琅觐见礼,金轿④御座椅⑤。四周精兵护,层层密密围。前方如云涌,后方似潮动,左翼刀剑架,右翼兵甲横。外围分两侧,左右布重兵。恢弘仪仗队,号角锣鼓鸣。帝释转生⑥王,率师浩荡行,世间不曾见,人寰几度闻!

【莱】

231.

英姿俊彦王,仿如满月华,
移步在苍穹,光辉洒天下。
漫天布星斗,环绕冰轮月,
一如御林军,簇拥护王驾。

【克龙四】

232.

行行见村舍,田园围篱笆,
触目阡陌间,心中生牵挂:
"此刻贤王后,忧伤难自持,
戚戚哀伤情,无人为解化。"

【克龙四】

233.

身欲向前行,心自不舍妻,

---

① 泰文 klingklot,王室或僧侣出行所用的伞盖,圆形平顶。
② 泰文 chat,多层尖顶伞,依爵位高低使用,有三、五、七、九层四种。
③ 泰文 kanching,长柄单层盖伞,圆形平顶,周边围有布帘,是出行或典仪中代表爵衔地位的仪仗。
④ 四人合抬,带顶棚的御用出行工具,类似滑竿。
⑤ 国王坐骑的左侧是臣民进献的礼物,右侧是备用的金轿。
⑥ 原文直译为因陀罗王,即帝释天。阿逾陀耶王朝以来,受到由高棉传入的印度文化影响,认为国王是天神转世,因此多以印度教大神的名字称呼国王。为了将这一文化现象保留在译文中,在翻译时对各种称呼方式做了扩充处理,一方面保留原语词汇的信仰观念,一方面使词汇所指明确化,便于读者理解。

身欲返故里,情难忘公主。
去去或回头?万般难解题!
瞻前又顾后,彷徨无所依。

【克龙四】

234.
身后众佳丽,皆为我所惜,
前方法术高,教人难抗拒。
千思百虑后,不能回身转,
毅然断归心,举步迈向前。

【克龙四】

235.
大军浩荡行,呵吼!①急速向前进,呵吼!穿越田泽万顷,呵吼!踏遍大道幽径,呵吼!行经村野乡间,呵吼!探兵报告村名,呵吼!下令安营扎寨,呵吼!军士依令造亭②,呵吼!国王驻跸其内,众臣入拜听命。

【莱】

236.
侍卫足前侍奉,内臣左右候命。日头缓缓西沉,暮色渐近渐浓。晚风徐徐拂面,悄把暗香吹送。惹起离愁万缕,还念身后故人。曾经欢爱俦侣,而今独守寒宫。"何忍将汝离弃!",多情国王抚膺:

【莱】

237.
"举头一轮皓月,似汝姣颜!
不禁浑然忘情,把汝招唤。
忽然又见玉兔,含笑遥瞰,
恨不悒郁而死,了却孽缘!

【克龙四】

---

① 呼语,夹在诗句中间,以增强节奏感。下同。
② 建造国王临时驻跸的凉亭。

238.
仰望星海阔,熠熠挂穹苍,
一似后宫妃,伏惟在身旁。
今何独不见,兀自望星光,
佳丽被我弃,凄然守空房。
                                       【克龙四】

239.
君王孤独卧,抚膺清泪垂,忍中怀萧索。
                                       【克龙二】

240.
林茂花气芬,馨香似卿身,享飘散氤氲。
                                       【克龙二】

241.
见交喙双鸟,忆美人撒娇,缠兄求燕好。
                                       【克龙二】

242.
思卿不见卿,历历如花容,至爱成空!"
                                       【克龙二】

243.
"盖、宽二忠仆,何故作聋哑,片语不肯发?
                                       【克龙二】

244.
烦尔两三言,聊解旅途倦,观兹乡野间:
                                       【克龙二】

245.
茅舍形何陋,怎比我城居,
敝庐无完好,杂乱不成体。
栖此陋屋下,焉能避风雨?
观之惟生厌,不若双眼闭。"
                                       【克龙四】

246.
(盖、宽:)"炎热沐浊水,也可得清凉,
　　　　　饿时餐腐鱼,犹能饱饥肠。
　　　　　急时陋室妇,尚可解欲想①,
　　　　　人在危难中,但求身无恙。"

【克龙四】

247.
"穷人采草花,执之插发鬓,
痴人迷花美,何须辨芳芬。
素蓉②和兰敦③,野花亦堪怜,
月橘香远播,幽馨九里远。"④

【克龙四】

248.
二仆相唱和,为主化烦忧,
君王口中应,内心未解愁。
萍、芃尚未见,情思难止休,
后宫众妃嫔,念念恋故侍。

【克龙四】

249.
英俊帕罗王,抱枕郁满肠,胸中暗悲伤。

【克龙二】

250.
清辉洒穹苍,帕罗颁谕令:启程趁月光。

【克龙二】

251.
大军浩荡行,呵吼!走过田间陌,呵吼!越过旷草原,呵吼!芦苇

---

① 原文中这是一个梵巴语借词(梵文:rāga,巴利文:rrāgo),基本义为欲、爱欲、欲想等。
② 一种果实可入药的高大乔木。音译。
③ 一种花很香的乔木。音译。
④ 一种泰国花名,学名月桔,汉语又名九里香。

把人没,呵吼!象草香蒲①丛,呵吼!石茅白茅②密,呵吼!雨林落叶木,呵吼!千奇百怪树,呵吼!俊王心神爽,指点问何树?

【莱】

252.
林中狩猎户,木名皆谙识,逐一相告之。

【克龙二】

253.
识遍花木名,赞叹月桔香,真如娇妻样。

【克龙二】

254.
树有双栖燕,双燕正缠绵,
风吹花香来,惹我相思念。
素蓉娑罗双③,惟我独钟爱,
幽香与卿同,久驻我心怀。

【克龙四】

255.
笑嫣④似卿颜,嫣然展笑脸,
弄果⑤何圆润,忆兄弄皓腕。
琼娘⑥垂长穗,似汝青丝垂,
情花⑦鉴我心,恩爱不可摧。

【克龙四】

---

① 象蒲香草。
② 石茅高粱和白茅,又叫茅针或茅根。
③ 全称多花娑罗双(Shorea fioribunda)。
④ 一种泰国花名(Nangyaem),原词字面意义为笑女郎。中文名臭茉莉。这里为照顾原词的修辞意义,采取音义结合的译法。为了修辞上的需要,下文中花草名的译法大多采用这种方式。
⑤ 一种泰国植物(Luk Matong),中文名仙都果。原词字面意义为触动、触摸、逗弄。
⑥ 一种泰国植物(Chongnang),中文名称细穗石松。此处音译。
⑦ 泰国一种常见的灌木(Ton Rak),开白色小花,瓣有五楞,常用来做花串。原词义为"爱情花"。

256.
青青永随草①，若卿永相随，
纤叶频摇曳，似卿召我归。
却睹青丝木②，遥忆青丝美，
菟丝缠虬干，揽腰相拥偎。

【克龙四】

257.
簇簇指甲花③，想卿纤指甲，
幔藤④叶葳蕤，宛若罗幔垂。
琼木⑤染粉霞，缈若挂轻纱，
林中秀茎草，忆昔秀颈狎。

【克龙四】

258.
君王林中游，沿途赏奇珍：鹭鸟⑥栖橡树，孔雀弄罗香⑦。皇鸠⑧落巴豆，苍鹭潜苍草⑨。巢鸟⑩巢连巢，鸡跃鸡冠树。竹鸟隐竹枝，朵叨⑪

---

① 中文名红楝子，红椿。
② 中文名铁线子，(Manikara hexandra)。
③ 中文名密花使君子，(rangoon creeper; Quisqualis densflora)。
④ 一种蔓生植物(Mannang)，直译为女子的帷幔，学名不详。
⑤ 原词有两种基本义：一为粉色、桃红色；一为树名，或译乌墨蒲桃。另在神话中也指赡部树（生长在须弥山东的一种树）。根据泰国学者帕沃拉威皮西(Phra Woravetphisit)的注释，在古代诗歌作品中特指开出粉色花朵的树木。译者综合了原词本义和特殊义，采取谐音译法。
⑥ 泰文词 yang 既可指一种鹭鸟，又可指橡胶树。利用同音多义词的双关义，将同音的动物名和植物名放在一起描写，是泰国古代诗文中的修辞手法，本书的写景诗节中大量使用。译文尽量尝试体现出来。
⑦ 泰文词 yong 常见义为孔雀，另也指大花羯布罗香树(Dipterocarpus grandifloyus)。
⑧ 泰文词 plao 既指绿皇鸠(Ducula aenea sylvatica)，又指一种巴豆蜀的植物。
⑨ 泰文词 krasang，中文名草胡椒(Peperomia pellucida)。
⑩ 泰文词 rangnan，此为音意结合译。
⑪ 鸟名，泰文名 todto，此为音译。

立朵枝①。蜂虎②惊白茅,芋鸟③点竹芋④。班雉⑤觑蒲桃⑥,棉息⑦伫紫葳。荷鸟⑧舞荷蕊,啄木⑨啄刺桐,串门儿红白鹦⑩。奇木数不尽,百鸟竞啼鸣!

【莱】

259.
鸦立鸦藤⑪间,鸦藤绕马钱⑫,
鸦过鸦刺⑬木,群鸦啼声喧。
鸦鸟纷纷落,蝴蝶⑭枝头满,
鸦觑土蜜枝⑮,鸦戏鸦桄⑯颠。

【克龙四】

260.
虎眼树⑰枝摇,虎目树后窥,
赤鹿和麇鹿,鹿耳木⑱下藏。
象鼻卷竹叶,象身却不见,

---

① 麻疯树(barbadonut：Latropha curcas),此为音译。
② 鸟名,栗喉蜂虎,俗名红喉吃蜂鸟(Blue tailed bee-eater：Merops philippinus),泰文名 tapkha。
③ 泰文词 khla 既是鸟名,也是植物名。为修辞需要,此处意译为芋鸟。
④ 植物名,全称芦叶竹芋(Maranta dichotoma)。
⑤ 大眼班雉,英文名 Great Argus pheasant,学名：Argusianus argus。
⑥ 南海蒲桃(Eugenia cumini)。
⑦ 棉息鸟(cotton teal)。
⑧ 泰文 nokdokbuo,为照顾修辞的需要,意译为荷鸟。
⑨ 一种鸟,中文全称赤腹擬啄木。
⑩ 红鹦和白鹦飞来飞去相互串门儿。红鹦,原词是绯胸鹦鹉的别称,泰文字面义是"串门儿";白鹦,Cockatoo：Cacatuinae。
⑪ 一种寄生植物。
⑫ 即马钱子,这里为押韵需要省略末字。
⑬ 音译。一种树木,中文名不详。
⑭ 即蝴蝶木,Oroxylum, indicom。
⑮ 土蜜树属(Bridelia)。
⑯ 音译。中文名白花羊蹄甲,Bauhinia acuminate。
⑰ 虎眼树,字面义直译。中文名疑为鹧鸪花树(Heynea trijuga)。
⑱ 字面义直译。中文名榄仁树(Indian almond：Terminalia cotappa)。

象影过象枫①,倏忽隐林间。

【克龙四】

261.
猢狲树②上喧,猢狲声正嚣,
数只小猢狲,为争浆果闹。
猢狲逐猢狲,猢狲满树跑,
小猢狲儿跳,穿梭在树梢。

【克龙四】

262.
(此段莱体诗全部是植物名称的堆砌,以谐音押韵出奇制胜,没有含义,故略去不译。)

263.
蔓草攀鱼木③,弯弯绕枝柔,枝头卷叶吐。

【克龙二】

264.
团花正娇艳,芬芳惹思恋,但恨离卿远。

【克龙二】

265.
思前又顾后④,痴心两难绝,无计心欲裂。

【克龙二】

266.
行行路渐远,跋涉几晨昏。迨至国境边,扎帐在密林。文武百官至,入帷拜圣君。英武白象王⑤,座上颁谕令:

【莱】

---

① 字面义直译。中文名晃伞枫,Heteropanax Fragrans。
② 字面直译。中文名贺氏羊蹄甲,Bauhinia horsfieldii。
③ 鱼木属植物(泰文名 tonkum),枝干低矮,喜近水而生。
④ 既思念前方的公主,又眷顾后方的王后。
⑤ 白象是象谱学中最为吉祥的一种,极罕见。国王若拥有白象则表明江山永固,福泽绵延。

267.
"王自续前行,尔等返京城,合家享天伦。

【克龙二】

268.
随王赴远途,跋涉至边城,
将士十万余,应速归乡里。
征夫久辛劳,心系妻儿娇,
王犹慕淑女,萍、芃二公主。"

【克龙四】

269.
臣属皆心腹,顶礼伏于地。
手捧国王履,捻尘撒发际①:
"陛下久劳顿,何妨稍驻跸,
留歇三四日,臣等自归去。"

【克龙四】

270.
"三日已太久,不宜多淹留,
明晨率部归,急速返王城。
国中正空虚,日久变故生,
母后盼音讯,平安当面禀。"

【克龙四】

271.
(众随从)十指紧相合,齐拜广福王,
纷纷合双掌,观若百花放:
"幸得福泽被,承恩沐吉祥,
圣君庇下土,众生报恩长。

【克龙四】

272.
君恩何浩荡,伏乞随圣王!

---

① 臣子从国王足底捏下灰尘,撒在自己头发之上,表示对国王的无比崇敬。

及至凯旋日,护驾返国疆。
弃主保自身,莫若亡他乡,
前途任险阻,甘心保君王!"

【克龙四】

273.
(帕罗:)"前方路迢迢,归思日难消,
　　　　心忧堂上母,虑怀在王朝。
　　　　众卿久辅佐,此后更烦劳,
　　　　齐心护城邦,国威不动摇。

【克龙四】

274.
托尔统兵甲,象马①握于掌,
托尔护朝纲,内外如既往。
理政明是非,曲直当衡量,
代王奉母妻,王亲葆安康。"

【克龙四】

275.
御前会群臣,一一授口谕,
臣属齐领旨,膜拜跪于地。
滚滚男儿泪,滴滴鉴忠义!
"伏乞莫忘归,早日返都邑。"

【克龙四】

276.
(帕罗:)"归国拜太后,代王请圣安,
　　　　转达本王语:'祈母寿且康。
　　　　王儿享福泽,整日心无忧,
　　　　俯拜母足下,诺诺长稽首'。

【克龙四】

---

① 在古代泰国,象马是军事实力的体现,诗文中往往指代兵权。

277.
再往谒王后,代王慰思愁,
但以平安报,体健无病忧。
相逢犹可待,别日已无久,
莫须枉垂泪,且待迎君侯。"

【克龙四】

278.
王令撤大军,分调随行兵。亲兵百余人,护驾续前行。官兵战马象,尽皆遣回京。唤人两近侍①,帐中议巧计:此地留探报,暗中通消息。或②谙边民性,交契结情谊。追至交情密,告以来此意。遗之金银帛,道以巧言语。如若有意助,方与交心事。告曰必有赠,所赠定合意。但须告以实,无令有猜忌。王自扮边吏,侍仆盖与宽,乔扮万户侯。士官亦易装,且化千夫长。内侍为平民,各自改名姓。称呼同边民,沿途探路径。毋使泄军机,破绽巧掩饰。逢人当寒暄,所问答详细。自报名与姓,务使不存疑:本自城中来,巡边到此地。淹留不数日,急速返城邑。据此答所问,句句信为真。虚实莫可辨,闻者信其言。"

【莱】

279.
(随行众臣:)"圣王恩泽广!如此乔装计,臣等得护庇。

【克龙二】

280.
陛下急欲行,轻装宜简从③,二仆④护王身。"

【克龙二】

281.
走出森林口,行近彼边陲,佯装采野味。

【克龙二】

---

① 这里指乃盖和乃宽。下同。
② 作"有的人"讲。
③ 即将进入松国国境的时候,连一百扈从也不宜随行了,应该只留两位贴身仆从跟随护驾。
④ 指乃盖和乃宽。

282.

(随行众臣:)"伏乞辞圣主,顶礼拜王足,臣等即告归,留此二护卫。"①

【克龙三】

283.

俊王复启程,穿野过田庄。二仆前引路,君王威严藏。乔装巡边吏,衣冠巧遮掩。举止皆谨慎,不使露真颜。

【莱】

284.

三人穿茂林,人象匆匆行,错杂留足痕。

【克龙二】

285.

侍仆前引路,悉心护圣主。沿途经村舍,过夜宿农户。及至边关口,线人已招呼。依计②报名姓,故作好谈吐。远民见客至,殷勤问名姓。来客如是告:王宫巡边使,受命行至此,不日返都邑。闻罢纷行礼,恭敬拜小吏。遂乃出此寨,行行过数邑。

【莱】

286.

行至伽龙河③,饮象水岸旁。小坐憩片刻,遂令砍枝藤。以之代绳索,结扎渡江筏。乘筏渡江去,乃命辟宿地。俊王入水浴,净身濯尘埃。解髻洗乌发,慈母入心来。

【莱】

287.

思想宫中母,想儿何凄楚,含泪欲悲呼。

【克龙二】

---

① 以上三段均为百余随行侍臣在穿过森林,即将到达松国边关时对国王帕罗所说的话。这里说的"留此二护卫"与后面的315、319段内容是矛盾的。实际上这时还留有70随护。以后渐次减少30人、15人、10人,最后仅留乃盖乃宽二位贴身侍从在帕罗身边。出现这种矛盾,可能是后人窜改、增删所致。

② 即上文中帕罗王的伪装计。

③ 泰北的 Kalong 河,此为音译。

288.
痛此离思苦,痛此苦难医,
痛煎游子心,直欲飞故里。
痛己孤单身,独自在异乡,
痛母想儿苦,哀戚牵肠肚。

【克龙四】

289.
母后失先王,又遭母子离,
形影独凭吊,枉自哀哀泣。
倘若大难至,犯境是强敌,
痛定复思痛,莫若早归去①?

【克龙四】

290.
情人纵百千,何及一娇妻?
妻妾纵千万,何及亲生母?
怀胎至降生,念此诚不易,
养育犹苦辛,母恩无可比!

【克龙四】

291.
莫如回程转,忍弃会萍、芘?
回宫拜太后,萱堂勤侍奉。
徘徊无所之,犹疑难夺定,
是何前世业,毁我母子情!

【克龙四】

292.
那时节,二仆合掌拜,祈奏帕罗王:"陛下请颁旨,返国趋吉祥。此乃阳光道,不宜入敌境。治国伴母妃,人间享太平。"

【莱】

---

① 即不如早日死去。本段是帕罗思念母后时对母亲此刻悲苦心情的想象。

293.
"向前行,孤身入敌境,
若回返,退缩遭诟病:
堂堂颂国君,怕死惜性命!
辱没天子誉,莫若了残生。"

【克龙四】

294.
二仆忙相劝:"陛下九五尊,
孰敢犯天颜?毫发定无损!"

【克龙三】

295.
"去去便速归,尔等意若何?
幽约既可赴,归期不蹉跎。
但恐彼术高①,羁縻不得脱,
故土难再回,母后见不得!"

【克龙四】

296.
"借河求占卜,向水问吉凶,
此河名伽龙,伽龙水流急!
如若去不归,河水当倒流,
倘或平安回,直向东流去。"

【克龙四】

297.
话音甫一落,河水立回旋,
水波呈红色,仿似鲜血染。
倏然心颤抖,悲戚何堪言!
犹如百丈木②,轰然砸胸前!

【克龙四】

---

① 指颂国巫术高明,鬼兵众多。
② 原文是百人合围之巨木。

298.
不愿人察觉,强忍装笑颜,
泰然走上岸,返回御亭间①。
落下金帷幔,周围死寂般,
掩面低低泣:"母后听儿愿:

【克龙四】

299.
母若先归西,愿得瞻遗容,
儿若先母亡,母葬儿心安。
葬子毋须悔,白发送子归。
只怕两无缘,死做异乡鬼!

【克龙四】

300.
儿死当百了,抱憾慈母恩,今生无缘报!"

【克龙二】

301.
哽咽难自已,双泪和血流,母将难见儿!

【克龙二】

302.
占卜现凶兆,母后慈悲心,难解儿煎熬!

【克龙二】

303.
身为帝王尊,轮回在凡间,孤身陷泥潭!

【克龙二】

304.
回头已无路,误踏异邦土。奈何叹无助!

【克龙二】

305.
"我本帝王种,往昔何威风!

---

① 国王临时驻跸之凉亭。

属邦有百余,个个皆服膺。
而今孤单身,陷入苦海中,
只怕与慈母,永隔阴阳城!"

【克龙四】

306.

(帕罗)哀愁比天大,思前又虑后,不使人觉察。故作欢颜笑,揭帘唤向导:"尔携我心腹,去寻停歇地。何处应回避,确保事无虞。再探入宫门,巧妙以智取。水路和陆路,村名驻马地,远近前后顾,眼到心牢记。乃盖并乃宽,安排须周密。"

【莱】

307.
三人领圣旨,拜行触足礼,即刻探路去。

【克龙二】

308.
遵照国王令,处处细探查,详记在心底。

【克龙二】

309.
走进村落内,村民热心迎,兄弟相称谓。

【克龙二】

310.
金钱作钓饵,任凭硬如铁,伸屈皆能偕。

【克龙二】

311.
人心笼络定,盖、宽施妙计,甜言加蜜语。

【克龙二】

312.
内情悉告知,民曰"勿小觑,草民定尽力。"

【克龙二】

313.
(村民带领乃盖乃宽)潜入御花园,找到守园人,金银封其口,金银买其心,任由差遣使,带路探宫门。远窥公主殿:何处有路通,何处须防人。处处察明瞭,牢牢记在心。深藏不露相,无人起疑云。

【莱】

314.
回程探归路,沿途问村名,盖、宽穿林走,顾盼潜行踪。及至宿营处,入内报主公,禀明探查地,后宫有路径,画出地形图,一一标地名。

【莱】

315.
国王稍思忖,吩咐众随从:二象与四马,七十将与兵,留守在此地,待王返回城。精兵选三十,随驾续前行。俊王养精神,专心侯良辰。侍从盖与宽,恭候听王命。

【莱】

316.
那时两公主,宫中盼消息,
迟迟无音讯,心中何焦急:
"仁、瑞两侍姐,请去问仙翁,
二姐若怜我,速去莫迟疑!"

【克龙四】

317.
侍女谒仙翁,仙翁告二女:
"帕罗已临近,伽龙水之滨。
在我疆域内,徘徊心不定,
待我再施法,引他速前行!"

【克龙四】

318.
(仙翁)心念众锦鸡,锦鸡齐飞来。一只最为美,身壮有精神。赤颈闪红光,翠羽嵌花纹。彩翅五色间,跖趾流光辉。双目圈朱红,顶冠耀华美。鸣啭动心魂,翘距润而莹。双足闪金光,腿上朱文横。仙翁施号令,鬼魂附鸡身,锦鸡毫无惧,昂首示威风:抖擞双彩翅,悠长清脆鸣。仙翁发指令,锦鸡跃腾空,转眼落河边,临近帕罗营。引颈高声歌,清音婉转声。扑翅轻曼舞,啄沙清翅翎。光鲜夺人目,走走还停停。帕罗侧目觑,一见不转睛。顿时心花放,急欲捉手中。未及洒香水,衣冠着匆匆,提剑疾步奔,追赶美精灵。卫兵随其后,锦鸡前方行。帕罗落后远,锦鸡遂即停。频频转眼珠,咕咕催速行。待到王渐近,转身复速奔。飞影穿木间,轻步若凤鸾。已至林尽头,王远鸡又等。将行入村寨,故作慵懒态。见它步履缓,帕罗疾俯冲,倏忽飞影闪,锦鸡已不见。帕罗猛醒悟:"我竟迷锦鸡,被诱至此地!"回首望侍从,盖、宽忙劝慰。

【莱】

319.

(帕罗传谕众士兵:)"此后须小心,不可稍大意。"行至友人村①,悄悄传消息。合掌来礼拜,邀客入屋宇。奉上佳肴馔,且请栖一宿。临行留十人,前村再留五,大象难携行,在此暂留驻。其余十五名,随王向前进。前方又留十,来至一小镇。见一荒芜园,遍植松柏树,四周寂无声,空舍无人住。村民②趋前道:"已近御花园,请王暂驻跸。"合掌行礼后,席地候圣谕。

【莱】

320.

呈上佳肴馔,端汤请入浴,铺席摆绣枕,卧具皆备齐。尊贵帕罗王,乔扮婆罗门,化名昭西杰,来自婆罗多③,慕名游异国。盖、宽扮居士,化名腊与朗,各须守机密,务使人不疑。村民邀五人④,家中去饮宴,招待远来客,称兄又道弟。

【莱】

321.

宴饮甚相欢,转眼近黄昏。帕罗欲出门,观赏御花园⑤。言罢即动身。村民前带路,俊王款款行。

【莱】

---

① 指上文情节中已被帕罗仆从收买的松国村民的村庄。
② 带路的村民们。
③ 即印度。
④ 至此,帕罗随从仅余5人。
⑤ 指公主的后花园。

322.
村民前行急,告知守园人,帕罗已亲临。
【克龙二】

323.
园丁伏地拜,恭请入园来。尽兴游开怀。
【克龙二】

324.
君王笑颜开,观赏挺秀木,花果惹人爱。
【克龙二】

325.
遍览园中景,金口启朱唇:"多谢好心人!
【克龙二】

326.
此园谁为主?"(守园人:)"公主萍与芃。启禀王至尊!"
【克龙二】

327.
村民吟歌唱,敬献白象王①,德高福泽广。
【克龙二】

328.
"我等众草民,匍匐王足下!
请王细欣赏,簇簇似锦花。
公主萍与芃,园中常散心,
采撷花与木,二主消闲暇。"
【克龙四】

329.
帕罗观露兜②,清香情思牵,
俨如秀发露,馨柔沁心田。
茉莉散浓香,惹人神魂荡,

---

① 拥有白象的国王,被视为天赐神主。
② 露兜花树(泰文名 karaket)。树植物,花味清香。

萍芄插发间，玉女胜天仙。

【克龙四】

330.
笑女①绽花容，一似玉人颜，
叶儿轻摇曳，含羞邀王见。
琼娘②垂须枝，殷勤频致意，
笑女③枝条弯，恭身行大礼。

【克龙四】

331.
禽鸟排排站，列队高枝头，
为君歌一曲，安魂④语啁啾。
苍鹭鸣声哀，寻伴穿树间，
栖处得爱侣，呢喃不停休。

【克龙四】

332.
客到⑤欢快叫："客到！客已到！"
频频向国王，殷勤示友好。
鹦哥盛情迎——唧啾相和鸣，
鸟儿成双对，依偎在树梢。

【克龙四】

333.
池水清粼粼，再请赏池塘，
满池荷花开，阵阵送幽香。
鱼蟹龟鳖多，水中游欢畅，
蜜蜂吮花心，穿梭花间忙。

【克龙四】

---

① 植物名（泰文名 nangyaem），丛生，花白，味浓香，此处意译。
② 树名（泰文名 chongnang），干如长须下垂状。音义结合译。
③ 植物名（泰文名 nangyaem），丛生，花白，味浓香，此处意译。
④ 安魂仪式是泰国民俗中的重要活动。
⑤ 绯胸鹦鹉的别称。此处为音译。

334.
俊王返驻地,落座稍休息,相思念又起。

【克龙二】

335.
晚风摧树低,二仆劝安歇。
帕罗愁满怀,作赋寄情思:

【克龙三】

336.
爱汝胜生命,弃国来此间,
不见佳人影,夙愿疑成空。
可知为兄苦?哀哀频呼唤!
呼唤无回应,相思怎排遣?

【克龙四】

337.
欲睹佳人面,佳人如花容,
兰敦①花儿开,日夜散芳芬。
晚风送暗香,牵动我愁肠,
明月照穹窿,伊人在何方?

【克龙四】

338.
茉莉②茉卢莉③,香气正袭人,
兰馨④八角枫⑤,撩人生五欲⑥。
香芬似佳人,尊贵美公主。
闻香不识面,犹甚生别离。

【克龙四】

---

① 花名(泰文名 lamduan),音译。
② 二列茉莉(泰文名 maliwan)。
③ 花名(泰文名 maluli),音译。
④ 米仔兰(泰文名 pru)。
⑤ 鼠叶八角枫(泰文名 prayungk)。
⑥ 色、味、气味、声、触五欲。

339.
只闻花香浓,不见双丽人,
园中百鸟噪,我心倍忧闷。
拜托园中鸟,为我传喜讯——
公主应知晓,兄已抵园内。

【克龙四】

340.
拜托巧八哥儿,为我送佳音,
告知两姐妹,相思逐日深。
跋山涉水来,只为把妹寻,
百鸟声喧闹,伴我呼妹声。

【克龙四】

341.
鹦鹉快快飞!腾空展双翅,
速告两公主,帕罗形影只。
已到御花园,孤身独徘徊,
愁肠了无绪,佳人不可期?

【克龙四】

342.
红鹦①快快飞!飞向王宫去,
飞到公主边,传我肺腑语:
"愿邀双佳人,花园共欢聚,
赏花观果木,良辰应珍惜。"

【克龙四】

343.
噪鹃菩拉朵②,和鸣声声脆,
歌声悦人耳,如何不陶醉!
倘有怜我意,速到彼香闺,

---

① 红鹦鹉。
② 泰国的一种小鸟 puradok。此为音译。

邀来二美人，宽慰我心扉。

【克龙四】

344.
鸟儿若罔闻，悠闲自盘旋，
忽而藏叶间，隐身觅不见。
不肯向帕罗，传递彼消息，
兀自枝间跃，鸣啭不休止。

【克龙四】

345.
(帕罗)怅望树间鸟，耳闻鸣声噪，胸中添烦恼。盖、宽顶礼拜，好言相慰劝："圣主莫心焦，明日定得见。

【莱】

346.
请上琉璃榻，听晚蝉唧唧——令我王欣愉。

【克龙二】

347.
风儿送花香，闻香思人——俊王思公主。

【克龙二】

348.
月辉洒穹窿，赏婵娟，权作丽人容。"

【克龙二】

349.
帕罗心稍悦，欣然聆仆语①。二仆曲辞妙，君王入梦里。

【莱】

350.
二仆足旁卧②，昏昏入梦中。帕罗忽惊醒，唤仆解梦境：

【莱】

---

① 这里指乃盖、乃宽二仆人为国王吟唱催眠曲。
② 蜷卧在帕罗王的足旁睡去。

351.
"乃盖和乃宽,醒转仔细听:
适才方入睡,浑然得一梦。
美人长肩链,斜挂我肩头,
化作双蛇盘,令我大吃惊!

【克龙四】

352.
梦中拥美人,相嬉共席枕。
梦醒心缱绻,呓语唤佳人,
情爱化锁链,缚紧我身心。

【克龙四】

353.
梦中着锦衣,菡萏插鬓旁,
面朝扶桑走,当是趋吉祥。①
潋滟湖光里,怡然水中戏,
极目绿野阔,悠然凭徜徉。

【克龙四】

354.
右手弄荷瓣,左臂抱白莲,
池鱼双嬉戏,惊起水花溅,
鲅鱼潜水底,游弋荷花间。"②

【克龙四】

355.
二仆解梦曰:"心想事必成!陛下毋悲伤,明朝定相逢。"

【莱】

356.
乃盖奏人主:"奴仆亦有梦:
陛下登昊空,手擎白玉盘。

---

① 古代泰人相信东方是太阳升起的方位,代表吉祥。
② 原诗四行,简化为三。

皓月竟成双,双双相辉映,
此乃大吉兆,姻缘必谐定!"

【克龙四】

357.
乃宽奏人主,"奴仆亦有梦:
我主化明月,天女托头顶。
此亦大吉兆:何愁事不成!"①

【克龙四】

358.
闻得吉梦兆,王心乐陶陶,一似情人至,为王吟歌谣。

【莱】

359.
可怜深宫女,萍、苊二公主。相偎倚床头,戚戚低无语。为君苦守候,销得花容瘦,久盼无消息,抚膺泪双流。

【莱】

360.
心愿久未遂,双目含秋水,苍面无颜色,云鬓任自垂。凄凄复戚戚,咽咽哀难已,唤君君不见,相思魂欲断。乃语二侍女:"此情成空欤?不得配俊王,明朝与世绝!"

【莱】

361.
仁、瑞合掌拜,柔语劝公主:"尽在掌握中,且请稍等待。无须久时日,俊王定自来。"

【莱】

362.
"公主休烦恼,今日或明朝,
君王必驾到,入园度良宵。"

【克龙三】

---

① 原诗四行,简化为三。

363.

"侍姐①缘何知？何人通款曲？但有君消息,速告莫迟迟！"

【莱】

364.

仁、瑞合掌拜："至尊贤公主！神威老仙翁,教仆识征候,但观空中鸟,便知福祸忧。因晓喜事近,今朝好兆头。奴婢心甚悦,恍如亲眼觑,俊王翩然至,公主在左右,与王共绸缪。"

【莱】

365.

公主闻言喜,欣然谢侍女："此恩比天高！他日必相报！

【莱】

366.

自幼蒙呵护,个中恩宠隆,
今番又助我,欲谢恨辞穷。
他日得偿愿,当谢情义重。"②

【克龙四】

367.

侍女仁与瑞,妙辞达心意,柔语慰公主：

【克龙二】

368.

"公主莫烦忧,宽心早安歇,但待俊彦王,来做闺中客。

【莱】

369.

公主毋心伤,安寝候情郎,听婢吟一曲,伴主入梦乡。"二婢抚莲足,萍、芃卧榻倚,缓缓吟声起,悠悠飘入夜：

【莱】

370.

"黄金琉璃榻,熠熠生光辉,

---

① 丫鬟姐。
② 原诗四行,简化为三。

锦褥绣缎枕，精致又华贵。
绮丽天花顶，繁星来点缀，
罗幔掩娇躯，绣帷低低垂。

【克龙四】

371.
美人睡兮心莫愁，魂魄安兮莫烦忧。
君王来兮且等候，幸美人兮君将留。

【克龙四】

372.
熏风过兮谒王侯，熏风吹兮君来逑。
林中仙兮长护佑，引君来兮莫淹留，
明月朗兮辰星稀，代灯火兮照田畴。"

【克龙四】

373.
仁、瑞低声吟，萍、芃闭目听，
言说帕罗王，不久将降临。
柔声飘入耳，悠悠动人心，
一曲轻渺渺，催人睡梦沉。

【克龙四】

374.
公主寐渐浓，侍女歇吟声，须臾同入梦。

【克龙二】

375.
那时四娇女，纷纷生奇梦。幻景殊而奇，醒后久回味。追忆梦中景，历历皆在目。帕芃述梦先，求解此中意：

【莱】

376.
"天苑有奇葩，飘落我掌心，
奇香飘万里，琼花美绝伦。
仙葩世所稀，凡界洒光华，
执之插发髻，天赐帝王女。"

【克龙四】

377.
帕萍从旁卧,心中甚欢欣。
遂将好梦述,好梦寓意深:

【克龙二】

378.
"闪闪金轮盘①,滑落穹窿顶,
化作金花钿,斜插我云鬓。
皎月代铜镜,清清照我影,
缀星成花环,妆饰我发端。"

【克龙四】

379.
仁、瑞忙解梦:"好梦遂人愿,心事终了时。我主帝王女,当配王中杰。身许帕罗王,万人仰福祉。"

【莱】

380.
(帕萍:)"听闻梦吉祥,一如登天堂,但愿诚如是。"

【克龙二】

381.
娘瑞意欣欣,娘仁合十拜,齐跪莲足旁,己梦亦道来:

382.
娘仁有异梦,说与二主闻:
"公主摘星辰,结环饰头顶。
蛟蛇缠主身,张口吐红芯,
此梦好兆头,贵人已临近。"

【克龙四】

383.
娘瑞梦亦奇,徐徐禀幼主:

---

① "金轮盘"指太阳。

"闲游九霄天,畅饮五味露①。
堪羡神仙好,人间怎可匹?
明朝良辰至,如愿赴君期。"

【克龙四】

384.
美梦悦娇媛,夜尽晨曦浅。急切恨日迟,待日若千年。

【莱】

385.
噪鹃鸣东方,鹧鸪惊重林。百鸟迭声喧,锦鸡唱天明。

【莱】

386.
残月没西天,朝阳斜丘远。祥鸟报喜讯,收翩落枝颤。婢女观鸟侯②,忽闻鸦语喧,似告远客近,立将喜报传。

【莱】

387.
公主喜难禁,急急遣婢女:"快去园中请!快去!快快去!"

【克龙二】

388.
二位智巧女,敛衽理妆红,辞别两公主,驭象去匆匆。却说帕罗王,朝嘱守园人:"如遇客来问,何人居此中?须以如是答:'异国婆罗门③,携徒两少年,游方至此苑。独爱园中木,借地暂栖歇。此僧面含忧,睹物常自嗟。今朝辞别去,行行不多时。'"如是叮嘱罢,俊王携仆出。

【莱】

389.
盖、宽行止慎,前后顾险安。回首瞥远影,二女行姗姗。来者恐无他,侍女瑞与仁。行至园门前,驻象步入门。合掌问园丁:"可有远客至?"答以帕罗语,侍女叹来迟!即问何形状:"老叟或少年?容貌作何

---

① "五味露"指形、味、气味、声、触五种。
② 从鸟儿的反应可以判断事物变化的症候。
③ 婆罗门僧侣。

观?"(答曰)"无人可比攀!风华绝世貌,神仙当自惭。少年婆罗门,随徒双俊男。"自悔误良时,仁、瑞柱嗟叹!向使动身早,今何怨来晚?

【莱】

390.
来迟惟自嗟,悲乎心艾艾,
悔不该,悔不该……

【克龙二】

391.
而今当曷为?惟盼好运来,尽早得相会。

【克龙二】

392.
但祈有福运:三人非他人——帕罗与侍从。

【克龙二】

393.
四顾眼欲穿,遥见二修影,款款靠近来。

【克龙二】

394.
"速来瞧来者,莫非所言客?亦或当地人?"

【克龙二】

395.
园丁望而曰:"确为彼二人,随从婆罗门。"

【克龙二】

396.
少年渐行近,二女入池塘,倏忽倩影藏。

【克龙二】

397.
至此疑窦解,成事已不难,二女心方安。

【克龙二】

398.
入池掩娇身,不使盖、宽见,悄然观其颜。

【克龙二】

399.
盖、宽已走近，未几临池塘，款步风流样。

【克龙二】

400.
冉冉缓步行，藕臂①轻摆动，信步穿园中。

【克龙二】

401.
(盖、宽:)"方见有人影，此刻了无踪，惟见水池横。

【克龙二】

402.
四顾无人迹，倩影何处觅？令人费解疑。"

【克龙二】

403.
静池水滟滟，观之甚爱怜。撩人宽衣带，一任纵波间。二人下清池，蓦然见二女。待到少年近，嬉笑发问频：

【莱】

404.
"君自何方来？家在何方土？
因何闯入园？不慎行止礼②？
此乃皇家地，焉敢入池戏！
请君速上岸，依此方无事！"

【克龙四】

405.
(盖、宽:)"自将出池塘，求卿莫驱赶，
我自远方来，跋涉至此园。
恰逢见清池，滟波惹人爱，
不知皇家地，望卿莫嗔怨。

【克龙四】

---

① 以莲藕喻手臂之美，是泰国文学常用的比喻手法。
② 对行为与礼节疏于严谨。

406.
二位娴淑女!且听兄一言:
方才入此苑,四顾无人管。
因见碧池清,遂欲戏水玩,
未料园有主,受责堪汗颜!

【克龙四】

407.
我等即告辞,二位俏淑女!
何敢久淹留,徒增我羞惭。
堂堂男子汉,竟遭裙钗嫌,
只因不见人,误入御池园。"

【克龙四】

408.
(仁、瑞:)"二位贤君子,不必立动怒,
一时生误会,竟似千重辱。
皆因向未识,乃疑恶人入,
不慎有得罪,请君多原宥。"

【克龙四】

409.
(盖、宽:)"闻卿如是言,甘露沐心田。
方知花颜愠,但为驱氓顽。
阿妹且见谅,阿哥多冒犯。"①

【克龙四】

410.
"倘欲濯旅尘,请君入池间,
身在清水中,自然去热炎。
湛湛池中水,濯尽尘与汗,
盛荷莲子熟,鲜美味甘甜。"

【克龙四】

---

① 原诗四行,简化为三。

411.
少年聆妹语,欣然入池间。谦谦君子态,款款肺腑言:"身沐此水中,犹胜在九天。"

【莱】

412.
采莲唊入口,甘香润舌喉,
(乃盖:)"彼岸有白莲,其味当何如?"
(娘仁:)"何不往撷之,亲尝味方知。
　　　　甘饴比仙露,安须赴天池?"

【克龙四】

413.
娘仁谓娘瑞:"娘瑞好阿妹,
彼处莲果鲜,何不携客往?
贵客但欲尝,采撷更无妨。"①

【克龙四】

414.
娘瑞领首应,柔声唤少年,
脉脉转眄睐,幽幽芳魂乱。
乃宽喜相逐,同没碧荷间,
芙蓉香正浓,却殊女儿颜。

【克龙四】

415.
"叠叶障我身,感尔懂我心,
娇花频领首,邀我近芳芬。
呷露柔肠醉,闻香魂忘归,
应是我所爱,更爱阿妹身。"

【克龙四】

416.
美乳菡苕苞,俏眼比莲瓣,

---

① 原诗四行,简化为三。

荷馨令人痴,更怜芙蓉面。
香发至莲足,无处不美艳,
妹香撩人醉,一触魂销散。

【克龙四】

417.
阿妹红莲美,阿哥紧相随,
莲香诱哥采,双莲并蒂开。
花动碧波漾,哥心已融醉,
禁果得品尝,不尽美滋味。

【克龙四】

418.
双莲池中交,交影正缠绵,
叶深凭鱼探,花赧抱风酣。
足鲈逐鲨鲶,鲮鲤戏池边,
相竞啄食饵,尾翻浪花溅。

【克龙四】

419.
此方燕尔依,彼处交欢烈,
相逐爱欲浓,嬉戏意更切。①

【克龙四】

420.
水中战方歇,登岸两相携,
拥吻呢喃语,岸边再交戈,
缱绻地做床,犹胜登天阶。②

【克龙四】

421.
二女携爱侣,执手入园中,

---

① 419—422 内容做了简化处理。
② 原诗四行,简化为三。

拾梯上高屋①,展席把郎请,
嬉笑无限意,撷趣两心同。②

【克龙四】

422.
双双云雨毕,启齿问公子:
"郎自何方来?愿闻郎君名。"③

【克龙四】

423.
二男闻女言,告以虚假名:"本名朗与腊,从商结伴行。途遇婆罗门,僧号昭西杰。遂与结伴游,来至御园中。"

【莱】

424.
"本自乐国④来,都城玛诺宏⑤。只为因缘至,此处得遇卿。"

【莱】

425.
(仁、瑞)闻言心大惊:"莫非铸大错?应对当若何?

【克龙二】

426.
君到我邦来,携带何货色?所贾有几何?"

【克龙二】

427.
盖、宽相距远,款曲通不得。
二女频逼问,支吾露难色。

【克龙三】

---

① 即泰式高脚屋。
② 原诗四行,简化为三。
③ 原诗四行,简化为二。
④ "乐国"乃意译。原名 Ramayanakorn,音译是"罗摩耶国"。罗摩耶是梵文借词,欢乐幸福之意。
⑤ 音译自 Manohon。

428.

(仁、瑞:)"速把货名报！倘使答不出,休怪遭耻笑!"

【克龙二】

429.

(仁、瑞思暗忖:)"不似伪君子,言语却支吾,隐瞒为何故？

【克龙二】

430.

货珍稀为贵？量我无力贾？因之不屑告,亦或非商旅？面有官宦相,形掩宫人身,行止有风度,貌修殊佞徒。"

【莱】

431.

(仁、瑞:)"谎言失信诺,岂不遭讪笑？笑至肚皮破!"

【克龙二】

432.

乃盖、乃宽曰:"将以实情告,祈卿莫讥嘲。

【克龙二】

433.

随侍君主来,帕罗俊彦王,三人到此邦。"

【克龙二】

434.

随臣①告吉讯,侍女喜难禁,如掌帝王印②。

【克龙二】

435.

"金轮从天降,滑落在手掌,
欲擎明月盘,揽月瞬息间。
金色须弥顶,欲登有何难？
请兄接君王,移驾御花园。"

【克龙四】

---

① 乃盖、乃宽是国王亲随侍从,亦为内侍官,仁、瑞以随臣相称,以示尊敬。
② 心情如同登上王位般的高兴。

436.
(仁、瑞:)"国王今安在?屈尊谁家园?"
(盖、宽:)"暂栖荒园内,寂寞愁难掩。"①
　　　　　　　　　　　　　　　　　　【克龙四】

437.
(仁、瑞:)抚膺长悲呼:"呜呼国之主!
　　　　　孤身何愁廖,那堪受此苦?
　　　　　听闻心欲裂,为王痛满腹,"
　　　　　二女同声泣,涓涓涕泪出。
　　　　　　　　　　　　　　　　　　【克龙四】

438.
(仁、瑞:)"兄长速回返,代奴多拜上,
　　　　　恭请圣国王,移驾至此园。
　　　　　奴婢在此候,代主把话传,
　　　　　尔后返宫闱,请主速来见。
　　　　　　　　　　　　　　　　　　【克龙四】

439.
祈待君王至,当面行大礼,
俯身太平地,叩拜王足底。
亲耳聆圣谕,如承天堂露,
再将春消息,奏禀两公主。"
　　　　　　　　　　　　　　　　　　【克龙四】

440.
多情两公子,依依别新侣,
揽怀搂纤腰,吻别轻声语,
四目深情望,须臾不忍离。②
　　　　　　　　　　　　　　　　　　【克龙四】

---

① 原诗四行,译诗简化为二。
② 原诗四行,译诗简化为三。

441.
娇媚二婢女,楚楚紧相依:
"郎将辞妾身,新侣怎堪别?
分离似身灭,相会乃复生,
郎若怜新爱,莫令妾长等。"

【克龙四】

442.
去去二人归,两步一回首:
"难舍兄所爱,脉脉觑身后。
此去任在肩,为请御驾临,
身远心犹在,伴卿解离愁。"

【克龙四】

443.
(仁、瑞:)妾将候郎归,刻刻盼郎回,
　　　　身远心相随,与郎不离分,
　　　　速归莫淹留,淹留妾心碎。①

【克龙四】

444.
二人行匆匆,未久至草堂,跪伏见君王。

【克龙二】

445.
实情一一报,因由从头讲,帕罗知端详。

【克龙二】

446.
(盖、宽:)"适才巧相遇,公主贴身婢,
　　　　机敏善辞令,忠心无二意,
　　　　着我请王驾,御园颁圣谕。"②

【克龙四】

---

① 原诗四行,译诗简化为三。
② 指御花园中的一处闲置宫殿。

447.
帕罗立动身,摇步行款款,
英姿若雄狮,出洞群山颤。
仁、瑞守阶前,遥见影翩翩,
匆忙接圣驾,俨若迎神仙。
【克龙四】

448.
二女合掌拜,伏于王足下,
"恭迎陛下至,暂憩消旅乏。
且请入殿内,沐足暂歇暇。"
【克龙四】

449.
(仁、瑞:)帕罗问仁、瑞:"公主萍与芪,近日可安康?"
【克龙二】

450.
"公主身无恙,但忧思圣王,心病愁断肠。"
【克龙二】

451.
帕罗移莲步,行至高殿前。金坛盛香水,供王濯足尘。素绢拭足底,长巾铺阶梯。拾级登层楼,移步坐锦席。斜倚金丝枕,轻撩帘幔锦。启齿诏侍女,二女前置辞:"至上圣神王!昔日王巡幸,前后铺红毯,出入乘象马,御轿候旁边,御靴踩软垫,软垫有几层。而今若黎庶,踏泥涉荒林。听闻肝肠断!所经多苦辛。俯首合十拜:陛下何堪忍!"
【莱】

452.
帕罗谓侍女:"感汝精诚意,情浓比至亲。"
【克龙二】

453.
"为会两娇媛,君子何惧难?受苦亦心甘。
【克龙二】

454.
汝若感我心,速令得亲见——萍、芘真容颜。"
【克龙二】

455.
(仁、瑞:)"陛下请宽心,在此稍留歇,
　　　　二兄同奉侍,朝夕护君前。
　　　　奴婢暂告辞,就此速回返。
　　　　君王藏深阁,落锁插门栓。"
【克龙四】

456.
(帕罗:)"断肠怯独守,掐指恨日久,
　　　　痴痴神似颠,郁郁愁肠揪。
　　　　二人速传讯,行事莫耽留,
　　　　速速回寝宫,禀告两公主:
【克龙四】

457.
公主如见怜,当期聚三人,
念之心切切,唯盼会吉晨。
生时无常好,旦夕命归阴,
空留寒冰骨,待卿抱恨焚。"
【克龙四】

458.
仁、瑞领王命,合掌行拜礼,
低眉向盖、宽,秋波暗传递。
盖、宽心会意,深眸眄爱侣,
帕罗观四人,已解个中意。
【克龙四】

459.
戚戚痴心女,无奈转身去,
秋水犹依依,余波不忍弃。
二子抚膺叹:中怀何凄寂!

生生两相隔,谁个堪分离?

【克龙四】

460.
二婢出门来,上锁摘金钥。款款莲步轻,匆匆驭象行。须臾至宫门,急急寻公主。下象入内殿,抬眼望高处。遥见两公主,朱颜倚金牖,皎皎面生辉,如月悬当空。阁中公主望,忽见二婢还。皓颜如花绽,宛如帕罗现。

【莱】

461.
(帕萍:)"你我同声唤,遥呼问佳讯,妹妹意若何?"

【克龙二】

462.
(帕芃:)"细思觉不妥,倘为太后闻,好事难成真。"

【克龙二】

463.
(帕萍:)"二婢却为何,举步缓若停,急煞守望人!"

【克龙二】

464.
"宫门咫尺间,此时何缘故,却似千丈远?"

【克龙二】

465.
二婢登长阶,步入寝宫内。行近萍与芃,俯拜传吉讯:俊彦帕罗王,我主之灵魂①,已临公主近。

【莱】

466.
(仁:)"公主奴之魂,上苍赐福瑞,
　　帕罗俊彦王,周身耀金辉。
　　疑是天神降,下凡赴幽会,
　　红尘俗世间,谁敢与媲美?"

【克龙四】

---

① 把尊贵宠爱之人比作自己的灵魂。

467.
(瑞：)"俊王有口谕,托奴寄公主：
　　　但期速来会,与卿结连理。
　　　却恐卿来迟,旦夕命归西,
　　　徒留寒冰骨,待卿抱恨焚。"

【克龙四】

468.
(萍、芃：)"闻得君王至,如获九霄珠,
　　　宁以性命易,岂令掌珠失。
　　　却恐风声走,不慎隐情露,
　　　应先谒太后,行可无后虑。"

【克龙四】

469.
遂往见太后,俯拜请贵安,
祖母履底尘,捏取撒发间。①
双双拥祖母,同倚座榻边。
娴静花照水,太后倍爱怜。

【克龙四】

470.
(太后)嘉言赞皇孙："绝代美双娇,
　　　天生芙蓉质,始绽羞花颜。
　　　堪羡妙龄好,秀丽身纤纤,
　　　知礼懂孝道,祖母常挂念。"

【克龙四】

471.
轻抚胭脂面,摩挲细端详,
叹此天女貌,姿容惊俗艳。
更有慈悲怀,谁堪配凤鸾?

---

① 取一点王太后(公主庶祖母)鞋底的灰尘放进自己头顶之上,表示崇敬无比。

公主闻言喜,殷勤轻揉按。①

【克龙四】

472.
(太后:)"难为贤孙女,伴我遣寂寥,
　　　　怜尔娇弱躯,不堪久辛劳。
　　　　仁、瑞勤照拂,莫使身染恙,
　　　　回宫烹佳肴,沐身理红妆。"

【克龙四】

473.
孙女俯身拜,拜上皇祖母,
"甘愿侍左右,长伴度天年。
祖母展慈颜,宛若荷花绽,
心如饮琼浆,怎愿离身边?"

【克龙四】

474.
(太后:)"孙儿奉孝心,祖母倍欢喜,
　　　　听尔银铃声,天籁犹未及,
　　　　顿时心神爽,如享甘霖浴。

【克龙四】

475.
须臾不忍离,又恐劳孙女,
怜孙胜己身,但期远病疾,
叮咛皆因爱,孙儿休嫌弃。②

【克龙四】

476.
王女重四仪:坐卧行与立。
四仪须持衡,花容须端丽。"

【克龙三】

---

① 萍、苊二位公主为讨祖母欢心,为祖母按摩。
② 原诗四行,译诗简化为三。

477.

(萍、苊:)"岂愿离祖母?虽辞寸心留。
　　　　辞别暂回宫,闲行御苑游。"

【克龙三】

478.

(太后:)"去去莫牵挂!姊妹贤孙女,
　　　　芳林赏花草,清池好沐浴。
　　　　纵然风景好,日暮当即回。"
　　　公主聆训言,跪拜辞祖母。

【克龙四】

479.

窃喜不胜言!此时得良机,幽会终遂愿。

【克龙二】

480.

公主返寝宫,沐浴细梳妆。施粉面如月,挽髻赛天仙。织锦彩缎裙,绮罗斜披肩。流光溢华服,明辉耀朱颜。翩翩莲步起,飘然若飞天。冉冉藕臂摇,行至金台①前。御骑临台驻,鞍鞯镂花繁。象身披彩褡,华饰光璀璨。

481.

旌旗复华盖,华盖孔雀羽。宝伞闪光华,仪扇②高高举。仕女雁字排,迤逦出宫去。娘仁与娘瑞,贴身侍公主。群艳行未久,即临御花园。侍婢抬滑竿,接主下象鞍。捷足先报信,开锁启玄关。帕罗闻信喜,戴冠披锦衣。一似因陀罗,下界待吉期。

【莱】

482.

盖、宽座后藏,娘仁忙铺簟。众仆行跪礼,娘瑞禀公主:"太后有口

---

① 为登上象背而设的高台。
② 原文是两种扇子:一种作为皇家仪仗的扇子:长柄、扇面较小,葫芦形,是出行队伍中的装饰扇;一种是长柄,扇面菩提叶形,90度侧弯,用来扇风乘凉。此处简化翻译。

谕,命奴勤叮嘱,劝主多眠歇。"言中藏玄机,慧主晓隐语,假称无困意,娘仁晓以理:"太后亲授命,句句犹在耳,岂可便忘遗?"娘瑞合帘帏,请主入寝帐,又遣众宫女,殿外把花赏:"公主将歇息,人杂扰安眠,留我两姊妹,候此听差遣。"众婢方散尽,仁、瑞锁重关。

【莱】

483.
乃还拜公主,俯请入内帷,与王共幽会。

【克龙二】

484.
公主冰心洁,闻之心怯怯,满面羞赧色。

【克龙二】

485.
(公主):"生在深宫里,人事尚未知,
　　　　莫论同衾枕,闻之已羞耻。
　　　　恂恂胸中乱,惴惴心难安,
　　　　侍姐可怜我,帮忙解疑难。"

【克龙四】

486.
(仁、瑞:)"公主已长成,早脱童稚身,
　　　　向使未经世,终须入此门。
　　　　愿主明我意,莫再踯躅留,
　　　　岂不惜俊王,忍令苦长候?"

【克龙四】

487.
帕罗帷后藏,窃听主仆语,
方知少女心,情性忒纯稚。
悄然背后坐,公主浑不觉,
犹与二侍女,对答解心结。

【克龙四】

488.
(公主:)"侍姐知我心,情专此一人,

　　　　　无由百愁生，悠悠思难尽。
　　　　　缘何苦若此，平生未曾闻！
　　　　　劳烦二侍姐，为我解疑困"。
　　　　　　　　　　　　　　　　　　　　　【克龙四】

489.
（仁、瑞：）侍女闻兹语，莞尔对主言：
　　　　　"婢仆本愚钝，岂敢教公主？
　　　　　念昔情窦开，思君一何切。
　　　　　心生绵绵意，谁人把蒙启？"
　　　　　　　　　　　　　　　　　　　　　【克龙四】

490.
（公主：）"袖手弗相教，反加戏言笑，
　　　　　不念主仆情，任我心自焦。
　　　　　先我见日月①，长我几多年，
　　　　　有疑故相问，无疑不求教！"
　　　　　　　　　　　　　　　　　　　　　【克龙四】

491.
（仁、瑞：）"公主殊不知，此问诚难答，
　　　　　惟以亲身历，疑窦方可化，
　　　　　切莫徒烦恼，未几将自察。"②
　　　　　　　　　　　　　　　　　　　　　【克龙四】

492.
帕罗难忍俊，笑声起垂帷，
惊得花容变，娇面红霞飞。
恰似风中莲，含羞吐芳蕊，
倏忽帘影动，帷启见须眉。
　　　　　　　　　　　　　　　　　　　　　【克龙四】

————————
① 先于我见到太阳和月亮，意为先于我出生，年长于我。
② 原诗四行，译诗简化为三。

493.
人间英伟王,倏然现眼前,
明若皓空镜,粲粲金轮盘。
二位王家女,痴看不转睛,
惊叹神仙姿,羞心自消然。
【克龙四】

494.
心神稍收敛,羞惶低眉鬘,
恭行触足礼,合掌示敬尊。
君王情难禁,双目顾盼频,
左右双丽人,君王已忘情。
【克龙四】

495.
芙蓉出水来,揽之入我怀。
明星自天降,捧之在我掌。
月娘离天宫,顾我来相逢,
百思难自信,疑为在梦中!
【克龙四】

496.
公主慕俊王,秋波觑王面,
帕罗赏朱颜,凝眸不眨眼。
兄心情切切,妹心意绵绵,
佳人双双拜,伏身君王前。
【克龙四】

497.
娘仁与娘瑞,亦即趋前拜,
趁机赏三美,灿然胜神仙。
时叹俊王容,时赏公主颜,
四目频转换,陶然不暇观。
【克龙四】

498.
帕罗英姿耀,光辉比日轮,
公主华容娇,灼灼美婵娟。
观者心愉悦,叹兹美王三,
日月同辉映,宁有此奇观?

【克龙四】

499.
(娘仁:)"娘瑞好妹妹,且来同我看:
　　　　若论公主貌,瑰丽盖群娇。
　　　　今得英王衬,妖娆分外添,
　　　　众神齐造就,三人仙姿颜!"

【克龙四】

500.
(娘瑞:)"双目不忍移,观之久不厌。
　　　　堪叹三界中,何人敢比攀!
　　　　娘仁好姐姐,你我幸大焉!
　　　　睹此绝世貌,岂非大福缘?"

【克龙四】

501.
"盖、宽二兄长,共来赏奇观,
王孙华容美,何不相与看。
三美光华耀,装点人世间,
俊王配倾国,俗界传美谈。"

【克龙四】

502.
仁、瑞啧啧赞,盖、宽膝行前,伏地拜三主,恭行触足礼。赞曰天地间,惟此殊绝艳!

【莱】

503.
丽姿比天女,造化出奇妍,
美冠天与地,殊艳惊世眼。

花容匹月貌，天造伉俪娟，
对斯玲珑质，欣然已忘言。

【克龙四】

504.
四仆齐参拜，国王并王女，
"我主尊躯贵，且请早歇息。
今夕费奔劳，恐已多倦意，
奴已置席枕，但祈梦安沉。"

【克龙四】

505.
英王举步行，乾坤为之撼，
公主随后走，三界同震颤。
缓缓玉臂摇，延颈衣袂飘，
皓质如星月，天地同映照。

【克龙四】

506.
仁、瑞殷勤侍，为主濯莲足，
浴罢细揩拭，奉举齐头处。①
恭请帕罗王，入帐卧香榻，
二位天仙女，左右伴人主。

【克龙四】

507.
侍女合鸳帐，为主祈招魂：
"魂兮魂兮休远适，守护尔主身。
姝魂媚兮似柔藤，紧绕国王魂，
王魂固兮为金木，柔藤缠尔身。"

【克龙四】

508.
二婢乃拜辞，伏地恭行礼，

---

① 侍女把国王、公主的脚置于自己头顶，表极为崇敬之意。

出户锁重关,不使旁人疑。
伫立未为久,欲往会情郎,
四人遥相望,爱火焚胸膛。

【克龙四】

509.
蠢蠢春情动,皆因忠君主,才自忍心恸。

【克龙二】

510.
知耻独难忍,倘无羞耻心,纵欲皆随人。

【克龙二】

511.
闭门藏风月,虽知礼仪违,难抑情滋味。

【克龙二】

512.
纵然千夫指,充耳当不闻,我心无所畏!

【克龙二】

513.
欲火焚在胸,情魔燎曲肠,
所爱在咫尺,怎忍徒相望。
但为在宫殿,不敢行荒唐,
抑之在中怀,以兹显忠良。

【克龙四】

514.
身为贤良后,鞠躬侍国君,
些微疏漏错,惶惶弗敢近。
倘有半分谬,莫若一死了,
胜过遭指背,千载被耻笑。

【克龙四】

515.
四人相对语,款款话情理,心火方止息。

【克龙二】

516.
蔼蔼芙蓉帐,幽幽暖影重,三人情正浓。

【克龙二】

517.
激吻两相悦,胜饮万斛泉,爱抚情更酣。

【克龙二】

518.
皓腕缠藕臂,温柔触冰肌,堪怜是情侣。

【克龙二】

519.
交颈两缱绻,神采自焕然,粉面相偎眠。

【克龙二】

520.
肌肤相与亲,胸腹紧贴身,难舍难离分。

【克龙二】

521.
初尝个中味,欲罢还难休,沉湎欲轮回[①]。

【克龙二】

522.
娇荷羞吐蕊,花瓣现叠影,展露碧波间。[②]

【克龙二】

523.
蜜蜂花间飞,沉翅落花心,嘤嘤低语醉。

【克龙二】

524.
冰肌比清池,怡然漾其间,胜沐天池泉。

【克龙二】

---

① 佛教中指沉湎于欲界中的轮回。
② 522—526均为借喻男女交欢之情状。在泰国古典文学作品中是常用修辞手法。

525.
池中风光妙,鱼乐戏水跃,解语花展俏。

【克龙二】

526.
池岸犹堪怜,天丘弗及美,①净洁无尘染。

【克龙二】

527.
累世积功果,终得入此境,赐我享胜景。

【克龙二】

528.
览尽帕萍美,复与帕芘戏,帕罗无休止。

【克龙二】

529.
融融乐无穷,神飞劲充沛,复次不觉累。

【克龙二】

530.
野马嘶嘶鸣,奋蹄如踏风,长啸求偶声。

【克龙二】

531.
牡象发情狂,扬鼻抬巨齿,战侣情激扬。

【克龙二】

532.
轻抚惜娇体,柔声话衷曲,软语情依依:

【克龙二】

533.
(帕罗:)"得卿诚不易,乞怜我苦心,忍耐莫怪瞋。"

【克龙二】

534.
(公主:)"君恩深无比,一言难道尽,

---

① 天堂的山丘不如它美。

　　　　妾身未经事，但乞承君恩。
　　　　愿伴君王侧，长随不离身。"①
　　　　　　　　　　　　　　　　　　　　【克龙四】

535.
(帕罗:)"卿且勿多虑，我志永不移，
　　　　此情天地鉴，至坚无可匹。
　　　　万般勤呵护，惜卿甚自惜，
　　　　须臾不见卿，相思魂魄离。"
　　　　　　　　　　　　　　　　　　　　【克龙四】

536.
绸缪夫妇体，狎猎鱼龙姿，②
二美身绵软，纤肢娇无力。
柔情似琼液，一沐去倦意，
乐极易生悲，悲尽乐无比。
　　　　　　　　　　　　　　　　　　　　【克龙四】

537.
隆隆天雷震，轰然响八荒，
下土为之颤，惶惶魂欲断。
惊涛掀海水，白浪冲堤岸，
狂飙扫八方，草木几摧斩。③
　　　　　　　　　　　　　　　　　　　　【克龙四】

538.
狮王领牝兽，结伴林间游，
野象成双偎，相戏乐无忧。
金鹿交颈行，情笃步态悠，
狡兔窜草窟，亟亟逐爱俦。
　　　　　　　　　　　　　　　　　　　　【克龙四】

---

① 原诗四行，译诗简化为三。
② 借用唐·白居易《同微之赠别郭虚舟练师五十韵》句。
③ 537—540 均为借喻男女交欢之情状。

539.
日轮悬昊空,多情照池莲,
金光遥相触,奈何莲不绽。
娇花岂无情,唯惧蜜蜂餐,
醉蜂逐芳馨,期期扣莲瓣。

【克龙四】

540.
吮蕊情难禁,风流醉花间,
可怜娇荷弱,恹恹容已倦,
无心应所欢,抱蕊翕层瓣。①

【克龙四】

541.
夕阳近天边,仁、瑞禀主人:"黄昏已降临。"

【克龙二】

542.
帕罗启帘应,命仆开屋门,四仆齐入内。

【克龙二】

543.
(帕罗)思量嘱四仆:"依计严守密,勿使人知悉。"

【克龙二】

544.
四仆齐叩拜,伏地领圣谕,复启俊彦王:

【克龙二】

545.
"金盆以备毕,祈请三尊主,香汤共沐浴。"

【克龙二】

---

① 原诗四行,译诗简化为三。

546.
芙蕖压莲苞①,一触心旌摇,绰约姿妖娆。
【克龙二】

547.
出浴披华服,斜倚金榻上,轻揽二娇娘。
【克龙二】

548.
食器摆齐整,侍仆匍拜请,肴馔样样精。
【克龙二】

549.
合掌启君王,公主玉手纤:请王用肴膳。
【克龙二】

550.
帕罗伸素手,轻捏美人颊:"与卿同饮乐。
【克龙二】

551.
丽人依身边,粗食味也鲜,犹胜天堂馔。
【克龙二】

552.
丽人送入口,味美胜仙膳。此味堪留恋"。
【克龙二】

553.
迨至用膳毕,二婢恭行礼,复启尊公主:
【克龙二】

554.
"太阳沉西隅,劝主移玉体,宜速回宫去。"
【克龙二】

---

① 暗喻帕罗和两位公主一同沐浴之姿态。芙蕖:荷花,原句以"压扁的荷花"喻帕罗男性之胸膛;莲苞:喻少女美丽的乳房。

555.
公主情依依,不忍辞俊王,
帕罗睹红颜,郁郁暗神伤。
悲乎三情种,离愁锁衷肠,
黯然相拥泣,脉脉泪成行。

【克龙四】

556.
可怜二王女,初为君所宠,
曲身伏君膝,涕泣不成声。
清泪淹皓面,带雨眼朦胧。①

【克龙四】

557.
(公主:)"念昔初得闻,俊王嘉名讳。
　　　　仰慕食无味,思君寝难寐。
　　　　旦暮候佳音,日夕盼相会。

【克龙四】

558.
祈神祭群岭,献祀祷树神②,
但期神明助,与王连理成,
事谐当还愿,各地拜"祖公'③。

【克龙四】

559.
金银堆成堆,珠宝千万斛,
象牙饰金环,雄健白牛犊④。
精勤祈福佑,苦心终不负,
夙愿不得酬,誓不从他夫。

【克龙四】

---

① 556、557、558 原诗均为四行,译诗简化为三。
② 即向每座山的山神祈祷,向每棵树上的精灵祈祷。泰国古代万物有灵观念认为,每座高山、每棵大树上都有神灵庇护。
③ 对民间信仰中的老神仙的称谓。
④ 白象和白公牛均为罕见之吉祥物。

560.
终迎君王至,妾心得安抚,
奈何聚日短,倏忽又将辞。
相见诚不易,宁忍匆匆离?"
语出泪如注,依偎怀中涕。

【克龙四】

561.
感兹柔肠断,君王相与泣,
掩面长叹息,哽咽不能语。
伏涕佳人背,埋首不复举:①

【克龙四】

562.
(帕罗:)"得卿芙蓉女,福比因陀罗,
　　　　向时初得闻,佳丽生松国。
　　　　暗恨身无翼,不得飞来索。
　　　　身似网中物,层网②难挣脱。

【克龙四】

563.
辽阔富饶土,象马不胜数③,
一旦心意决,抛却不后顾。
辞母别娇妻,嫔妃如花样,
自投公主网④,但期结鸾凰。

【克龙四】

564.
终得与卿晤,结此一时⑤缘,

---

① 原诗四句,译诗简化为三。
② 此处指母亲的亲情和妻子、嫔妃的爱情,使得帕罗王不得从心所欲,去追求两位公主。
③ 象、马是泰国古代国王权位和财富的象征。
④ 意指帕萍、帕芘设下的情网。
⑤ 一个时辰。泰文 Yam 为记时量词,一个 Yam 是 3 个小时,从 18 点记起。

俨若线三股,拧成一根绳。
缘何忽弃兄,忍令栖孤影,
卿去肝肠断,自此隔阴阳。

【克龙四】

565.
莫非情已绝,卿故辞我去?
倘若志犹坚,怎堪生生离?
奔波迢迢路,辗转来相聚。
念此精诚志,宁忍将兄弃!"

【克龙四】

566.
闻言公主悲,郁结焚五内,
情专遭猜疑,抱恨宁玉碎:
"妾心如磐石,君何冷言对?
矢志永不移,惟冀与君随。"

【克龙四】

567.
公主与俊王,互吐肺腑语,
红日渐沉西,残晖敛天际。
侍仆复来催:"入夜宫禁严,
公主宜速归,免生闲事端。"

【克龙四】

568.
仁、瑞同拜禀:"此时暂小别,夤夜复相会"。

【克龙二】

569.
再拜向帕罗:"乞劝两公主,起驾速返回。"

【克龙二】

570.
君王心弗愿,违心柔语慰,相劝返宫闱。

【克龙二】

571.

公主匍拜辞,帕罗观玉颜,吻别如花面。

【克龙二】

572.

可怜花容瘦,郁郁目含愁,匍拜辞别走。

【克龙二】

573.

去去还欲留,可怜双玉叶①,一步一回首:

【克龙二】

574.

"乞君早赴约,莫使空盼久"。②

【克龙二】

575.

(帕罗:)"痛哉远佳人,形影怎离分?遗我若孤魂。"

【克龙二】

576.

侍婢合掌拜,随主出屋外。闭户锁重门,悄然下楼来。行至登象台,滑竿接上鞍。随行众宫女,恭立候驾齐。娘仁智谋多,心中生妙计。及至园门前,假言遗什物,欲返屋中取,娘瑞随之去。遂返逍遥宫③,开锁启门户。娘瑞守门外,娘仁入屋内。密见帕罗王,一并二侍从。复令着女衣,引之出屋来。混入宫女间,幽冥人难辨。

【莱】

577.

行至宫门内,将近公主殿,(帕罗及二侍从)暂安娘瑞房,藏身在其间。

【莱】

---

① 指两位公主。原文为"两位妹妹"。
② 此处克龙二原诗一行半,译诗简化为一。
③ 指帕罗和公主幽会的屋子。

578.
仁、瑞引王出，盖、宽藏里间，隐身无人见。
【克龙二】

579.
更深夜色暗，帕罗潜内庭，幽会萍与芃。
【克龙二】

580.
花容吉祥女①，出庭迎君王，相邀入闺房：
【克龙二】

581.
"君王来迟迟，妾心何凄切，煎熬守长夜。"
【克龙二】

582.
皓腕揽英主，同入卧榻间，三人重欢颜。
【克龙二】

583.
俊王登御榻，御榻绮罗垫，锦枕灿若霞。
【克龙二】

584.
罗帐五彩绸，金钩两边挂，烁烁放光华。
【克龙二】

585.
花环悬四壁，馥郁香满溢，氤氲绕屋宇。
【克龙二】

586.
雕梁缀宝珠，闪烁耀华屋，流光映公主。
【克龙二】

---

① 吉祥天女，幸运女神。

587.
华服值千金①,恭呈俊王前,
香粉送清爽,为王解热烦。
复呈槟榔盘,珠盘蟠龙嵌,
俊王珍馐肴,公主亲捧献。

【克龙四】

588.
美食尽享毕,遂乃享欢娱,
二婢锁门出,三人入帐帏。
娘仁与娘瑞,即往会盖、宽。
夜来众声寂,得闲两情依。

【克龙四】

589.
俊王藏香闺,公主以计掩,
唯有二婢知,他人皆懵然。
三人深闺戏,情浓不知倦,
光阴如梭过,倏忽月已半。

【克龙四】

590.
(公主)时而现病容,时而含春面,时而相嬉闹,时而锁深院。闭门掩朱户,喁喁常私语。他人不得近,独许二婢入。宫女暗指点,窃议状有异:公主与仁、瑞,行止甚离奇!

【莱】

591.
纸破烟难封,口耳相与传,背后遭指点。

【克龙二】

592.
或曰鲜廉耻,或曰不齿闻。

---

① 此句不同版本因一字之差有歧义。帕沃拉威皮西版本原文是"华服百万金";春拉达·冷拉里奇版本原文是"华服皆值金"。

消息不胫走,松王悉得闻。

【克龙三】

593.
一时怒火升,悄然至寝宫,暗察观究竟。

【克龙二】

594.
门外窥帕罗,一窥竟引嗟！怒火瞬间灭。

【克龙二】

595.
"岂非洪福降,千里一线牵,近在咫尺间！"

【克龙二】

596.
暗赞帕罗王,心中频祝祷:"掌心落至宝！

【克龙二】

597.
得兹英伟王,一似获乾坤,尽在掌握中。

【克龙二】

598.
天子为我婿,荣耀与天齐,妙极！妙极！"。

【克龙二】

599.
国王忽驾临,公主疾行礼。帕罗悄悄问,公主告父名。穆穆美彦王,微笑合双掌,顶礼拜王足,恭谨禀君上:"我本颂国君,不惜离国邦。宁舍王位尊,独自趋异乡。颠沛迢迢路,慕名来结缘。自此为一家,千秋共兴亡。"松王聆兹语,心喜自不言。圣颜绽莲花,满面泛容光。天赐驸马来,喜配帝女双:"将为择吉期,依制行婚仪。"语毕王既出,起驾返金銮。太后闻消息,急往谒国王。赪面疾声呼:"陛下！来者敌国君,曾刃圣先王①！大仇岂可忘？今又潜宸宫,亵我松国威,亵我皇公主,应速擒拿来,誓不纵孽贼！千刀剐其肉,万剜剁其肢。以命偿宿

---

① 指萍、芁祖父曾被帕罗之父杀死疆场。

债,报我丧夫仇!"太后千般求,国王默不闻。太后返后宫,假传国王旨,擅自点将兵。密宣御侍卫,谎称奉圣命:"国王亲授谕,准我调禁军。宫内藏敌逆,汝等立除之!暗中行此事,不得泄军机。若有泄密者,一律重刑治。军令不可违,违者身首异!"众军接号令,慷慨竞请缨:"太后且安待,誓不违君命!"遂乃兵将聚,蓄势图围剿。追至夜深时,兵发结重围。层云压宫垣,寒光锁宸门。宫人惊奔告,盖、宽得密报。疾入觐帕罗,详细陈危机。罗王莞尔笑,从容无所惧。神貌若雄狮,凛然操长戈。精忠二侍臣,誓言永效节:"丹心乞圣鉴,报主身先灭!"萍、芃二公主,俯身礼王足。俊王感至诚,温柔慰二女:"事小不足惊,爱卿莫忧悴。"谈笑一如常,柔语似昨昔。公主呈笑靥,款款表心迹:"妾本帝王女,生死宁足惧?生不事他夫,死亦随亡侣。焉得独保身,留待他人讥。倘使君先逝,妾将随君去!"语毕除披肩①,轻装佩长剑。是时二婢女,慷慨志更坚:"殿下若仙去,仆将侍何主?彷徨无所依,任人嘲与辱。不若随主殁,上界侍旧主。捐躯报主恩,留芳示后人!"更衣着男装,慨然舞大刀。娘仁倚乃盖,持戟右方立,娘瑞伴乃宽,疾步踞左翼。双双并肩立,俊王叹为奇。帕罗立中央,公主两旁倚。君王吻二媛,二媛吻君主。侍子揽侍婢,两两相拥别。倏忽禁军起,破门杀入庭。乃盖挥利刃,乃宽舞长戟。前军败下阵,援兵②蜂拥至。帕罗怒拼杀,兵倒尸横地。飞石如雨下,巨木破宸门。乃盖并乃宽,飒飒舞刀锋,彷如双巨象,狂怒不留情。

【莱】

600.

飞身闯敌阵,腾挪躲箭弩。飞矢纷纷落,兵戈八面袭。左翼如层云,右侧似惊涛。盖、宽身矫捷,奋勇斩敌枭。倏忽弓连发,二人相继倒。仁、瑞勃然怒,挥泪仰天啸。奋臂舞狂刀,豪气冲云霄。飞箭穿心过,挣扎趋盖、宽。伏身叠尸卧,相携赴阴间。仆婢相继殁,帕罗叹忠良:"可嘉忠义仆,为王焉不及?"公主笑而呼:"臣子尚无惧,况我君王

---

① 阿逾陀耶王朝泰式传统宫廷服装中,女士着筒裙,上身着单肩的斜披肩,一般由泰丝或轻质的面料制成,是一种庄重、华贵的女性装扮。

② 指禁军士兵。

裔，贪生心自欺！理当同生死，相伴永不离！

【莱】

601.
妾身志已决，夫君莫犹疑，
今朝甘赴死，阴阳永不离。
请君莫恋生，死亦何足惜？
今日身同灭，壮哉万世奇！

【克龙四】

602.
今生共入灭，转世续俦侣，
相携升天界，共享神仙趣。
若使遭人诟，苟生有何益？
生若不见君，毋宁求速死。

【克龙四】

603.
念兹四婢仆，身亡犹无惧，
况我帝王女，安得弃夫去？
生命诚足贵，失节犹可耻。
愿得长厮守，生死永相依。"

【克龙四】

604.
聆听肺腑言，帕罗放声笑，豪情万长高！

【克龙二】

605.
公主女中杰，英勇不畏死，唯恐失气节。

【克龙二】

606.
心无分毫惧，挥臂舞大刀，寒光逼群敌！

【克龙二】

607.
（帕罗与公主）挥刀转身劈，敌军身首异。三人威风壮，凛凛若狮王。振臂挥长刃,气势不可挡。游刃干戈间,谈笑风生响。怒发尊王威,乱兵莫敢闯。怯怯趋向前,围定帕罗王。抱薪来救火,薪燃火更旺①。万夫不敌三,情急齐放箭。帕罗挥刀拨,万箭齐飞射。罗王身中箭,公主无惧色,挺身趋前挡,岿然立王侧。乱敌发毒箭,箭矢穿身躯。汩汩热血流,三人相扶倚。直面向敌众,一似雕像立。英魂同归去,挺立犹如生。皮萨努功王,骤然闻惊变,起驾临战场。但见两爱女,身倚俊彦王,殷血淹尊躯,挺立宛若生。国王老泪流,嘶声频呼唤,呼唤无应答,矗立坚如磐。老王心明瞭:女、婿俱皆亡。强掩心中怒,假言"罪当诛!除之顺我心,汝等皆功臣。一应有重赏,赏尔除仇敌,勇者居高功,赐爵三等级②。"将士闻圣谕,争相邀功劳。国王变脸怒,着令齐捆缚,大绑绕肱喉③,长矛串其胫④,一一烙姓名。乱刀削肉骨,残尸遍地横。复惩乱军首,汤镬并炮烙。继母王太后⑤,凌迟处极刑。乱军剿除尽,遂往悼公主。嚎啕泪满襟,悲声呼爱女:

【莱】

608.
"我女俏容貌,一如天镜皎,一睹愁苦消!

【克龙二】

609.
此生何以继,痛失两爱女,宁随我儿去!

【克龙二】

610.
为父心已碎,徒唤增伤悲,百呼女不归!"

【克龙二】

611.
公主慈母后,惊闻噩耗报。心颤体无力,颓然昏厥倒。女官急救

---

① 比喻禁卫军的增援犹如抱来干草投入火堆,自取灭亡。
② 三级封建初等爵位,即:昆(khun)、门(mun)、潘(phan)。
③ 用绳子先捆住脖子,再反绑胳膊,然后捆绑住大腿。
④ 即用长矛将人的腿一个个串起来。极言酷刑之残忍。
⑤ 王太后并非国王的生母。

醒,踉跄登金轿。侍从随行哭,纷沓行匆匆。及至公主宫,四肢软若藤①。举步难行走,潸潸老泪横。(轿夫)抬轿齐高阶②,王后下轿来。一见公主尸,捶胸放悲声,俯仰哀哀诉:"母后来探觑,因何不理睬?何事怨母后?缄口无回应。妆容懒梳理,一任乌发乱。不迎母后吻,素面露苍颜。未曾沐香汤,饮食不肯进。二女升天堂,弃母在寰尘。不怜母无依,终老一孤身③!

【莱】

612.
速死为何故?但可告娘亲,稍慰母后心。

【克龙二】

613.
何事不随意?急赴离恨天,忍将抛红尘。

【克龙二】

614.
何事至伤悲,匆匆升天界,令母心肝摧!

【克龙二】

615.
旦近日将晞,我儿应早起,早起行盥洗。

【克龙二】

616.
晨起先更衣④,沐浴净肤肌,凝脂自娇丽。

【克龙二】

617.
著衣束腰肢,涂粉画眉黛,袅袅出门来。

【克龙二】

---

① 像藤条一样不能支撑自身。
② 因为王后无力登台阶,(轿夫)将轿举至与殿宇的地面齐高,王后由是下轿入殿。
③ 无儿女者亦称孤身。
④ 如厕。

618.
串花备香烛,虔诚去礼拜——金佛喜善佩①。

【克龙二】

619.
礼毕诣阿母,与母共进膳,我儿记心间!

【克龙二】

620.
苦唤无回声,触摇身不动。岂是俊王意,不令我儿应?

【莱】

621.
英伟颂国君,松王今驾临,缘何不出迎?

【克龙二】

622.
不肯回眸觑,默默无言语,呜呼我贤婿!

【克龙二】

623.
何致遭此劫?善行无善果,
我纵强存活,无异疯痴婆。
骨肉不得见,生亦有何趣,
毋宁速求死,得以见我女。"

【克龙四】

624.
八方齐来聚,王族共举哀,
六宫朱颜暗,嘤嘤泣掩面。
黎庶皆涕泣,伏地放悲声,

---

① 喜善佩大佛,意译"最胜遍知佛",泰国阿瑜陀耶王朝时期铸造的青铜镀金立佛像。由拉玛提波迪 2 世(1472—1510 年)于公元 1499 年下令铸造,次年造成。佛身高约 16 米,宽 1.5 米,首高 2 米,胸宽 5.5 米。通体以 3480 千克青铜铸成,外镀黄金(重约 171.6 千克)。公元 1767 年,缅甸军队将阿瑜陀耶城付之一炬,喜善佩大佛毁坏严重,表面的镀金脱落,只剩下青铜的佛体。曼谷王朝一世王建都后,重新熔铸了大佛的底座,并将其移至曼谷卧佛寺内供奉。

无人可堪受,俯仰泪双流。

【克龙四】

625.
万户齐悲痛,哀声震屋宇,
地心为之倾,国土为之覆。
日月自天陨,星辰光辉熄,
遍地水横流,皆为泪水聚。

【克龙四】

626.
国王并后妃,涕泣目成疾,血泪流如注。

【克龙二】

627.
理智王与后,节哀抑悲情,心神稍复宁。

【克龙二】

628.
劝慰满朝臣,并及众国民,节哀止悲声。

【克龙二】

629.
悲声渐息止,二圣①颁旨谕,旌扬三英烈:

【克龙二】

630.
"虽死英姿挺,不失王者风,壮烈有谁能?

【克龙二】

631.
忠义两侍臣、巾帼仁与瑞,勇武胜天神。

【克龙二】

632.
堪歌忠心胆,为主勇赴汤,伴主同日殇。"

【克龙二】

---

① 此处指国王与王后。

633.
世人惟咨嗟,颂扬声不竭,响彻王城阙。

【克龙二】

634.
隆隆下土震,云中飘妙音,天堂迎亡魂。

【克龙二】

635.
海浪啸滔天,愁云笼都邑。悲切松国君,劝妻回宫憩。达拉瓦蒂后,起驾返宫寝。国王命浴尸,为之着殓衣。周身缠粗纱①,金棺合葬之。复备棺椁二,分置四亡侣②。灵柩既安厝,松王返殿宇。乃召宫中匠,下令造须弥③。各司遵圣谕,造山代八极④。华盖群围绕⑤,彩幢迎风立。华亭⑥描绮纹⑦,百鸟朝凤仪。八山各乘舆⑧,熠熠闪光辉。拉车有神驹,亦或蛟龙飞⑨。狮象⑩披纹锦,驭者舞刀戟。白牛踩狮背,

---

① 泰国丧葬仪式的一部分,即浴尸和礼尸完毕后,将尸体用粗纱之类的布料层层裹起。在泰国国家图书馆编订的《丧葬仪式》一书中,对"裹尸"作了详细地描述,"如果是贵族,先用一块布包住尸体的头部,再用布套其双手,并使之作合握花束与香烛之势,最后用一块布套起双脚。接着用三股未染过色的、小拇指宽的粗纱布:一股缠裹脖子,一股缠裹两手的拇指和手腕,并使其相连,一股缠裹双脚的拇指和脚踝,并使其相连。之后,将一条长白布对折,两头在尸体头部打一个结,并与从脚底一节一节缠绕上来的粗纱布绕在一起,将粗纱布留下足够长的一段以备露出棺材以外。最后将裹好的尸体侧卧摆放在棺材内。"
② 将乃盖与娘仁,乃宽与娘瑞分别合葬在两个棺柩内。
③ 王室荼毗大典(火葬礼)中搭置的象征宇宙中心的须弥山(梵语 sumeru),又译苏迷嚧、苏迷庐山、迷楼山。古印度神话中,此山位于宇宙中心,位于小千世界的中央(小千世界是大千世界的一部分),后为佛教所采用。传说须弥山周围有咸海环绕,海上有四大部洲和八小部洲。须弥山由金、银、琉璃和水晶玻璃,共四宝构成,高 84000 由旬(1 由旬可能约 13 公里,即 110 万公里),山顶住着帝释天,四面山腰住着四天王天。根据《长阿含经》的说法,须弥山北为北俱卢洲、东为东胜神洲、西为西牛贺洲、南为南赡部洲。
④ 即搭置八座假山,代替大地的八极:东、南、西、北、东南、西南、东北、西北。
⑤ 在八座假山周围,分别围以多层华盖。
⑥ 一种泰式亭舆,供国王在盛典中乘坐或安放佛像,顶部类似泰式宫殿的层叠尖顶,十分华美。
⑦ 泰国传统装饰艺术中基本纹样的一种,叫做 Kanok,图案形状类似火焰。
⑧ 八座山分别置于车上,各有龙马狮象等吉祥神兽拉车。
⑨ 神驹借指纸马,仙山借指上文所说的八座假山。
⑩ 神话中的动物。狮身,头部生出象牙。

雄狮正奋蹄。罗刹①大鹏鸟②,那伽③乾达婆④。纷纭入画卷,画工堪称奇。挂幕耍皮影,搭台演孔剧⑤。筑台放烟花,香烛环绕立。花灯走马灯,白烛罩琉璃。镂花桄灯高,流光映栅篱。油灯千万盏,错落桄灯间。灯火祭亡灵,肃穆荼毗⑥仪。松王发谕令,遣使递国书,呈送进贡礼。颂国王太后,太阳世后裔⑦。闻得噩耗至,真切言无虚。突如五雷轰,玉体如山倾。伏枕咽喑泣,掩面不成声。搥胸哀哀唤,频频呼儿名。

【莱】

636.

"早知有此劫,几番苦口劝,儿竟执意去!

【克龙二】

637.

宁愿以疾终,问医聊可期。虽死尸骨全,长眠故乡地。何当亡他国,命绝刀剑戟。毒箭射满身,令母怎忍觑!

【莱】

638.

自儿生母腹,旦夕勤护育,
分毫无懈怠,片刻不远离。
及至承大统,登极扶社稷,

---

① Raksa,印度神话中的恶魔。
② 习惯上译作大鹏金翅鸟。泰语原词直接对应梵巴语中的 garuḍa(梵),和 garuḷa(巴),也叫迦楼罗鸟、又作妙翅鸟、项瘿鸟。系印度神话中的大鸟,毗湿奴神之坐骑。在佛教中,成为八部众之一,翅翻金色,两翼广三三六万里,住于须弥山下层。据长阿含经卷十九载,此鸟有卵生、胎生、湿生、化生四种,常取卵胎湿化之诸龙为食。
③ Naga,印度神话中的那伽龙。
④ 梵文 Gandharva,又作健达婆、健达缚、健闼婆、干沓婆、彦达缚、犍陀罗等。旧译为香神、嗅香、香阴、寻香行。天人乐师。天龙八部之一,因其能歌善舞,并能散发香气,因此又被称香音神、伎乐神。其实就是佛教壁画中的"飞天"。
⑤ 此句在 Chunlada Ruangrakslikhit 版本中没有"皮影",本译依据 PhraWoravetyabhisit 版本。孔剧是泰国重要的传统戏剧表演形式,以《罗摩颂》(音译《拉玛坚》,即印度罗摩故事在泰国流传的版本之一)为剧本,舞蹈动作加配唱,演员没有台词,属于高雅戏剧表演艺术。
⑥ 梵文 Thapeti,原指佛教僧人圆寂后的火化。泰国也用于王室重要成员的葬礼。
⑦ 太阳神后裔。与之对应的是月亮神后裔。源自印度古代神话对王族世系的划分。

视子胜己命,百倍犹不及。

【克龙四】

639.
天生英伟王,殊彼寻常君,
贵为王中杰,诸国皆称臣。
属邦百零一①,俯首奉朝贡,
往来日不绝,顶礼伏王威。

【克龙四】

640.
安栖无忧宫,乐比在天国,
诸王齐朝觐,高居御宝座。
各地城邦主,公侯伯子男②,
稽首王足下,如拜因陀罗。

【克龙四】

641.
王儿御骑象,堪比神③坐骑,
御马比天马,太阳神所驭④。
兵甲遍国疆,抵御四方敌,
巍巍帝王业,天堂比社稷。"

642.
"我儿造何业?竟至罹此劫!"思子泪涟涟,慈母肝肠断。帕罗王之妻,拉莎娜瓦蒂,妃嫔并宫娥,聆讯同哀泣。纷往谒太后,伏拜问情由。太后含泪诉,众妇齐悲哭。伏地泪横流,散发捶膺泣。哀声连宫阙,重闱恸悲啼。城心⑤几欲裂,城魂将崩摧。举国哭英主,八方响哀

---

① 一百零一,是数目众多之意,并非准确数字。
② 原文是"享有门、昆、潘爵位的贵族、将官等各地城主",此处译文借用大众熟知的爵位名称代之。
③ 即因陀罗神。其坐骑为大象。
④ 为太阳神拉车的是一匹骏马。
⑤ 泰人的传统信仰中,每一座城都有其心和魂,是其得以存在的根本。

音。闻者皆拭泪,感悲肝肠碎。

【莱】

643.
涕泣无复止,各各痛难已,几欲殉王去。

【克龙二】

644.
朝中老重臣,劝慰且止悲:"节哀理国是。

【克龙二】

645.
于今非常期,萧墙起祸危,理当慎应对。"

【克龙二】

646.
众臣面太后,详述国之忧,稽首献计谋:

【克龙二】

647.
"往昔存远虑,今当务时急——圣上猝薨逝。

【克龙二】

648.
失策家国丧,魑魅趁机狂,作乱国遭殃。

【克龙二】

649.
慎思细量度,毫微勿令错,不尔致灾祸。

【克龙二】

650.
伏乞拜凤足:务请深思虑,绸缪在未雨。"

【克龙二】

651.
太后聆而谢:"感念众卿言,
首当理国葬,火化国王身。
惟忌赴彼国,令我声名损,
蒙羞毋宁死,无颜见国人!

【克龙四】

652.
速寻真谋士,天下万事通,
博识擅辞令,辩才第一名。
责令十武将,作速整行装,
金银各百两,待命出国门。

【克龙四】

653.
玲珑九珍宝,纨绮七彩缎,
一一置办齐,片刻不容缓。
点兵备象马,令下出国门,
代为葬爱子,祭祀英王魂。

【克龙四】

654.
拜上松国王,献礼表诚心,
再敬松国后,公主慈母亲。
速速拟国书,篆刻贝叶文①,
措辞多斟酌,毋使是非生。

【克龙四】

655.
追至葬礼毕,辞拜乞骨灰:
三主四侍仆,亡骨当携归。
顶礼拜松君,嘉言谢赐惠,
言辞合礼仪,勿失我尊威。"

【克龙四】

656.
遂召松国使,厚赐饯归程。复命颂国使,随行赴松城。作速整行装,去去莫耽延。颂使领钦命,去至松王宫。上殿呈国书,献礼奉祭

---

① 古代东南亚的书籍同印度一样,均书写在贝多罗叶上,故称贝书或贝叶书。此处的国书则使用黄金打制成贝叶片状,上刻文字。

仪。松国举国丧,依制办葬礼。停灵礼既罢,乃命点圣火。肃穆荼毗典,丧钟齐响起。锣鼓并螺号,震响彻云霄。八方大地颤,雷厉海神啸。煌煌炙焰浓,火光连天耀。赫赫映人目,烁烁星火照。光芒十方布,万物尽辉煌。迨至大典毕,即命收灰骨。精饰骨灰盒,两分亡者灰:一半供祖祠,一半付颂使。复令修官道,绵延至边陲,送葬队伍长,浩荡护灵归。颂国王太后,亦令修通衢。沿途细装点,迎迓亡魂回。令造尖顶殿①,安厝王、妃骨。左右小亭阁,安置四忠仆。右为盖与仁,左为宽与瑞。礼器悉备齐,大典尽宏恢。奉供佛三宝,祭奠王、妃灵。开库行布施,广济众百姓。复令筑宝塔,装饰极巧精。中安王、妃骨,侍仆左右奉。哀乐震王土,丧钟惊天庭。皮萨努功王,盛礼举国殇。自此重修好,遣书常来往。互告下葬日,同时安三王②。两国各置典,声势同浩荡。布施普天下,亡魂功德广。

【莱】

657.
普天黎庶众,满朝文武官,
不论男与女,老幼皆同心。
积善修功德,以之祭亡魂,
心诚天可鉴,荣光照九泉。

【克龙四】

658.
但祈福祉降,临照撰诗人,
诗句如花环,巧工缀经纶。
何若玲珑珰,耳际声常闻。
又似绝世香,一触醉心魂。

【克龙四】

---

① 荼毗大典时临时搭建以安厝尸骨的宫殿式建筑。
② 指国王帕罗与二位王妃帕萍、帕芃。泰语中 Kasatriya 一词既指国王,亦可指王后、王妃、王子、公主。

图7 帕罗和两位公主的塑像

659.
国王御笔挥,赋此绝世文!
歌颂帕罗王,世间有真人。
忠仆不畏死,先死护君身,
高节世无匹,在天为英魂。

【克龙四】

660.
王子完此诗,琢字修辞文,
咏叹帕罗王,王中堪为尊。
初识情滋味,真爱公主心,
聆之神魂醉,百听不厌闻。

【克龙四】

图8 泰国帕府的帕罗纪念公园

《帕罗赋》翻译研究

泰国古典文学在我国基本上还是一个未被认识的领域。泰国古典叙事诗《帕罗赋》中文译本的推出算是一个开端。作为译者,在推出译本的同时,有责任向读者交代一下我们在翻译时所遵循的原则,以实例说明如何处理翻译中遇到的问题,为什么这样处理等,以期帮助读者了解译文与原文的区别,更重要的是,对文学翻译现象的梳理和探讨有助于我们从翻译学、比较文学文化学的角度审视文学文本在异文化中的传播规律。

翻译采取何种策略,与翻译目的有很大关系。《帕罗赋》的翻译主要是为了向中国读者介绍泰国古典文学。中国古典文学作品如《三国演义》、《西汉演义》、《水浒》等的泰文译本自18世纪末19世纪初就在泰国开始传播,近现代著名作家鲁迅、老舍、巴金、金庸、王蒙等的作品也有多部翻译成了泰文,在泰国拥有广泛的读者群。而泰国文学,中国人知之甚少,泰国古典文学作品的翻译更是空白。文学的历史性和民族性决定了它在双向文化交流中的特殊地位,单向的文学传播显然是失衡的,对于我们了解对方的社会文化传统及价值取向是一大缺憾。基于这个缘故,我们着手翻译《帕罗赋》这一泰国古典文学名著。因此,我们就必须尽可能地使译文体现原作的形、意、美。这就仿佛给自己套上了一个枷锁,放不开手脚。从这个意义上讲,翻译比之创作更加困难。在克服重重难点,终于把一部汉语的《帕罗赋》呈现给读者的时候,心中的忐忑依然挥之不去。但不管怎样,翻译的过程,使我们对于翻译的理论和实践有了更加真切的理解,对这部古典名著的体味也愈加深刻。

关于题目

《帕罗赋》原文题目是"Lilit Phra Lo"或"Phra Lo Lilit",音译《立律帕罗》或《帕罗立律》,意为《立律诗帕罗》或《帕罗立律诗》。帕罗是作品主人公的名字。立律(Lilit)是泰语诗歌体裁的一种,有两类韵文体裁莱和克龙在文中交替出现。莱和克龙又分别有几种细类。立律诗可以根据需要采用不同细类的莱和克龙诗体。《立律诗帕罗》由素帕莱(Rai suphup)和素帕克龙(Khlong suphup)[①]组成,其中素帕克龙又采用更细的类别克龙二、克龙三、克龙四三种体式。莱以散文形式排列,不分行;克龙则以诗体分行排列。

以诗体和主人公名字合在一起命名作品,在泰国古典文学中极为常见。正如我国的《屈原赋》、《木兰辞》一般。我们这里没有音译作《立律帕罗》,而是译成《帕罗赋》,理由有二:一是音译词"立律"对汉语读者是完全生疏的概念,不能传达明确的语义信息,而文学作品的题目恰恰应该是点睛之笔,故外文音译在题目中尽量少用;二是译文采用古体诗体裁,"赋者,古诗之流也。"[②]以赋名篇始于战国,大赋盛行于我国汉魏六朝时期。多为韵散综合体的长篇作品,用来写景叙事。东汉后期盛行抒情咏志的小赋,韵文体式。长篇叙事诗《帕罗赋》译文采用古诗体,虽与"立律"完全是两码事,但就其"韵散综合""写景叙事"而言差可比附;三是以《帕罗赋》命题,显然比《立律帕罗》这样四个音译汉字的罗列更接近于汉语古诗命题习惯,表意且富有一定美感。

推而广之,一部外国文学作品的题目翻译,若非仅只是专属名词,则最好意译或音译、意译结合。如《摩诃婆罗多》、《罗摩衍那》,如果译成《伟大的婆罗多》、《罗摩传》应该更能起到表意效果且合乎汉语接受者的文学阅读习惯。

---

① 莱有四类:长莱、古莱、素帕莱和丹莱;克龙有三大类:古克龙、素帕克龙和丹克龙,大类之下还各有细类。

② 班固:《两都赋序》。

诗体形式的归化和异化

东晋时期佛经翻译者曾就翻译原则有过争论:道安主张直译,鸠摩罗什主张意译,慧远主张两者并重。窃以为,对于文学作品翻译,慧远的主张才是恰当的选择。能直处则直,该曲处则曲,特别是诗歌体裁,必曲无疑。

诗体形式的丰富和语言的隽永是《帕罗赋》最受泰国文学界称道的亮点。曼谷王朝六世王时期权威的文学机构——"文学俱乐部"授予《帕罗赋》"立律诗之冠"的称号。这样的一部以诗文之美传世的古典文学作品,移植到汉语文学中来,如何翻译才能既符合汉语读者的审美情趣(归化),又能反映一定的原文特色(异化)呢?

经过反复尝试,译文的克龙体大部分选择了四至六言的古体诗形式,其中以五言居多。这种诗体形式比较适合原作风格。原作的克龙诗有严谨的格律,克龙二是两行三句;克龙三是两行四句;克龙四是四行八句。书中克龙四最多,克龙二次之,克龙三最少。克龙二首行两句,末行一句,均为五个音节;克龙三每行两句,每句五个音节;克龙四每行的两句音节长短不一,前三行左五右二,第四行左五右四。克龙诗的韵律和声调符号又有一套特定的规则。如此复杂的格律形式在汉语译文中是不可能再现的。译诗中只能在诗体的多样性层面上尽量体现一二,例如我们大体保留了原文韵散杂糅、句数参差的多种诗体形式。但如果句数和字数局限了语义的表达,则随权变。基于汉语读者的诗歌审美习惯,我们取消了克龙体中两个音节的超短句,改为四言或六言:

原诗义直译:
两女似下凡   尘世,
美貌如飞天   降临。
莫想得到她   太难(了呀),
(只有)含笑叹赏   有福的公主。

译诗:
"玉容仙颜堪比,天女下凡,
宛如飞天乐神,飘落人间。
惹起多少相思,盼结缘,苦无缘!
惟有含笑叹赏:福泽造就娇媛。"

【克龙四】

原文中两类诗体交替使用的面貌要不要在译语文本中呈现、怎样呈现呢?如果以五言、七言诗一以贯之,可能在发挥汉语优势方面效果会更好,但却使汉语读者失去了一窥"立律诗"体式的机会。在不影响汉语诗文审美习惯的前提下,我们尝试着保留原文"散韵杂糅"的状态。"散"在这里指的是莱体,它在句子排列形式上以散文体呈现,但它每句均有简单韵律,末三句格律复杂些,以克龙二的格律收尾。莱体诗每句音节 3—14 个不等,多数是 5—7 个,适宜表现对景物或行为过程的平铺式叙述,篇幅可长可短,自由度很大。基本形式是:

〇〇〇〇〇 〇〇〇〇〇 〇〇〇〇〇 〇〇〇〇〇
〇〇〇〇〇 〇〇〇〇〇 〇〇〇〇〇 〇〇〇〇〇
〇〇〇〇〇 〇〇〇〇〇   〇   〇〇   〇〇
(〇〇)

译诗举例:

(第 87 首)

仁、瑞忙起身,欣然辞圣仙,与觋同驭象,迤逦山麓间。重识来时路,顾盼不停闲。琼枝交玉叶,胜似仙宫阙;红花一簇簇,胜似石榴珠;碧叶万千树,宛若翡翠玉;黄花闪金光,白花撒珍珠。风光千般美,处处惹人醉;渐入幽谷中,草木更葱茏,缤纷缭人目,好景幻无穷。天籁耳边回,百鸟花间鸣,唱和林木间,婉转缠绵声。

【莱】

立律诗之所以"韵散杂糅",目的在于彰显诗人驾驭多种诗词格律

---

① "石榴珠":泰语中管红宝石叫石榴石或石榴珠。

的才华,同时也是为了避免长篇叙事诗自始至终仅用一种诗体形式的单调乏味。这是18世纪泰国古代诗歌作品的撰写传统。我们在译文中尽可能地体现这一文学现象,使读者有可能走近原文形态、了解译文的异化特征。

2. 一般修辞形式的归化处理:

(第83首)
仙翁一席话,仙露饮百升,万端愁与苦,瞬间尽消融。

【莱】

原文中是"仙露饮百锅"①;"百锅"显然不符合汉语的惯用比喻,用百升替代,更为恰当。

(第129首)
玉人空盼望,音讯杳渺,
心如烈火烧。

"玉人",原文是"双莲"。以莲花喻美女,是泰国文学的惯用比喻,汉语中也存在。但限于诗句字数拘囿,若句中仅出现"双莲"二字,不能清晰地表达"美女"的比喻义,而以"玉人"喻美女则语义清晰。

(第158首)
"一朝儿出走,弃母离王宫,
母心支离碎,归阴丧性命!"

"母心支离碎"原文是"母心倾覆",这同样是泰国文学作品的惯常比喻用语。而汉语则宜用"心碎"来替代方能达意。

类似现象在译文中是很多的。

3. 特殊修辞形式的异化和归化处理:

"点缀词"是 khamsoi 的意译。泰国诗文中经常使用,是"诗歌的

---

① 神话中的仙露是在锅里搅拌熬制而成。

行、节、句首、句末附加的词或词组,以增强诗的音韵美、诗意美或表示结尾语气。"① 点缀词有的有语义,多数没有语义(语气词),翻译成汉语时多数不能有效转译,只能省略。少数情况下可以翻译出来,以增强节奏感或加强语气,同时在一定程度上表达原文形式的特色。

以下是莱体诗中的点缀词翻译举例:

原文莱体诗中的点缀词往往出现在描述事件过程的连续动作行为的诗句中,或者激情倾诉的话语之间,类似汉语的排比句。点缀词一般2—3个音节,译文中有的翻译了,有的则弃之不译。原则是必须以汉语的审美标准为要。例如:

(第235首原诗)

大军浩浩前行,Laena 急速向前进啊,Laena 穿越田泽万顷,Laena 踏遍大道幽径,Laena 行经村野乡间,Laena 探兵报告村名,Laena 下令安营扎寨,Laena 军士依令造亭②,Laena 国王驻跸其内,众臣入拜听命。

(第235首译诗)

大军浩浩前行,呵吼!③ 急速向前进啊,呵吼! 穿越田泽万顷,呵吼! 踏遍大道幽径,呵吼! 行经村野乡间,呵吼! 探兵报告村名,呵吼! 下令安营扎寨,呵吼! 军士依令造亭④,呵吼! 国王驻跸其内,众臣入拜听命。

译文用"呵吼"替代"Laena"这个缀词,表达一种行军途中的恢弘气势。

(第28节原诗)

"此苦比地沉,姐呀! 倘被天下知,姐呀! 颜面如何存? 姐呀! 此羞不可遮,姐呀! 莫若求一死,姐呀! 免被世人讥,姐呀! 侍姐休再问,姐呀! 悲楚难言尽,姐呀! 如若肯见怜,莫触我伤

---

① (泰国)《皇家学术院1999版大辞典》第250页,南美书局,2003年第一次印刷。
② 建造国王旅途临时驻跸的简易凉亭。
③ 呼语,夹在诗句中间,以增强节奏感。下同。
④ 建造国王旅途临时驻跸的简易凉亭。

心。Nungra"

【莱】

（第 28 首译诗）
"此苦比海深，倘被天下知，颜面如何存？此羞难遮掩，莫若求一死，免被世人讥。侍姐休再问，悲楚难尽言，如若肯见怜，莫触我伤心！"

【莱】

原诗中每句之后加一缀词"姐呀"（Na Phi），凸显了二位公主既羞惭又难耐、六神无主、急切倾诉的苦闷心情，音美和节奏感都恰到好处。而加在汉译诗中，则显得支离零散，不若一气呵成，反显紧凑。诗末的 Nungra 只是表示一首或一段诗文的结束，无实际语义，也不必翻译。

克龙诗末尾的点缀词多数弃之不译：

（第 208 首原诗）
起驾返后宫，柔语别王后：
"御妹自珍重（maeha）

【克龙二】

（第 209 首原诗）
兄今辞妹去，不日将重逢，
无须太伤情。（maelae）"

【克龙二】

这里的 maeha、maelae 两个缀词，表示叮嘱语气，泰语中可以意会，汉语里难以言传。如果一定要翻译，只能译作"妹啊""你呀"，犹如东施效颦，无异画蛇添足。

对原语诗文的改造和调整

一般来说，两种不同语言的文学作品，其背后是不同文化传统的强大支撑。文学翻译承载的不仅是语言的转换，而且是异质文化在本土文化（目的语文化）中获得生存所必须具备的条件。也就是适应接受者视野,或曰本土文化传统。因此,文学翻译所不可回避的问题就是对源文本的恰当的改造。非如此,文学翻译便无立足之地。以下仅举数例,说明《帕罗赋》的翻译,大致做了哪些方面的改造和调整。

1. 诗句的压缩与扩展

内容的压缩与扩展决定于原诗信息量的多与寡。

有的泰文诗句内容跳跃性很强,而汉语却必须添加词语方能避免误解,完成一个完整的表达。例如:

(第150首)

仙翁鬼魅军,作法幻象生。大火起瞬间,乌烟障碧天。城鬼难抵挡,借风报灾殃,风声呼啸过,巨响震洪荒。护城神大惊,王城岌岌危,凶相呈四野,城柱几崩溃。昊天泛黄光,青烟布苍穹。天神①各惊惧,仙翁逞威风。西提②睹异象,深知大难降。静心入定观,知是鬼魅狂。遽奏禀太后,太后闻而惊:"欲防防无术,束手就祸殃!"哭诉声声悲,捶胸泪横流,:"可怜吾王儿,今朝孰可救?"

【莱】

开头的"仙翁鬼魅军,作法幻象生,"是译者补加的。如果不加,施动者不明确,不知是交战双方的哪一方在作法。且接下来所说的幻象——瞬间起火,就会被误解为实象,好像真的燃起了大火。虽然仔细分析后也可以从后文语境中推断出来,但毕竟给读者带来不便。加上一句,并无冗赘之嫌,且有点题之效,何乐而不为?

有些诗虽然是四行的克龙四诗体,但其中诗句内容重复,信息量单薄,汉语古诗讲究言简意赅,翻译时如果硬要凑成四行八句,就有空洞无物之嫌,犯了"美"的大忌。这时候我们只能压缩原诗行数,汉语表达意尽即止。例如:

(第104首)原诗直译:

仙翁见两公主　　　　　忠诚,

---

① 此处指守护松国之天神。
② 巫师西提采之简称。

仙翁心中生出　　　怜意。
仙翁接收了祭礼——　精心准备奉献的，
见仙翁接受　　　　姐妹公主高兴。
译诗：
心迹溢言表，仙翁感其诚，
暗怜痴情女，决意牵红绳。
祭礼悉受纳，姐妹喜盈盈。

【克龙四】

(第422首)原诗直译：
双双交欢　　　　已毕，
两位侍女问　　　情郎的名字：
两人来自何处　　何名？请道来，
让我俩知晓　　　名字和国家。
译诗：
双双云雨毕，启齿问公子：
"郎自何方来？郎君何名字？"

2. 对艳情诗的翻译处理

《帕罗赋》中有几处艳情描写，大部分采用象征手法，写得美而不俗，令后世诗人不断仿效。但也有几首诗句过于直白，有伤整部诗文的大雅基调。这恐怕与该故事源自民间不无关系。对此，我们做了适当改造。例如：

(第420首)原诗直译：
水中相戏毕　　　再戏于陆地，
同心两相携　　　登岸去。
边走边拥抱　　　接吻，
如登天堂　　　　爱液流淌。
译诗：
水中战方歇，登岸两相携，
拥吻呢喃语，岸边再交戈，

缱绻地做床,犹胜登天阶。

【克龙四】

译诗根据中国文化的审美传统,对艳情义采取了含蓄委婉的表达方式,形式由四句变成三句,原意尽出,点到即止。虽然克龙四的格律要求是四句,但这里还是遵循舍形取义的原则,宁简勿冗。从汉语诗的审美角度来看,译诗当比原诗多了含蓄之美。

(第481首)译诗:

旌旗复华盖,华盖孔雀羽。宝伞闪光华,仪扇高高举。仕女雁字排,迤逦出宫去。娘仁与娘瑞,贴身侍公主。群艳行未久,即临御花园。侍婢抬滑竿,接主下象鞍。捷足先报信,开锁启玄关。帕罗闻信喜,戴冠披锦衣。一似因陀罗,下界待吉期。

【莱】

末句的原文是"好像因陀罗神下凡,藏在宫殿内,等待拥抱两位公主的娇躯"。译文在这里也做了含蓄的处理,用一个"待吉期"模糊表达,反显高雅情趣,且更加适合国王身份。

3. 词语的替代或增删

(第269首)
臣属皆心腹,顶礼伏于地。
头捧国王履,捻尘撒发际[①]:
"陛下久劳顿,何妨稍驻跸。
留歇三四日,臣等自归去。"

【克龙四】

原诗中第一句是"臣属皆眼睛",泰语文学中习惯于把心腹之人喻为自己的眼睛和手,虽然很得当,但显然此处不能直译,须以汉语习语取而代之,而原义不失。

---

① 指国王的足底。

（第 465 首）原诗直译：

二婢登长阶，laina，步入寝宫内，laina，行近萍与芄，laina，俯拜传吉讯，laina，俊彦帕罗王，我主之灵魂①，已临公主近。

【莱】

译诗：

二婢登长阶，步入寝宫内。行近萍与芄，俯拜传吉讯，俊彦帕罗王，我主之灵魂，已临公主近。

【莱】

"俊彦帕罗王"，是译者添加，否则"我主之灵魂"便不能明其所指。缀词 laina，本身无词义，在汉语中也找不到有助于修辞需要的相应表达，因此全部舍去不译。

4. 语序的调整

诗句先后顺序做出必要的调整，以符合汉语思维和表达习惯，同时避免产生异义：

（第 208 首）原诗直译：
二仆请入寝，天晚风摧树。
帕罗愁满怀，赋诗寄情思：

【克龙三】

译诗：
晚风摧树低，二仆劝安寝，
帕罗愁满怀，赋诗寄深情：

【克龙三】

原诗先说两位帕罗王的仆从劝主人就寝，接下来说天晚了，大风把树梢都吹得低下了头。这在汉语里会有一种颠倒的感觉。汉语的表达习惯一般是说在何种情境下，发生什么行为或事情，语法表达是修饰成分在前，中心词语在后。泰语是把中心词前置，修饰成分后置

---

① 把尊贵宠爱之人比作自己的灵魂。

的,表现在语序中是"行为或事情发生了,在什么情况下"。诗句的语序反映了语言思维习惯。我们译成汉语诗,必须调整过来。

5. 杂名诗的可译与不可译

我国古有杂名诗,是将同类事物的名称罗列在诗文中,计有:道里名、郡县名、州名、人名、歌名、卦名、相名、屋名、船名、宫殿名、星名、药名、兽名、鸟名、草名、树名等。如:始于梁元帝的树名诗:①

> 赵李竞追随,轻杉露弱枝。杏梁始东照,柘火未西驰。香因玉钏动,沛逐金衣移。柳叶生眉上,株玛摇鬓垂。逢君桂枝马,车下觅新知。

汉语的杂名诗虽说重形式轻内容,但毕竟每句都有句义。这一首树名诗中就有李、杉、杏、柘、香、柳、株、桂等十多种树木,包含在描写宫女嬉戏的情景诗中。泰文的杂名诗有的有句义,译出来也颇有意趣;有的纯粹是名称的堆砌,以谐音取胜,读起来音韵铿锵、朗朗上口,却完全不可能转换成另一种文字的杂体诗。

可译之杂名诗:

> (第 256 首)
> 青青永随草②,若卿永相随。
> 纤叶频摇曳,似卿召我归。
> 却睹青丝木③,遥忆青丝垂。
> 菟丝缠虬干,揽腰相拥偎。

【克龙四】

> (第 89 首)
> 红鹦八哥与噪鹛,黑领椋鸟声正喧;鹩哥成对儿叫,桑早普罗刀④。黑卷尾,赤领鸟,懒将燕鸥瞧。苍鹭啼相思,鹊鸲尾扇翘;麻

---

① 见鄢化志:《中国古代杂体诗通论》,北京:北京大学出版社,2001 年,第 224 页。
② 中文名红楝子,红椿。
③ 中文名铁线子,(Manikara hexandra)。
④ "桑早"和"普罗刀"均为鸟名"Seangsao"、"Phuradok"之音译。

雀与鸤鹩,燕莺与鹡鸰;孔雀展翠屏,锦翎轻轻摇,引来雌雀众,鸟王①身边绕;金鹿②双双依,泽鹿③觑爱侣;良禽美兽多,花草伴虫鱼;龟鳖潜水底,虾蟹无计数;百鸟齐翱翔,凤凰凌波浴;鸭游水中央,鹈鹕淌水戏;水鸭卧孵卵,莲鸟④莲枝栖;游蜂醉花间,贪将花蕊吸。芙蓉千百色,枝枝争艳丽,红莲灼人眼,白荷倩影碧,蓝粉相辉映,青荷间紫藁。阴森来时路,须臾美无比!仁、瑞出山林,驰象趋王廷,及至宫殿外,为主先招魂:"魂灵返主身,守护我主人。灾难不得近,疾患永不侵——

【莱】

不可译之杂名诗:

第262首,全部是草木名称的罗列,以泰语谐音押韵出奇制胜,无句义可言。这就不可能用汉语表达,因此整段略去不译。

"抱残守缺"之必要

历史久远的古典文学文本,因为经历了后世多人的抄录、增补、删减和修订,出现多种版本是必然的。文字和情节内容很容易出现残缺或谬误的现象。《帕罗赋》也不能幸免。更由于《帕罗赋》的原始形态很可能是民间传唱文本,篇幅又很长,后来的文人在把它改写成立律体宫廷文学作品之时,重点关注的是诗文之美,内容情节上出现个别重复或谬误现象在所难免。例如:《帕罗赋》第280、282首诗,写道:

(第280首)
陛下急欲行,轻装宜简从⑤,

---

① 指孔雀。此句言众鸟围绕孔雀,如汉语之百鸟朝凤。
② 金色巴利鹿。
③ 雌性泽鹿,Eld's deer.
④ 鸟名,意译。
⑤ 即将进入松国国境的时候,连一百扈从也不宜随行了,应该只留两位贴身仆从跟随护驾。

二仆①护王身。"

【克龙二】

……

（第282首）

（随行众臣：）"伏乞辞圣主，顶礼拜王足，
　　　　　　　臣等即告归，留此二护卫。"

【克龙三】

内容显见是说从此帕罗身边就只留下两位贴身侍从了。可是到了第315首、319首又写道：

（第315首）

国王稍思忖，吩咐众随从：二象与四马，七十将与兵，留守在此地，待王返都城，精兵选三十，随驾续前行。俊王养精神，专心侯良辰。侍从盖与宽，听候王召唤。

【莱】

（第319首）

（帕罗传谕众士兵：）"此后须小心，不可稍大意。"行至友人村②，悄悄传消息。（村民）合掌来礼拜，邀客入屋宇。奉上佳肴馔，且请栖一宿。临行留十人，前村再留五，大象难携行，在此暂留驻。其余十五名，随王向前进。前方又留十，来至一小镇。见一荒芜园，遍植松柏树，四周寂无声，空舍无人住。村民③趋前道"已近御花园，请王暂驻跸。"合掌行礼后，席地候圣谕。

【莱】

也就是说，故事进行到第280、282首诗时，并没有减员到只剩两位侍从随行。这是显而易见的前后矛盾。对此我们在翻译时并没有刻意去改动调整。原因一方面是这种情况恰恰反映了原作流传中文本变化的历史痕迹，对于文学文本研究是有用的分析依据；另一方面

---

① 指乃盖和乃宽。下同。
② 指上文情节中已被帕罗仆从收买的松国村民的村庄。
③ 带路的村民们。

这类小的瑕疵,在流传久远的古籍中是常见现象,而且无伤大雅,并不影响我们对整部作品的鉴赏和接受。假如改掉了,反而是遮蔽了原貌,因小失大。我们采取的办法是在译文中加上注释,做一说明,为汉语读者扫除阅读理解的障碍,仅此便是尽到了译者的责任。

保持原作历史人文风貌

从《帕罗赋》内容可以看出,帕罗传奇故事的产生年代—大概是公元10世纪外来宗教传入初期。当时的泰族社会还是以民间原始信仰为主,巫师、巫术、万物有灵、鬼神信仰在王室和平民的生活中起到至关重要的作用。至于宗教,除了业报(Kama)一词在作品中出现之外,并无佛教或婆罗门教的其他痕迹。业报一词很可能是反映了16世纪前后《帕罗赋》成书之时的佛教理念。因为当时虽然佛教、婆罗门教与民间原始信仰并存,但佛教已然占据了主导地位。总的来看,整个作品还是反映了泰北地区早期民间信仰的文化风貌。我们在翻译的时候,也遵循着保持原作面貌的原则,对这些都不去改动。例如:仙翁施法,用魔槟榔使帕罗中蛊、用魔鸡引诱帕罗来到公主花园、神鬼大军之间的幻象大战等,这些在我们今天的读者看来颇为荒诞的情节,译文中都忠实地翻译了出来。因为这个故事来自民间传说,带有原始信仰和民间文学传统的鲜明印痕,也是泰国、乃至东南亚地区古代民间信仰的共有特征。如果我们抹杀了它,也就遮蔽了泰国古代文学与民间文学和文化的关系、模糊了古代泰国人的精神世界。

《帕罗赋》中的人物形象,也有与汉文化相异的某些个性特征,译文中也尽量忠实地呈现出来。例如,对主人公——英俊的青年国王帕罗的外貌描述,多处使用"腰肢纤纤""腰肢圆润"等词语。这在汉语文学中多用来描写女子,这样形容美男似乎不合中国人的胃口。但我们保留了原意,理由是它代表了古代泰人的审美趣味。泰国古代文学中的男神、国王、王子等英俊形象均具有外形苗条的阴柔之美。相反,膀大腰圆的男性则代表了粗陋、愚顽的形象,如魔鬼、罗刹。这在戏剧、绘画中也表现得非常明显。外表的阴柔美与内在的阳刚气融于一身,是泰人理想中的俊美英雄。我们的译文必须忠实地传达这样的信息,而不是"改造"。如果改造了，就抹杀了异文化文学人物的特有形象和民族审美情趣。

也有与以上翻译策略迥异的先例：

同样是古典文学的翻译，中国的《三国演义》等一大批历史小说，在19世纪末20世纪初传入泰国，被翻译成泰文出版时采取的就是另一种原则。泰文《三国》(Samkok)[①]对原作做了大量改造，以适合泰国人的文化理念、宗教信仰、政治需求等。其目的是把三国故事拿来改造成泰国的"国家文学"。事实上，泰文《三国》也取得了巨大的成功。可见翻译目的的不同，是制定翻译原则的首要因素。此外，翻译者与翻译手段的不同，也是译文差异的重要原因。《三国》翻译采用中介手段，用粗通泰语的华人移民，口译原文大意，记录之后，再由精通泰语的泰国文人加工润色。这样一来，译文与原文的出入就会相当大。但是另一面，它又摆脱了汉语和汉文化的某些拘囿，具备了泰语本土文学的鲜明特色，在泰文化的土壤中长成了根深叶茂的大树，至今繁盛不衰。

由此观之，文学翻译并无唯一之规则，全在于翻译目的的需要和译者的双语水平以及翻译技巧的运用。古今中外翻译史上出现的种种译例，都说明了这一点。

结　语

以上是《帕罗赋》翻译策略和实施情况的扼要说明。基于我们的翻译目的是把泰文《帕罗赋》的面貌尽可能真实地呈现给汉语读者，因此我们采取的策略是"在以真为本、适当改造的基础上力求做到诗文优美"。然而具体实施的时候，译者的汉语水平和时间的仓促仍然制约着翻译的效果。这一点，我们深感遗憾。但无论如何，这部译作的完成总算为我国东方文学的园地移植了第一株来自古暹罗的奇花。花之美在于原文之美；花之瑕在于移植者无意间的伤害。这是我们最想告诉读者并祈请读者见谅的。此外，拙译若能为东方文学研究和中

[①] 昭帕耶帕康（洪）版《三国》，曼谷王朝一世王时期的翻译文本。

泰文化交流提供些许助益,则幸莫大焉!

主要参考文献:
胡庚申:《翻译适应选择论》,武汉:湖北教育出版社,2004年6月。
许渊冲:《文学与翻译》,北京:北京大学出版社,2005年11月,第2次印刷。
袁行霈:《中国诗歌艺术研究》,北京:北京大学出版社,1987年6月。
鄢化志:《中国古代杂体诗通论》,北京:北京大学出版社,2001年。
[泰]春拉达·冷拉利奇:《帕罗赋评论与译注》,朱拉隆功大学出版社,2002年。

也谈文学翻译中的变异问题[①]

当代译介学理论范式的文化学转向扩大了翻译研究的视域,对我国传统翻译理论中的翻译标准提出质疑,为文学翻译中普遍存在的变异现象提供了学理阐释的依据。

毫无疑问,文学翻译是有标准可循的。这个标准不仅是理论上的理想标准,更应是从翻译实践中研究探索出来的、具有可行性的客观衡量标准。长期以来的翻译实践说明,文学翻译文本成功与否的关键在于它是否最大限度地完成了异文化文本之间在意、神、形三个方面的转换。这个转换过程除了受制于文本自身的内部因素(语言、意境、风格等)之外,译者身份、翻译目的、文化语境等更是不容忽视的、重要的外部因素。对于文本内部因素的研究,一向得到翻译家和翻译理论学者的关注,已有相当丰富的论著问世。20世纪80年代以来,译介学理论随着文化学、比较文学理论的兴起和发展,研究视野得到空前的扩展,为突破传统翻译标准的拘囿开启了闸门。从比较文学文化学、社会学、翻译伦理学等多学科的角度探讨,对翻译文本的解读跳出了以"信"与"不信"、"似"与"不似"作为重要评鉴标准的藩篱。实际上,任何文学翻译,都是两个异文化文本之间的转化过程。一部优秀的文学翻译作品的诞生,总是在源文本内部因素和翻译过程中诸多外部因素(译者身份、翻译目的、文化语境等)的双重制约下,经过反复选择取舍得以完成的。内外两方面因素的较为完美的契合,是造就文学源文本在异文化语境中被接受并成功立足的基本条件。

文学翻译的佳境大体上可从三方面体现:求真、求美、适度变异。

[①] 本文曾发表在《国外文学》2009年第四期,此次收入本书,做了部分修改。

求真为本,要做到意真、神真、风格趋近,失真便不称其为译作;求美为魂,失美便不称其为文学,美,是文学性的追求;适度的变异,则是传递相异性的不可避免的选择。

本文将仅从非文本因素对文学翻译的制约入手,就文学翻译在求真、求美两个前提下不可避免地出现的变异问题谈一点看法。

求真

毫无疑问,任何文本的翻译都应该把求真作为最基本的准则。然而,何为真?面对"真"的标尺,文学文本与一般文本尤其不能一概而论,这是由文学作品的特殊性决定的。"真"的要义有两个层面,一为形真,二为意真。

形真

就文本本身来看,译文首先要保持原文形式的基本形态。如体裁、风格、语言形态等。诗歌就须译成诗歌,小说就应译成小说,戏剧就应译成戏剧,散文就应译成散文。如果再进一步细化,问题就来了:不同文化语境中诗歌的体裁是不可能完成"形真"转换的,汉语的诗词曲赋如何能在非汉语的文本中以真形再生?所以说,所谓形真,从体裁角度则只能保留"基本形态"的层面,即译语中的某类诗歌,仅此而已。这样才能符合译语受众的审美习惯。如果刻意地想在译文中保留原文的诗歌形式,则只会事倍功半,失去诗的美感。至于风格,如果指作家或诗人的个人写作风格,则其独具特质决定了它的不可复制性。但是译文仍然要尽量追求风格的趋近。一篇嬉笑怒骂的讽文,决不能译成磅然正气的檄文;一首哀怨凄婉的小诗,决不能译成悲愤扼腕的浩歌。趋近,是指总体风格的近似或类同。若风格"指的是原作意象的隐或显、婉或直、艳丽或质朴、庄重或谐虐(则)都可以译"。[①]

非文本因素对原文形态的翻译有无影响?有。仅举英汉、梵汉的

---

① 翁显良:"意态由来画不成?——文学风格可译性问题初探",《翻译通讯》1981年第1期第2页。

诗歌翻译各一例：

许渊冲先生在《文学与翻译》第 4 页列出狄更斯的《大卫·科波菲尔》中一句话的四种译文①：

> It was remarked that the clock began to strike, and I began to cry, simultaneously.

> 闻人言，钟声丁丁时，正吾开口作呱呱之声。（林纾译）

> 据说，钟开始敲，我也开始哭，两者同时。（董秋斯译）

> 据说那一会儿，当当的钟声，和呱呱的啼声，恰好同时并作。（张谷若译）

> 钟声当当一响，不早不晚，我就呱呱坠地了。（许渊冲译）

四种译文对原文的解读无异。抛开译文的技巧和艺术性不说，古文和白话文的不同则源于译者和受众的各异。林纾作为近代文学家以及那个时代受众的阅读习惯、审美需求决定了他翻译小说使用文白相间的语体。反之，现代翻译家的重译文本则除了使用白话文别无选择。同样的例子：生活在六世纪的真谛所译的梵文佛经《金七十论》第一偈注释完全用古文②：

> "我故饮须摩味故成不死，得入光天，识见诸天。是昔怨者于我复何求？死者于我复何所能？"

1957 年金克木先生把它重译时则选择了白话文：

> "饮了苏摩酒，我们成了不死身。去到光明的天上，见到了天神。现在仇敌还能把我们怎么样？逃不过死亡的人怎能加害我们？"

可见译文是以译者所处的文化语境（包括社会环境、受众需求等）为转移的。

---

① 许渊冲：《文学与翻译》，北京：北京大学出版社，2003 年，第 4 页。
② 转引自郁龙余：《梵典与华章》，宁夏人民出版社，2004 年，第 30 页。

意真

译文若能达意(正确表达原意),便是意真。然而,达意与否,仍与外部制约因素息息相关。首先,源文本内容的原意须翻译者去解读。译者身份、翻译目的、译者所处的文化语境(有人把前两项称之为"翻译主体的审美意识和追求")都制约着对源文本的解读和转换选择。

译者身份(水平)。翻译者是翻译成功与否的决定因素。从技术层面讲,译者的语言文学水平是关键。译者的水平不应该仅只是熟悉原文和译文的语言文字,他(她)们还应该同时具备作家、诗人的才情禀赋,至少也得是有一定文学素养的写手,非如此不能创作出(翻译实际上是受限度很大的一种再创作)称得起文学作品的译著来。因此译者的语言文字水平、文学水平是翻译过程中难以逾越的技术制约因素。从主观层面讲,一部文学作品,一百个人去读,就可能产生一百种同异度各别的理解。译者对源文学文本的解读,必定带上个人的主观色彩。无论译者如何追求客观转述,都会把个人潜意识中的理念和审美趣味糅杂其中。还拿许渊冲先生所举的一个译例来看[①]:

杜甫的"文章千古事 得失寸心知"

1. A piece of literature is meant for the millennium.
   But its ups and downs are know already in the author's heart. (杨振宁译)
2. A poem may long , long remain,
   Who knows the poet's loss and gain(joy and pain)? (许渊冲译)
3. A verse may last a thousand years.
   Who knows the poet's smiles and tears? (许渊冲译)

其中的"文章"、"千古"、"得失"三词,两位译者就有了三种解读。杨振宁先生作为一位自然科学家,他的译诗在追求诗意的同时尽量不脱离原诗的词语,少见推衍性或扩展性的解读。这由"文章"、"寸心

---

① 许渊冲:《文学与翻译》,北京大学出版社,2003年,第306—307页。

知"翻译作"a piece of literature"、"in the author's heart"可以看出。许先生则不同。作为文学家、诗家、翻译家,他的解读是推衍性的、发散式的。他以诗人的思维把"文章"推衍成"A poem"、"A verse",把"得失"推衍成"(joy and pain)"、"smiles and tears"。而且把原诗肯定句变成了反意问句。这三种翻译是否都做到了意真呢？我以为是。谁又能说不是呢？因为这是文学层面的意真。文学不是数学,文学意大多没有唯一解（当然,谬解不在其内）。袁行霈先生指出,诗歌和一般文学作品具有宣示义和启示义两种,"宣示义,一是一,二是二,没有半点含糊；启示义诗人自己未必十分明确,读者的理解未必完全相同,允许有一定范围的差异。……一首诗艺术上的优劣,在一定程度上取决于启示义的有无。一个读者欣赏水平的高低,在一定程度上也取决于对启示义的体会能力。"①"诗无达诂"这句话绝非妄言。如此说来,译文的意真与否自然是不必强求一致的。

有一种特例,是"自译"。是作者运用译语去重写。泰戈尔作品的"自译"便是实例。泰戈尔身处两种文化语境,又兼作家和诗人身份,决定了他的自译作品真实表达原意的程度最高、变异度也最为适宜。自译的"意真"是最无疑义的（当然也应该允许读者的旁解）。只有这种情况才是原作者用译语的创作。翻译者的创造性的翻译,其文学和文字水平很有可能超过原作,但却无论如何都无法等于原作者用译语的创作。这里用得上惠子的一句话："子非鱼安知鱼之乐"。所谓"等于原作者用译语的创作"②只是译者的理想境界而难以付诸实现。

翻译目的。翻译文学作品的目的粗略划分大致有二：

一是传递异质文化中的文学经典、为本土文学系统引入外国文学元素,为文学交流、文学鉴赏和研究提供视窗。

西方文学的汉语译本中诸如傅雷的《巴尔扎克》、《约翰·克里斯朵夫》；朱生豪的《莎士比亚全集》；东方文学汉语译本中季羡林的《沙恭达罗》、《罗摩衍那》,金克木的《云使》、《伐致诃利三百咏》等。这样的经典译文就像是把异国的珍馐佳肴端上中国的文学盛宴,使受众品

---

① 袁行霈：《中国诗歌艺术研究》,北京大学出版社,1987年,第6—7页。
② 许渊冲：《文学与翻译》,北京大学出版社,2003年,第252页。

尝到异国文学经典的风味，因此必须保真度高、变异度低。这类译作始终是以外国文学的身份被译语本土受众所欣赏和接纳，从而在译语文学系统中占有一席之地。

北京大学东方文学中心的研究课题"东南亚古典文学的翻译与研究"推出五部东南亚国家的经典文学名著译本，都是原典翻译，遵循的原则首先是保真度高、变异度低，其次才是追求文学之美。这个课题的立项目的就是把一向少有人知的东南亚文化中的文学经典引入中国，为中国东方文学鉴赏和研究提供视窗。

二是传递异质文化中的优秀文学作品，满足译语文学市场的需要和大众文学消遣的需求，抑或特定时期、特定社会阶层的非文学层面的需求（政治、经济、民族、军事等目的）。这类翻译受到时效性和目的性的制约较强，译文的异变度升高，求真度降低，但仍可达到较高甚至很高的译语文学水准，并迅速使之本土化。

中国历史小说《三国演义》在世界各国的译本很多。仅在亚洲国家就有日文、朝文、蒙文、泰文、马来文、越文等多国文字译本。其中泰文的经典译本洪版《三国》，19世纪初甫一问世便被归入泰国"国家文学"之列，被奉为泰文本土文学经典。这个文本变异度很高，虽然保留了《三国演义》的散文体小说形式，但在内容和结构上却做了大量的取舍，以迎合当时政治军事需要和本土文化和文学阅读习惯。这种现象正是因为最初的翻译目的就是采取拿来主义，把它变成泰国的"国家文学"。

泰文洪版《三国》是曼谷王朝一世王下令翻译的。当时的政治、军事背景是非王族出身的一世王推翻了吞武里王朝，夺得王位，建立了曼谷王朝。对内他亟需平定山头、稳固自己的王位和政权、恢复长期战乱造成的文学和文化市场的凋敝，对外还需要应付与邻国的频发战事。《三国》翻译班子主持人昭帕耶帕康（洪）在为后来翻译的泰文《西汉》作序时谈到《三国》说："国王认为从国家利益考虑翻译该书是必要的。"可见翻译的初衷明摆着是"国家利益"。基于国家利益——亦即国王利益的需要，《三国演义》中的"帝室之胄"、"皇纲正统"等扎眼的字眼儿，大多都用了"王族"、"王亲"等在泰文中王系等级较低的词语替代。全书一共只出现过4次"帝胄"字样，而在1978年出版的《新译

〈三国〉》中则出现了 216 次。①译文中还反复强调"弃昏君,投明主",为一世王篡位的合理性制造舆论;把"将在外,君命有所不受",译成"驻守边城之将领理应忠心报国。君命至,对,则遵命而行;错,可上书陈表",以避免为边将造反张目。

洪版《三国》基于翻译目的之需要,对源文本内容做了大量篡改,变异度增加。然而,正是这些改变,加上翻译者作为诗人的精湛泰文造诣,才为译本融入泰国本土文化铺平了道路,使这个洪版《三国》能在异文化语境中备受推崇,甫一问世便被授予泰国"国家文学"的称号,200余年盛行不衰。在泰国文学史上著名的"三国体"还促成了泰国历史小说文类的生成,使后世仿效"三国体"的作品络绎不绝。单是后来《三国》的重译本、衍生文本就不下七八十种。洪版《三国》的经典地位以及它所起到的历史作用是不可动摇的。

文化语境。文学翻译不仅是译者用另一种语言表现源语文学面貌的行为,也是一种跨文化交流的重要媒介。文学的传播与接受与文化语境密切相关。译语文本要在两种不同的文化语境中寻求平衡,两种文化语境的差异越大,文本翻译的变异度也越高。无论从共时的角度还是历时的角度看都是如此。我们还是拿实例说明:

泰文洪版《三国》把《三国演义》中泰国人难以理解的词语或概念做了变通翻译,有些做了扩译或释译。说关羽"面如重枣",泰文译成"面红如熟枣",因为泰国枣有多种,有的即使成熟了也并无红色,故必加一"红"字;说"面如土色"则删去不用,因为泰国的土多为红色;说刘备乃"金枝玉叶",泰文中虽恰有一字不差的同一个成语,译文中却使用不得,因为那是"金玉良缘"之意,于是就译成了"金树玉叶"。刘备在围剿黄巾军时说:"今四面围如铁桶,贼乞降不得,必然死战。万人一心,尚不可当,况城中有数万死命之人乎?"洪版《三国》中译成:"我军已将此城四面围定,不日即可陷落。然贼人亦是勇兵骁将,此时犹如被逼进死巷之犬②,焉肯轻易回头受降?彼必死战,敌我定会两败俱

---

① [泰]颂巴·詹陀拉翁:《昭帕耶帕康(洪)版〈三国〉的政治意义》,《政治文学与历史研究评论》(泰文),民意出版社,1995年,第487—488页。

② 泰文成语,意为被逼无奈,狗急跳墙。

伤。"这里"围如铁桶""必然死战"的比喻,泰国人不易理解,于是转化成了"狗急跳墙"的意象,泰国人读来就会形象得多。

文化理念、宗教信仰不同引发的变异。如《三国演义》中的"天",在洪版《三国》中多处译成"神"、"佛";"天意"多处译成佛教理念中的"福报"、"业报";曹操的名言"宁教我负天下人,不教天下人负我"译成"保护自身免受人欺,乃人之常理。"这一改,就避免了传播曹操信条,涣散人心之虞。

泰文洪版《三国》,从内容上,消解了许多中国文化符号,加上译者精湛的泰文造诣、深厚的文学功底,为译本达到高水准的文学水平奠定了根基;从形式上,接受了中国古小说文体,在泰国还是诗歌一统天下的时代形成了全新的、对泰国文学发展产生深远影响的"三国体";洪版《三国》的译本对《三国演义》进行大胆的改造和创新,加入了大量泰国人耳熟能详的语言表达方式和文化理念,把泰文《三国》推向了泰国国家文学的高度。

求美

这里的"美",是指译语文学之美。这是翻译作品能否在译语文化语境中被冠之以"文学"称号的最后关键,也是能否被接受并长久立足于文学之林的最重要的条件。当然,这一切都是在"求真"的前提下讨论。我们还是以实例说话:

歌德十分推崇印度古代大诗人迦梨陀娑的诗剧《沙恭达罗》,他为此写了一首诗:

> Willst du die Blüten des frühen, die Früchte des späten Jahres,
> willst du was reizt und entzückt, willst du was sättigt und nährt,
> willst du den Himmel, die Erde mit einem Namen begreifen,
> nenn ich Shakuntala dich, und so ist alles gesagt.

苏曼殊翻译了歌德这首赞美诗,译得妙极、美极:

> 春花瑰丽,亦扬其芬;
> 秋实盈衍,亦蕴其珍。

> 悠悠天隅，恢恢地轮，
> 彼美一人，沙恭达纶。

1956年金克木先生的文章"印度诗人迦梨陀娑"中把这首诗重译为：

> 若想说出春天的花朵和秋天的果实，
> 若想说出人心中的所有爱慕和喜悦，
> 若想说出高天和大地，只用一个词，
> 沙恭达罗啊！只要提你的名字便说尽了一切。①

我不懂德文，请教德语专家之后，得知后一种翻译的句意更切近原文。②但是，如果仅以诗艺之美而论，当以苏曼殊的翻译更胜一筹。从字面看，苏诗中略去了"若想说出人心中的所有爱慕和喜悦"一句，似有"不真"之嫌。但若从整首诗的意蕴审度，苏译四句难道不已经说出了"人心中的所有爱慕和喜悦"吗？苏译一经发表，便得到汉语受众的喜爱，被普遍引用。它的艺术魅力堪与歌德原诗比美，这一现象正应了翁显良教授谈英译汉的观点："英译汉应该因汉语之宜，或分或合，或伸或缩，灵活处理，充分发挥我们在运用本族语言方面所固有的优势；这样才有可能做到译文与原文二者艺术效果大致相同，这样才是忠实于原作。"又说："外国文学作品的汉译，其成败关键，在于得作者之志，用汉语之长，求近似之效。不得作者之志，当然不可以自由；不可自由而自由那是乱译。既得作者之志就不妨自由，可自由而不自由，一定会影响汉语优势的发挥，得不到应有的艺术效果。"③有些汉译文学名著，为求真而拘泥于保留原文的表面形式（诗行的多少、扬抑格和音步、跨行句等），这样的译文虽然能够向译语受众呈现原作的表象，却损害了诗的艺术效果和内涵，汉语读者不能得其意象和神韵，更遑论欣赏其诗文之美。于是乎，一流外国名著便很可能在译语文学降格为二流、三流，得耶？失耶？

---

① 金克木："印度诗人迦梨陀娑"，载《新观察》1956年第10期。
② 本人曾就歌德这首诗的德语原文求教于北京大学德语系王建教授。
③ 翁显良："写实与寓意"，《翻译通讯》1982年第1期，第42页。

苏译之所以没有在原文词句上亦步亦趋,而是对歌德的这首诗作出缩减、分合处理,取决于苏曼殊作为汉文学和外国文学大家,对原诗神韵和意象具有高屋建瓴的把握,因而可以自由地运用汉语之长,把一流的外文诗歌以一流的中文诗呈现给汉语读者。金克木先生亦是语言文学大家,他不仅通晓多种语言,汉文学水平亦是了得。但他在翻译歌德这首诗上遵循的规则应是重在追求"形似、义真",在诗艺美上便输了苏译一筹。换一个角度说,如果金先生也如苏先生那般"自由"地翻译,岂是写不出苏先生那般优美古诗的?

我在前面举真谛所译梵文佛经《金七十论》用古文和金克木重译用白话文的例子时说"可见译文是以译者所处的语境(包括社会环境、受众需求等)为转移的"。那么为什么这里又赞苏译歌德诗用汉语古诗胜过金译白话诗呢?这是因为汉语古诗在当下的文化语境里仍然以它的艺术魅力存活着,作为文学审美的对象被欣赏着,而散文体古文却已经被白话文所替代。仍然是一个文化语境的问题。

上例说明,文学作品的译文美与不美,除了关乎前面说到的译者双语文学水平之外,另一个制约因素就是译者对翻译标准或曰规则的理解和把握。翻译中有取有舍,在求真和传神前提下为求美而出现的相异性,实际上反而是相宜——与译语文学审美习惯相宜、与原文的文学水准相宜。反之,对文学作品原文词句刻意求真的翻译,其效果反而会大打折扣。从文化交流的角度来看,翻译文学作品的艺术美,就如佳肴的色香味,是摆上盛宴、使品尝者欣然接受的首要条件,也是翻译文学立足于本土文化语境的不二准则,焉能以不真责之。

举两个泰国古典文学名著、长篇叙事诗《帕罗赋》翻译成中文的例子:

  第28节
  公主因为爱慕意中人——青年国王帕罗,缠绵床榻,一病不起。侍女追问缘由。
  译文:
  "此苦比海深,倘被天下知,颜面如何存?此羞不可遮,莫若求一死,免被世人讥。……"

原文：

"此苦比地沉，倘被天下知，颜面如何存？此羞不可遮，莫若求一死，免被世人讥。……"

以大地比喻苦难的沉重，是泰语惯用的比喻手法，然而汉语却习惯于用大海比喻苦难的深重。如果一定要机械地照办原文，必会丧失句义的美感，造成意象的错位。

第269节
众臣子向国王表忠心：
译文：
臣属皆心腹，顶礼伏于地，
手捧国王履，捻尘撒发际①：

【克龙二】

……

原文：
臣属皆手眼，顶礼伏于地，
手捧国王履，捻尘撒发际②：

【克龙二】

……

泰语以"手眼"比喻心腹之人，其实很形象也很恰当。但出现在此处诗中就会使汉语读者感到生疏突兀且失去美感，改以"心腹"代之，就会晓畅得多。

第17节
描写帕罗王的俊美：
原文：
颊如波漆果，双耳若莲瓣，
观之何粲然！

【克龙二】

---

①② 臣子从国王足底捏下灰尘，撒在自己的头发之上，表示对国王的无比崇敬。

译文：
颊如凝滑脂，双耳若莲瓣，
观之何粲然！

【克龙二】

原文将帕罗的面颊喻为缅甸波漆果 maprang，该果金黄色，果皮细腻有光泽。这也是泰语文学惯用的比附手法。之所以这样比喻，就是因为波漆果的果皮细腻犹如凝脂。汉语读者对这种植物毫无形象概念，直译必然不能传神，亦不会产生美感。因此，舍弃原语用词，直接以"凝滑脂"替代，反而能起到直观的审美效果。

概言之，文学翻译成功与否受制于译者身份、译者对翻译标准的理解和把握、翻译目的、文化语境等诸多因素。这些因素对翻译文本与源语文本之间出现相异性的程度和适宜度起着重要的决定作用。上述因素的客观存在是文学翻译文本相异性不可避免的外在因由。正确地看待相异性背后的文化学、伦理学、社会学内涵，对翻译文学的研究和导向应该具有理论和实践的双重意义。

参考文献：

许渊冲：《文学与翻译》，北京：北京大学出版社，2005年。
袁行霈：《中国诗歌艺术研究》，北京：北京大学出版社，1987年。
钱春绮：《歌德叙事诗集》，北京：人民文学出版社，1983年。
翁显良："写实与寓意"，《翻译通讯》，1982年第1期。
《中华翻译文摘》，北京：清华大学出版社，2001年。
《中国翻译》2008年第1期、第2期，2009年第3期。
《外语研究》2008年第4期。
《外国语》2008年第3期。
《译论研究》2008年第1期、第2期。
《外语与外语教学》2008年第2期。

《帕罗赋》中的"情味"①

《帕罗赋》是产生于泰国阿瑜陀耶王朝初期的一部立律体诗歌。这部作品取材自流传于泰北的一个古老的民间传说,经过阿瑜陀耶王朝初期(约在15世纪末)宫廷诗人的艺术加工,成为了泰国文学史上一部不朽的经典。曼谷王朝六世王时期的权威文学俱乐部将这部作品评为"立律体诗歌之冠"②。"立律"(Lilit)是诗歌形式的一种。有人认为"立律"一词来自巴利语,原意是"在各种情感中享受欢乐"③,对此也有不同看法。在泰国则特指一种由莱体和克龙体诗组合而成的叙事诗体裁,这种诗体对韵律的要求比较严格,撰写难度相当大。

《帕罗赋》产生于泰国历史上印度化程度最高的时期。阿瑜陀耶王朝在建都之前,曾经是高棉帝国的属地。高棉帝国曾经在古代的东南亚地区创下了辉煌的文明,对当地文化的发展产生了深远的影响。而印度文化也通过高棉文化的辐射深入到泰国文化的方方面面。泰国阿瑜陀耶王朝的建立者乌通王,从立国之初就承袭了过去高棉帝国的统治方式和文化传统。从这一时期开始,泰语出现了皇语,其中有大量梵巴语和高棉语借词,王室的祭祀活动很多都由婆罗门法师主持。诗歌创作是深受阿瑜陀耶王朝历代国王所推崇的高雅艺术活动,在这一时期的宫廷中产生了大量优秀的诗体文学作品。宫廷中聚集

---

① 教育部人文社会科学研究"东南亚古典文学名著的翻译与研究"项目资助阶段性成果(教社科司函[2006]169号)。
② [泰]春拉达·冷拉利奇:《帕罗赋评论与译注》,朱拉隆功大学出版社,2002年,第3页。
③ [泰]恩洪·齐达索本:《立律诗文学》,清迈大学图书馆书刊发行处,1982年1月,第3页。

了一部分专为国王作诗吟唱的诗人,他们之中有一部分就是信奉婆罗门教——印度教的婆罗门。由于婆罗门对于古典梵文典籍往往能够出口成章,因此在诗歌创作过程中就会自然而然地把梵语诗歌的创作技巧和修辞方法运用其中,从而将具有悠久历史的印度文学传统植入泰国文化的母体之内,在与本土文化传统的融合过程中逐步发展成为具有泰国特色的文学传统和审美思想。

根据现有的文献资料可以推断,在阿瑜陀耶初期,泰国自己的文艺理论还没有产生。文学家和诗人的创作,很大程度上是对印度文学和诗学的模仿和借鉴。后世诗人在选择性地吸纳业已流传的梵文——巴利文文学经典和理论著作的过程中,逐渐形成了适应本土文学创作和批评的诗学传统,泰国味论就是其中重要的一支。泰国的味论和印度的味论诗学有着密切的渊源关系。泰国经典叙事诗《帕罗赋》中所蕴含的情味种种,明显地反映出印度味论诗学对当时泰国宫廷诗歌创作的影响。

印度味论诗学与泰国味论的关系

"味"(rasa),亦称"情味",是印度诗学中最重要的美学概念之一。

婆罗多在《舞论》中给味下的定义是:"味产生于别情、随情和不定情的结合。"①这说明,印度诗学中的味与情是密不可分的。印度味论起于戏剧,从一开始就充满了情,所以印度的味论是一种情味论。婆罗多这样解释"味"与"情"的关系,"味出于情","'别情'是指激发读者对各种常情体验的因素或原因。'随情'是心中常情被唤起,致使主体的形体和精神状态发生某种变化,如由于愤怒而眼睛发红,害怕引起身体颤抖等。在诗歌中就是用语言来描绘主体的活动。'不定情'就是随时变化的不稳定的感情,用来辅助常情,如忧郁、虚弱、疑虑、妒忌、醉意、疲倦……"②

"味"作为文学审美的重要元素,早在史诗时期就出现了。"印度

---

① 黄宝生著:《印度味论诗学》,北京大学出版社,1999年,第298页。
② 郁龙余等著:《中国印度诗学比较》,昆仑出版社,2006年,第279页。

最初的诗"——《罗摩衍那》(童年篇)在第四章指出这部史诗有种种的味:滑稽、艳情、悲悯、暴戾、英勇、恐怖,还有厌恶。到了古典梵语文学时期,这种审美要素更是贯穿了始终,并且为后世各个时代的文学所传承。一般认为,印度诗学审美中有九种基本味,即艳情味、滑稽味、悲悯味、暴戾味、英勇味、恐怖味、厌恶味、奇异味、寂静味,它们分别产生于九种常情:爱、笑、悲、怒、惧、勇、厌、惊、静[①]。这九种味中以艳情味为最主要的味。

泰国"味"一词完全借用了梵语的 rasa,是泰国古代诗学的重要组成部分。但泰国并没有直接从梵语诗学理论接受这一概念,而是受到巴利语诗学著作的影响。

阿瑜陀耶初年,锡兰大法师桑伽拉奇达收集了巴利文、梵文典籍中的新旧诗律,加以整理后著成了巴利文诗学著作《乌都台》(Vuttodaya)。这部著作对泰国诗歌创作和诗学理论的影响很大。[②] 泰国国内公认的第一部语言学和诗学理论著作是 1672 年帕那莱王的星象大臣霍拉提波迪所著的泰文本《金达玛尼》(Jindamani 又译《如意珠》)。这部书中论诗的部分只占了少量的篇幅,不过却为泰国诗学与印度诗学的渊源关系提供了明证。它表明"泰国诗歌的文学样式大部分是在印度梵文、巴利文诗歌的基础上生成的,同时也为古代文学批评和鉴赏打下了基础。泰国的味论产生于巴利文的诗学著作《智庄严》(Subhodhaalankaara),后者是脱胎自梵文的《诗庄严论》。这部巴利文的《智庄严》只有庄严、诗德、味三个部分。其中所论及的'味'只是简化后的核心原理。泰国人将这些原理加以改造,总结出了适合自己诗歌文学传统的情味四种,即:惊艳味、调情味、嗔怨味、悲哀味。印度味论 9 种和泰国味论 4 种被广泛地应用于古代文学创作与批评实践中。当代的文论家亦承认"泰国人习惯于以'味'来评价古典文学作品"。[③] 原因是泰国人历史上长期受到印度文化的影响,在宗教信仰、地理文化、社会价值观等方面与印度人有诸多相同或相似,从而产生了

---

① 黄宝生:《印度古典诗学》,北京大学出版社,1999 年,第 317 页。
② 裴晓睿:"印度诗学对泰国诗学和文学的影响",载《南亚研究》2007 年第 2 期,第 76 页。
③ [泰]英安·素攀瓦尼:《文学评论》,艾克提夫印,2004 年,第 19 页。

作为文学背景的思想框架的类同。一旦了解了"味"的构成、产生"味"的要素、"味"的生成步骤，就能够有效地按照印度味论诗学对泰国文学进行研究。

味论诗学对泰国古典文学创作的影响是巨大的。春缇拉·萨达亚瓦塔纳认为："产生于泰国阿瑜陀耶初期的文学，在美学文化方面取得如此值得关注的成就，毫无疑问，一定是得益于（可供参照的）样板或文学创作指南之类的书籍。例如巴利语诗学经典《智庄严》。"①《帕罗赋》正是阿瑜陀耶初期成就卓著的叙事诗典范。它在文艺美学方面所取得的成就与印度诗学理论的影响是密不可分的。以下我们就以《帕罗赋》中蕴含的艳情味和悲悯味为例，对其表现形式、构成要素做出分析。从而展示味论诗学与泰国文学创作的内在关联以及味论在泰国本土文学中所表现的相异性特征。

《帕罗赋》中的"情味"

泰国文论界评价这部诗作说："《帕罗赋》的特点在于其中的'文学味'，在带给读者愉悦的同时，也传授了佛理。"②虽然这里的"味"，已经是泰国传统文论中"味"的概念了，但是通读本诗之后，我们会发现这里的"味"却明显地体现着印度味论的基本思想。作品中洋溢着种种的"味"：艳情味、悲悯味、英勇味、恐怖味等，其中最主要的则是艳情味和悲悯味。

艳情味

《帕罗赋》以爱情为主题，讲述了帕罗和帕萍帕芃两位公主之间为了爱情不畏死亡、最后以身殉情的动人故事，贯穿全诗的是构筑在相思基础上的、浓浓的分离艳情味，它主要的情由是互为敌国的国王与

---

① 春缇拉·萨达亚瓦塔纳：《文学的天空 3：阿瑜陀耶初期的美学文化》，星光集团出版社，1981 年，第 114 页。
② 古苏玛·拉萨玛尼：《以梵语文学理论分析泰国文学》，社会人类学教科书基金会，1991 年，第 72 页。

公主产生了深陷其中、不能自拔爱恋,这就为悲情相思预设了前提,为相见后的热烈欢爱做好了铺垫。

　　印度古典梵文诗歌中的艳情味的产生基础有两种:一为欢爱,一为相思。"它以男女为因,以最好的青年(时期)为本。它有两个基础:欢爱与相思""富有幸福,与所爱相依,享受季节与花环,与男女有关,名为艳情"。分离艳情味是"一对深深相爱的人分离"、"伴随着流泪、叹息、憔悴、披头散发等等情态。"①

　　青年国王帕罗和两位公主从相爱到相思,直至最后的相见,经过了一段曲折的历程。作品中三分之二的篇幅,都在讲述帕罗为了与心上人相见而离开祖国,穿越丛林,跋山涉水前往敌国的经历。一路上他时刻思念着情人,日夜盼望着与爱人早日相见。他对着沿途美丽的自然风光独自神伤,思念心中的情人:

　　　　看那一簇簇指甲花,仿佛你染红的指甲,
　　　　痴望着蔓榔藤,多想是帘幔将你遮蔽。
　　　　那缭绕蒲桃树的粉霞,难道是你将披肩挂起?
　　　　林木间的颈节草却与你的玉颈相异。

　　　　　　　　　　　　　　　　　　　　(第 257 节)②

　　这一手法,使我们不禁想到《云使》中的片段:

　　　　我在藤蔓中看出你的腰身,在惊鹿的眼中
　　　　看出你的秋波,在明月中我看到你的面容,
　　　　在孔雀翎中见你头发,河水涟漪中你秀眉挑动,
　　　　咦,好娇嗔的人啊!还是找不出一处和你相同。

　　《舞论》借色彩描写艳情,称"艳情是绿色"的。在婆罗多牟尼看来,爱情是离不开优美的自然景色的,在大自然葱郁的绿树、艳丽的花朵、潺潺的流水中,男女青年才能尽情享受爱情的欢乐,因此,自然景色既衬托爱情,也激发爱情,艳情之"味"也随之而产生,并且显得更加

---

① 黄宝生:《印度古典诗学》,北京大学出版社,1999 年,第 45 页。
② 此处译文为下面引文进行对照,采用现代白话文译出,与《帕罗赋》译文正文体式有异。以下译文同。

浓烈而缠绵。在印度古典诗歌中,艳情往往与大自然的景物紧紧联系在一起。

　　泰国与印度所处的自然地理环境相似,同属热带,草木茂密,河流众多。因此,古代泰国人和印度人一样,对树木、对水有一种特殊的感情,这种情感最初源于宗教上的虔诚与敬畏,到了后世便演化为一种特殊的文化心理,在文学作品中则以意象群的方式得以体现。在描写男女的欢爱的场面时,诗人也往往将自然景物作为喻体,含蓄地表现欢爱场景,例如:

　　　　太阳从远处伸出金指,轻抚这芙蓉。
　　　　芙蓉不肯将花瓣张开,害怕采蜜的蜂。
　　　　蜂儿在花间沉醉,醉意朦胧。
　　　　从里飞到外,从外钻到里,浸淫着花蕊的香浓。

(第 539 节)

　　这种将自然景物比喻男女性爱的手法,被泰国后世的文学所推崇并沿用,作为一种传统发展至今。而描写男女性爱场面的"风雨篇",也成为许多泰国文学作品中不可缺少的内容。

　　过去泰国文学界曾经有人因为作品中大量浓烈而挚热的爱情描写批判它为宣扬放纵情欲的庸俗文学,有违佛教的精神。这种看法无疑是以今人的价值标准评判古人,割裂了当时的人文环境和时代背景。泰国古代文学与印度文学一样,从发生到发展都是与宗教紧密相连的。印度味论中的艳情往往是将男女的欢爱与对神的虔信结合在一起的,最初出现在文学作品中的艳情味往往都是描写大神与其妻子的相爱与相思,后来随着文学自觉时期的到来,这种艳情味也被运用到小神或普通人的身上,但是描写大神们的欢爱还是多数。泰国人对爱欲的看法虽没有像印度人那样与宗教的虔信相结合,但是相似之处都是把它看做一种普遍而美好的自然欲求,因此在文学作品中也并不忌讳对男女欢爱情节的描写。从表现方式上看,两者都是含蓄的、不直露。《帕罗赋》中浓烈的艳情味,正体现了印度与泰国文化上的相似和文学传统上的源流关系。

悲悯味

"悲悯味起于常情悲。它产生于受诅咒的困苦、灾难、与所爱的人分离、丧失财富、杀戮、监禁、逃亡、危险、不幸的遭遇等别情"。(《舞论》)[①]婆罗多的这一段话道出了悲悯味产生的原因。印度文学作品中往往含有情人们的分离、战争的苦难、恶魔的侵袭等等情节,致使主人公遭受种种不幸,从而产生悲悯味。悲悯味是印度诗学中的第三味,是文学作品必须含有的味。悲欢离合乃人之常情,在各国文艺作品中都会频频出现,只是表现形式各异。印度文学由于受戏剧的深刻影响,悲悯味往往由人物的神态动作表现,并且程式化较强,有其固定的姿态、神情或语言。

泰国文学界认为《帕罗赋》是泰国文学史上第一部悲剧作品,并将它比作"泰国的罗密欧与朱丽叶"。[②]这些只是从故事情节来看待作品的悲剧性。印度诗学意义上的味,着眼的是具体的情由,以及人物由此而表现出来的情态。因此,悲悯味并不因故事的悲剧性而产生,换言之,在喜剧作品中也同样可以含有悲悯味。只是在悲剧色彩浓重的作品中,悲悯味的分量往往更大。

《帕罗赋》的开始部分,作者就为这种悲悯味设置了两个情由:一、国王帕罗的颂国与帕萍、帕芃二位公主的松国结有宿怨,帕罗的父亲在战场上杀死了二位公主的祖父;二、法师预言:帕罗与帕萍、帕芃姐妹的爱情必将使双方走向死亡。在篇末,男女主人公的惨烈阵亡场面更是将悲悯味推向了顶点。

除此之外,诗篇中还充满了战争、灾难、杀戮、死亡等别情,引起作品中的人物产生恐惧、惊慌、颤抖、焦虑,或是忧愁、悲伤、伤痛等等不定情,并经由作者细致的刻画,表现出一系列随情如流泪、哭泣、变声、叹息等。

在《帕罗赋》中,流泪、捶胸、叹息、痛哭失声,是人物表现悲悯的主

---

① 倪培根:《印度味论诗学》,漓江出版社,1997年,第56页。
② [泰]恩洪·齐达索本:《立律诗文学》,清迈大学图书馆书刊发行处,1982年,第73页。

要动作,虽然情由不尽相同,但是这几个动作几乎被固定用于表达人物的悲伤、愁苦、焦虑、哀伤等不定情上。在后世的文学作品中,仍然被广泛地沿用,甚至影响到泰国古典戏剧和舞蹈的动作,成为固定的姿势。这些动作和神态虽然不及印度文学作品中的丰富,但是却是印度文学中表达悲悯味的惯用手法。

除了艳情味和悲悯味外,《帕罗赋》中还包含着英勇味、恐怖味、奇异味等等。值得注意的是,《帕罗赋》在借鉴印度艳情味和悲悯味的表现方式的同时,也对其进行了发展与创新。印度文学多以喜剧结尾,在表现艳情味的诗作中也往往是以大团圆的方式收场,即使是在充满着分离艳情味的作品中,如《云使》,其基调也不是"悲"的,而是分离引出情的浓烈,最终指向"喜"的宗教境界。《帕罗赋》却将这条主味结合起来,巧妙地编织在情节之中,贯穿始终,使它们相互辉映。因此,它对印度诗味的借鉴,只是局限在表现方式和修辞手法方面,而在思想内涵和价值取向等方面,却保留了泰国本土的文化特征。

《帕罗赋》中"味"的构成要素——"情"

婆罗多认为情的含意有两方面,一方面要把作品中的诗意或味以及诗人心中的情传达出去;另一方面即把上述诗意,情和味传达给观众或读者①。《帕罗赋》的美源自一个"情"字。这里面既包括故事里人物细腻缠绵的情感,字里行间流露出的诗人直白而丰富的情怀,也包括一段段诗句在读者心中唤起的种种情绪。正是这诸般的"情"的相互融合与作用,生成了作品中种种的味,并构筑起浓厚的诗意。

这个"情"字首先表现在这部诗歌的形式上。有学者指出,"立律"一词的巴利语原意就是在各种情感中享受欢乐,足见当时泰国宫廷诗人对"情"的重视。立律体由克龙体和莱体诗连缀而成。克龙体诗歌长短句相连的特殊形式,在语音上形成一种抑扬顿挫的效果,十分符合抒情述怀的需要。在叙述和抒情以及人物对话的部分大多采用这种四句一节的克龙体,语音上实现一种明快的效果,达到音韵与内容

---

① 倪培根:《印度味论诗学》,漓江出版社,1997年,第109—111页。

的和谐统一。而在描写的部分则主要运用篇幅较长,五个音节一句,这种五言骈体式的诗句表现力丰富,大量绚丽辞藻的排列又增添了诗文的画面感,或将自然景物描摹得绚烂生动,或将人物状貌刻画得美艳动人,或将战争场面描写得激烈悲壮……

《帕罗赋》自始至终贯穿着一个"情"字,作品以"情"叙事、以"情"塑人,以"情"描景。

以"情"叙事

《帕罗赋》以国王帕罗和帕萍帕芘两位公主之间的爱情为主线。帕罗命运的转变源于一个"情"字,他之所以放弃家国与妻母全因"情"使然,而正是这个"情"字将他引向死亡之途。帕萍帕芘为情而生,为情而死,为了得到爱情她们不惜欺瞒父母,用尽一切方式捕获思慕之人的心,甚至宁可献出自己的生命。诗中除了着力表现帕罗与帕萍帕芘的爱情之外,还穿插着母子之情、父女之情、夫妻之情、君臣之情、主仆之情等种种的情。这些情感相互交织,相互冲突,共同推动着情节的发展。诗中的种种矛盾冲突也正是这些情感相互冲突的产物。

通观全诗,作品中纯粹叙事的部分远远少于描写和抒情的部分。情节的发展是简单而明快的,有时甚至略显突然。相反,诗人对自然景物和人物相貌、动作和神态的描写却是详细而不惜笔墨的,有时甚至反复的描摹。这说明,叙事的部分只是为描写和抒情做准备,换句话说,叙事只是为了交代别情,为随情的表演提供背景,为了引起常情。

常情又称固定情,是味的主要成分,是味的基础。而别情不是纯粹的情感因素,但它是情感产生的原因,是味表达或体验的基因。没有别情,任何情感的产生都是困难的。婆罗多"味出于情"中的"情"主要指向常情、不定情和内心真情,后来的文论家谈到"情"主要指常情和不定情[①]。由此可见,常情是文学作品中最重要的"情",没有常情也就没有"味",诗人往往在作品中着力表现九个主要的常情(欢、笑、悲、

---

① 倪培根:《印度味论诗学》,漓江出版社,1997年,第115页。

用、怒、惧、厌、惊和静)。而别情只是为常情的产生提供背景或原因。

正因为如此,《帕罗赋》的情节发展紧凑,很多叙述的部分往往一笔带过。例如在开篇战争的交代,对于战争的起因、经过和结果,诗人都只是概括性的介绍,甚至连国王战死也只用短短的三句话叙述道:"……压向颂国主。颂王身中刀,象颈俯身毙。……"而战场上两军交战的场面却花了较大笔墨。由此可见,诗人在创作过程中,关注的是表达和抒发各种常情,而不是讲述一段曲折宛转和扣人心弦的故事。

以"情"塑人

在印度古典文学作品中,"情"主要是通过主人公的神态、动作、语言(即随情)表现出来的。因此,在塑造人物形象时,诗人往往赋予他们丰富细腻的情感。在《帕罗赋》中的人物形象也体现着这一特征。

这部作品中人物感情细腻,易哀易乐、易怒易喜。男主人公帕罗是一个多愁善感的"情种"。为了寻找心上人,他甘愿放弃国家、妻子和母亲。然而,在离家的途中,他又屡感去妻之愁、别母之痛、孤寂之凄凉,相思之悲苦,独自叹息,黯然泪下。帕萍帕芘是两个情窦初开、多愁善感的少女,她们在闺中痴痴等候帕罗的到来,时而抑郁忧伤,潸潸泪下;时而悲戚痛苦,四肢无力;时而笑颜顿开,欣喜万分。作者赋予诗中人物的是人类普遍的情感,并将其外化,经由表情、语言、动作、思想直白地表现出来,使之具有十分鲜明的视觉效应,如同在舞台上表演一般,令读者几乎不用理性的思考就可以直接感受到人物的情感变化。

《帕罗赋》中人物形象的另一特点是:概念化很强。作者用概念化的人物代表人类普遍的情感,以人物间的矛盾暗示人类情感的复杂。男主人公帕罗集美貌、英勇、睿智和风流于一身,是理想的国王,也是泰国古典文学中一个常见的男主人公类型。帕萍和帕芘美丽痴情,是情的象征。侍卫乃盖和乃宽、侍女娘仁和娘瑞忠心耿耿、巧言善辩、机智勇敢,是忠的象征。帕罗的母后爱子如命,是母爱的化身,帕萍帕芘的父王是父爱的象征,公主的庶祖母心胸狭窄,难释旧怨,是仇恨的象征。

　　这种人物形象的概念化，也是古代印度文艺作品中的常见现象。如大史诗《摩诃婆罗多》中俱卢族的难敌等百子是非正义的象征，般度族的监站等五子是正义的象征①。又如《罗摩衍那》中，罗摩象征孝子和明君，罗波那象征暴君，悉多象征贤妻，罗什曼那象征恭弟。人物形象的塑造，从具象到抽象，将其概念化，使其在更高的层面上阐释或揭示出更深刻的含义②。

　　《帕罗赋》中人物的抽象意义，或许可以告诉我们：爱可以化解仇恨。帕罗和帕萍帕芘用他们至死不渝的爱情，击败了庶祖母的仇恨，以他们的死换来了两国的和平，而仇恨的化身庶祖母也最终玩火自焚，被国王处死。

以"情"描景

　　《帕罗赋》中有很多描写自然景色的段落，这些优美而富有感情的景色描写，既烘托了诗中之情，又融入了诗人的感情。情和景在诗歌中相辅相成，相互交融，从而使这部诗歌表现出浓郁的自然美和人情美。爱情是《帕罗赋》的主题，诗中大部分的景色描写都是为了寄托主人公的相思之情。

　　诗人用优美的自然景色来衬托主人公的深情，二者相互烘托，相互交融：情在景中愈显深浓，景在情中更富诗意。在语言上，作者利用谐音巧妙地将植物、动物的名称与被描摹的人物或衣饰联系起来，一词双关，恰到妙处地实现了情与景的融会合一。

　　这种在梵文诗学理论中被称为"谐声"的修辞手法，是印度传统修辞格之一，在梵语诗歌中十分常见。檀丁的《诗镜》中说："在诗句中和词句中，音的重复，如果[相距]不远，可以使人察觉到前面有过的感受的影响，这[种音的重复]就是谐声"③。修辞运用对诗味的产生也是有

---

① 郁龙余等著：《中国印度诗学比较》，昆仑出版社，2006年，第108页。
② 同上书，第108页。
③ 金克木译：《古代印度文艺理论文选》，人民文学出版社，1980年，第31页。

直接作用的,因为"一切修辞都在意义上洒下了味"①。

优美的自然景色描写是古代印度和泰国文学的共同特色。两国地处热带、亚热带,风景宜人,使先民们对大自然充满了无限热爱之情。诗人们对大自然强烈和独特的感受,使自然环境成了历代诗人们描写和讴歌的对象。正因为如此,自然景色的描绘是两国文学中不可缺少的部分。

从文化交流的一般规律和泰国古代文献资料的记载以及古典文学作品(如《帕罗赋》)来看,泰国诗人应是从印度借鉴了部分写景抒怀的表现手法,并与本土的自然风光和人文情怀相结合,逐渐成为自己传统文学创作手法的一种。《帕罗赋》之后泰国历代文学作品中,这种寓情于景,情景交融的方法成为了诗人们惯用的手法,而作为长篇抒情纪行诗"尼拉"则更是其中的典范。由此可见印度文学理论和文学传统对泰国古代文学的影响是非常值得关注的。

结　语

印度文化自公元前后进入东南亚以后,对当地的宗教、文化、语言文字、文学等各个方面产生了深远的影响。孟人和高棉人首先接受了这一强势文化,并将它融入本民族的早期文化之中。泰国阿瑜陀耶王朝所处地区,曾经长期受到高棉文化的影响,接受印度文化的程度比位于它北部、较早建国的素可泰王朝要高得多。印度文化对泰北文学主要是通过小乘佛教来实现的,而位于泰国中部、晚期建国的阿瑜陀耶王朝则是在政治制度、宗教、语言文字、建筑、艺术等各个方面都广泛地接受了印度文化。

《帕罗赋》产生于五百多年前的阿瑜陀耶王朝初期,在表现手法和审美方式上体现出印度文学传统的特征并非偶然。作品的题材虽来自泰国本土,但是从梵语味论的角度审视,从味的构成、味的要素,以及味的发展,它都十分符合"重味重情"的印度诗学的审美原则。可见,印度味论诗学和泰国味论确实有着极深的渊源。

---

① 金克木译:《古代印度文艺理论文选》,人民文学出版社,1980年,第32页。

参考文献:

［泰］春拉达·冷拉利奇:《帕罗赋评论与译注》,曼谷:朱拉隆功大学出版社,2002年。

［泰］恩洪·齐达索本:《立律诗文学》,清迈:清迈大学图书馆书刊发行处,1982年。

［泰］春缇拉·萨达亚瓦塔纳:《文学的天空3:阿瑜陀耶初期的美学文化》,曼谷:星光集团出版社,1981年。

［泰］古苏玛·拉萨玛尼:《以梵语文学理论分析泰国文学》,曼谷:社会人类学教科书基金会,1991年。

［泰］英安·素攀瓦尼:《文学评论》,曼谷:艾克提夫印,2004年。

郁龙余等著:《中国印度诗学比较》,北京:昆仑出版社,2006年。

金克木译:《古代印度文艺理论文选》,北京:人民文学出版社,1980年。

倪培根:《印度味论诗学》,广西:漓江出版社,1997年。

黄宝生:《印度古典诗学》,北京:北京大学出版社,1999年。

裴晓睿:"印度诗学对泰国诗学和文学的影响",《南亚研究》,北京:当代亚太杂志社,2007年。

《帕罗赋》中的象征意象

象征主义是19世纪在法国兴起的颓废主义文艺思潮中的一个主要流派。在第一次世界大战前影响遍及欧洲各国,涉及各个艺术部门。在这之后,象征的表现手法就被越来越多的应用到文学创作当中。卡尔·荣格(Carl Gustav Jung)曾给象征下了一个简短的定义:"当一个字或一个意象所隐含的东西超过明显的和直接的意义时,就具有了象征性。"①而关于象征的定义,《辞海》的解释是:"①用具体事物表示某种抽象概念或思想感情。②文艺创作中的一种表现手法。指通过某一特定的具体形象来暗示另一事物或某种较为普遍的意义,利用象征物与被象征的内容在特定经验条件下的类似和联系,使后者得到具体直观的表现。作为形象,象征可分为公共象征(传统象征)和私设象征(个人象征)两大类。前者为一个民族文化中习用的象征方式,后者为个人自创的象征方式。③19世纪法国象征主义派诗人的创作主张及其特色。"②

作家在文学作品中使用象征手法,其主要目的,就是为使作品能够表达更加深刻的含义和拥有更加广泛的内涵。在《帕罗赋》这部文学作品中,作者就使用了很多象征手法,这也是这部作品与其他泰国古典文学著作相比最突出的特点之一。作者在作品中运用大量象征意象,不仅使作品更加具有表现力和内涵,而且还改变了其他泰国古典文学作品中一些过于直接的叙述方式,特别是在性爱场面的描写方面,象征意象的应用,使得作品的文学性得到了加强。

---

① 荣格等:《人类及其象征》,辽宁教育出版社,1988年,第1页。
② 《辞海》(缩印本),上海辞书出版社,1999年,第569页。

文学作品中的象征意象，大致可以分为四类：其一是简单象征，象征意象与其要表达的本体原意间存在着清晰的对应关系，通过一次联想即可理解象征意象的含义，例如中国婚嫁习俗中用桂圆、莲子、红枣、花生结合表示"早生贵子"之义；其二是复杂象征。此类象征意象大多年代久远，其间包含的文化涵义较丰富，因此不能只通过其象征体的形状、颜色和特性等表层特征来得到本体原意，而需通过多次联想才能完成意义表达。例如《帕罗赋》中曾数次将男主角帕罗称为"狮子"，除了狮子"百兽之王"的美誉外，更与印度佛教中赋予狮子的神性相关，据佛经称，释迦牟尼降生时，曾作狮子吼，声称："我于一切天人之中最尊最胜，无量生死于今尽矣。"以此借百兽之王的狮子比喻佛陀之尊胜。同时，在佛教的观念里，狮子又是觉性、智慧的象征。因而在佛教里，狮子座特指佛陀所坐的床；其三是多义象征，与上面所讲的复杂象征的不同之处在于，复杂象征其象征意是唯一的，只是其间蕴含了较深的文化涵义，而多义象征则是指具有不同涵义的象征意象，这种多义性大部分都是由于象征意象在不同民族和地区文化中具有的含义不同而形成的。多义象征不仅具有多种涵义，而且各涵义间有时甚至是截然相反的。例如"龙"，在中国，由于龙被古代的帝王选为代表物，因此在中华文化中具有无上崇高的尊贵之意，中国人甚至自称为"龙的传人"。相反的在西方社会，龙自古就是邪恶残暴的象征；最后一种是个性象征。这种象征意象带有很强的主观色彩和个体意识，也就是说，个性象征并不是在大范围内被广泛接受和认同的象征意象，而是应用在一个小范围和群体中。文学作品中出现的个性象征，大多是作者为了表达自己的创作意图或心情而临时赋予其象征涵义的，这种象征意象的应用范围很窄，一般只局限于其出现的小范围之中，如果跳脱这个文化环境，则不可解释。

以上所述的四种象征意象在文学作品中都很常见。在《帕罗赋》中，这四种象征意象均有出现。这些象征意象，不仅与作品想要表现的主题和内容紧密相关，而且还与作品、作者所处的社会意识形态、文化传统息息相关。当然，对于书中人物的称呼和关于外貌的描写片断中也存在很多象征意象的片断，但是我个人认为，在《帕罗赋》这部作品中最集中表现其象征意象和象征手法运用的，有两个部分，即梦境场景和性爱场景。

梦境中的象征意象

  人类一生中将大约三分之一的时间用于睡眠,而睡眠的一个重要组成部分就是梦境。人类对于梦境始终充满了好奇。古今中外,出现过很多关于解梦的著作,人类对于梦境的探索和研究始终没有停止过。

  一般来说,梦境中出现的意象大多是虚幻的,即便形成故事连接,也大多或无完整情节,或情节混乱模糊,与实际生活没有直接联系。但是,就如中国古语所述:"日有所思,夜有所梦。"从精神学和心理学的角度来讲,人类的梦境并不是平白出现的。瑞士心理学家卡尔·荣格(Carl Gustav Jung)认为人的心理活动,包括梦的活动是真实的,并非荒诞无稽的,就像自然界的物理现实一样确实存在的,他称之为心理现实。① 如果我们相信梦境是具有这种反映人类心理现实意义的话,那么梦境中所出现的各种意象,也必然会成为现实生活中一些现实存在事物或现象的代表或符号,也就是说,梦境中的意象具有象征意义。在心理学和精神学领域,这种梦境中的意象被称为梦象。

  无论在东方还是西方,都有很多专门解释梦象的著作。在一些民族文化中,梦象不仅仅被看做当事人实际生活和心理状态的反应,而且还被认为是对当事人未来人生的预测。在前一种情况中,梦象解释所依据的是心理学和精神学方面的知识;而在后一种情况中,梦象所依据的则大多是本民族文化传统中固有意象的涵义延伸。例如在中国古代的解梦专著《梦林玄解》中,认为月亮与黑暗、休眠、平安、女性、阴柔等意象相关联。如:"梦抱月,大吉。妇人梦此,主得大贵之女;男人梦此,主得贤美之妻。"② 由于发梦之人必然生活在某一特定的社会环境之中,受到特定社会文化的熏陶,因此,人的梦象中出现的某些象征意象,也必然与其所在的社会文化象征相对应。

---

① 荣格等:《人类及其象征》,辽宁教育出版社,1988年版,第一章。
② 叶明鉴编译:《梦林玄解》,朝华出版社,1993年。

在文学作品中,也经常会出现关于梦象的描写。作者经常会通过梦象的描写来发展故事情节,暗示人物内心和故事发展脉络走向。在《帕罗赋》中,也出现了梦境场景的描写。当情节进行到帕罗一行进入颂国而尚未见到帕芯帕萍两位公主时,帕罗和他的两位侍从,以及公主和她们的两位侍女,都分别叙述了自己的梦境。

首先是男主人公帕罗的梦境描写,在他的梦境中,出现了很多象征着与两位公主相聚的场景和意象。例如作品的第 354 段:

> 右手弄荷瓣,左臂抱白莲。
> 池鱼双嬉戏,惊起水花溅;
> 鲃鱼潜水底,游弋荷花间。"

【克龙四】

在这段梦境场景中,帕罗梦中得见自己的左手与右手分别握着美丽的莲花。这里的莲花和白睡莲很明显是象征了颂国的两位公主。除了这一段,在第 353 段中也提到,帕罗梦中得见自己将幽香的莲花别于发髻。而在作品的其他段落中,也不只一次将两位公主称为莲花。莲花在很多国家和民族文化中,都是纯洁和美丽的象征。这与莲花本身美丽的外形以及其"出淤泥而不染"的特点密切相关。除了自身所具有的这些特性之外,莲花还因为与佛教的关系而更加具有了圣洁的意味。莲花是佛教最具有代表性的花朵,据佛经称,释迦牟尼降生之前,净饭王宫廷中的池沼内突然盛开出大如车盖的奇妙莲花,迎接佛陀的降临。而释迦牟尼得道后,也经常坐于莲花座上布道。作为莲花繁盛,并且以佛教为国教的国家,泰国的文学作品中经常用莲花作为象征,来指代纯洁、美好的女子形象。

在这一段中,除了莲花的意象之外,还出现了鱼的意象。作者在帕罗的梦境中描绘了池中游鱼相会,共同嬉戏的景象。在这里,鱼的意象被用来指代男女主人公的相会。实际上,在很多民族的文化传统中,鱼的意象最初都是用来指代女性形象的。有一种解释认为,这是因为鱼的形象(特别是鱼唇的部分)与女性的生殖器官形状相似。例如中国就曾发掘出很多远古时期绘以鱼纹的陶器。值得注意的是,以鱼的意象指代女性,并不是中国古代文化所特有的,在古印度的很多圣物里,也有不少象征女性的鱼形图案。继而随着时代的发展,特别是当男性崇拜逐渐代替了女性崇拜之后,鱼这一意象中的女性象征意义就被逐渐弱化,进而有了宽泛的"配偶"含义,如果和另外的女性象征结合出现,则可以作为男性的象征。因此,在这一段梦境描写中,鱼的意象并没有特别指代某一位主人公,而是以群鱼戏水的群意象,来象征男女主人公即将相见相聚的场景。

在《帕罗赋》的梦境描写中,除了花与鱼等动植物形象外,还多次出现了日月星辰的意象。在帕罗两位侍从的梦境中,出现了帕罗手托明月成双(第 356 段)以及帕罗化身明月,被神女置于头顶的景象(第 357 段);在两位公主的梦境中,出现了太阳神降临,化为美簪饰于发髻的景象(第 378 段),而在两位侍女的梦境中,又出现了星辰环绕公主的景象(第 382 段)①。

日月星辰是很常见的象征意象。由于高居空中,又是古人所无法熟悉的事物,因此日月星辰,自古就被视为很神秘而崇高的意象。特别是太阳,因为太阳与人类的生产生活息息相关,特别是在古代以农业生产为主的时期,太阳更是被赋予神性,成为了可以主宰人类的权力高贵的象征物。天空中仅次于太阳的是月亮。月亮皎洁明亮,并会随着季节的更替出现盈亏的现象,故很早就成了人们崇拜的对象。而月亮,特别是圆月,更因为其皎洁明亮的光辉而逐渐成为了高贵、典雅、纯洁的女性形象象征物。

另外,由于日月星辰具有阴晴、圆缺和起落的不同状态,因此这些不同的状态也形成了不同的象征意象。日月星辰的明亮或上升状态,多用来象征事物或人的上升和良好状态;与之相反,日月星辰的暗淡无光或下沉状态,则多用来象征事物或人的下降或不佳状态。而在梦象中也是一样。日月星辰,通常被视为权力和富贵的象征,太阳主白天,月亮主夜晚,太阳对应着光明、男性、生命、兴旺、阳刚、幸福等意象,月亮则与黑暗、休眠、平安、女性、阴柔等意象相关联。

在《帕罗赋》中,由于男女主人公均为尊贵之士,所以以太阳和月亮作为象征,并且均为正面的象征意象,例如皎洁美好的明月、太阳神

---

① 详见附录译文。

等。帕罗手托的成双明月是二位公主的象征,而降临公主发边的太阳神,自然也是帕罗将至的预示。

以上的各种意象,无论是莲花、群鱼或是日月星辰,皆表现了男女主角必将相会的吉祥之意,这些梦象也与梦境段落的主题相符。但是,在这部分梦境场景中,同时也出现了一些并不常见的梦象。

在公主侍女的梦境中,出现了公主被巨蛇缠身,张口欲食的景象(第382段);而在帕罗的梦境中,则出现了被两条巨蛇缠身,惊惧转醒的景象(第351段)以及梦中得见两位公主被囚于情欲之笼的场景(第352段)①。

无论是巨蛇或牢笼,在梦象中都不属于吉祥之兆。虽然在一些民族文化中,梦见蛇类是财富的象征,但是在此处蛇的意象显然不是这种意思。而且蛇与笼的意象,也与上文所述的莲、鱼及日月星辰相差甚远。

当然我们也可以简单地认为,以上梦象中出现的巨蛇,同样是男女主人公的象征。特别是帕罗梦境中缠身的双蛇,也恰好与两位公主相符。但是,作者为什么要特别选择蛇这种外表凶残的意象,而"张口欲食"的状态以及帕罗梦中惊醒的描写,也显然与其他梦境场景的氛围相差甚远。

我个人认为,这部分梦象中的巨蛇意象,并不单纯是男女主角的象征物,而是象征了他们之间的情爱。而在牢笼的意象中,也明确地出现了"那迦"一词。梦象中的巨蛇,紧紧缠绕于人物身上,而爱欲之笼也将公主囚禁,这样的梦象场景,正象征了男女主人公陷于爱情难以逃脱的精神状态。而巨蛇张口欲食的状态,以及帕罗梦中惊醒的景象,更是预示了故事结局男女主人公双双殒命的悲剧结局。

因此,我个人认为,作品中的这部分梦境描写,不仅以莲、日月等正面意象预示了男女主角即将相会的场景,同时也用巨蛇、牢笼等反面意象预示了男女主角终将因爱情而殒命的结局。

---

① 译文见附录。

情爱场景中的象征意象

《帕罗赋》这部作品与其他泰国古典文学作品相比，特点之一就是写作手法的多样化，这一特点在作品中的情爱场景中体现的非常明显。在泰国古典文学作品中，经常会出现情爱场景的描写，而且大部分都是直接描写，这大概也与泰国社会的文化传统有关。在《帕罗赋》中，作者抛弃了这种直接露骨的描写手法，在情爱场景中采用了大量的象征意象，这种写作方式不仅使得作品的色彩更加丰富活跃，而且也提高了作品的文学性和表现力。

在这些情爱场景的描写中，作者使用了若干种意象的搭配，既有鱼与莲、蜂与莲，也有阳光与莲。但是作者在这些描写中，始终用"莲"这一意象来代表女性形象。例如在描写男女主角的两对侍从之间的情爱场面时，有这样一段：

416.
　　美胸菡萏苞，俏眼比莲瓣。
　　荷馨令人痴，更怜芙蓉面。
　　妹香撩人醉，一触魂销散。

【克龙四】

用莲花来象征女性形象，在很多不同的文化传统中都存在着。在上文叙述的梦境场景中，也出现了莲花的意象。莲花由于其美丽纯洁的外形以及"出淤泥而不染"的特性，而被广泛用以作为纯洁美好和高洁的女性形象的象征。但是在这部作品中，莲成为情爱场景中女性形象的象征意象，并不仅仅是因为其美丽的外表，而是与古老的生殖崇拜文化——即莲花作为女阴崇拜象征意象出现相关的。

原始社会的生殖崇拜不是某一民族或地区的特有现象，而是全世界范围内的普遍现象。原始社会的生殖崇拜主要表现在对生殖器的崇拜上。所以，一些形状特别的动植物也因此被作为了男女生殖器官的象征物。而莲之所以成为女性生殖崇拜的象征意象，有以下几个原因：首先，莲花的花瓣形状与女阴的形状相似；其次，莲花具有"春华秋实"的特征,这一特征也可以作为生生不息的生育繁衍特征存在;第三,莲蓬多子,这也是生殖崇拜所要追求的人口繁衍本能的代表。

在早期的印度文化中,莲花即被作为了女性生殖崇拜的象征物。印度河流域出土的一尊头戴莲花的女神像①表明,早在公元前 3000 年左右,莲花就已经成为印度先民的圣物,它当然也应属于生殖崇拜文化的范围。而在公元前 7 世纪早期印度象岛石窟毁灭神三面造像,其手持物分别为猛蛇、莲花和象征女性乳房的硕果。②左边的女相手持的便是象征女性生殖器的莲花。在印度梵文中,"莲蓬"与"子宫"是同一个词。此外,印度也有"莲生贵子"的故事:莲花夫人为乌提王生了 500 个能征善战、英勇无比的男孩。③

而随着时代的发展,随着现代文明逐渐取代原始文化,女性崇拜逐渐被男性崇拜所取代,女性生殖崇拜也经历了自身的变化过程:"象征女阴→象征女性→象征男女配偶→象征爱情→象征吉祥。"④而莲花作为女性生殖崇拜象征意象,也同样经历了这种变化。特别是当佛教出现之后,莲花更是因为受到佛教的青睐而染上了佛学色彩,其意象也逐渐走向圣洁、崇高,而生殖崇拜的本意被逐渐掩盖。佛教不仅用莲花来强调圣洁以及修行中的戒欲和不染,同时也用莲花的生长过程来象征佛教"修行"从此岸到彼岸的"渡达"过程。

但是即便如此,佛教中的莲文化还是带有生殖崇拜的痕迹。例如佛教六字真言及其法器造型便是生殖崇拜的"遗产"。"神!红莲之珠,吉!"是对六字真言的意译,其中红莲和珠则分别象征女阴和阴蒂,其环环相套的法器造型则又恰到好处的表现了生生不息的含义。⑤而在《严华经》中也记载,摩耶夫人因为看到巨莲而有感怀孕,释迦牟尼降生于莲花之上。这些内容,均是莲花作为生殖崇拜象征意象的表现。

---

① 黄洽:"印度国花莲花",《科学生活》,1999 年。
② 赵国华:《生殖崇拜文化论》,人民出版社,1989,第 154 页。
③ 马倩,潘华顺:"古代莲文化的内涵及其演变分析",《天水师范学院学报》2001 年 2 月第 21 卷第 1 期,第 26 页。
④ 赵国华:《生殖崇拜文化论》,人民出版社,1989,第 247 页。
⑤ 赵国华:《生殖崇拜文化论》,人民出版社,1989,第 156 页。

因此，在《帕罗赋》的情爱场景中使用莲的意象，并不仅仅是由于莲花纯洁、美丽的外形特点，更是与古代生殖崇拜文化中莲花的女性生殖器意象紧密相关。

既以莲花作为女性形象的象征物，那么恋花的动物，如空中的蜜蜂以及水中的游鱼，自然就相对地被作为男性形象的象征意象出现。在《帕罗赋》的情爱场景描写中，出现了鱼戏莲(第 418 段；第 525 段)、蜂戏莲(第 523 段；第 539 段)的场景。鱼和蜂，如果单独出现，均不具有男性象征的意象，特别是鱼，还是古时女性生殖崇拜的代表象征物之一。但是，由于这两种物象均具有"恋花"的生物特点，因此在这两种象征意象与花卉相结合，形成象征群像的情况中，则多被用来作为男女相聚嬉戏的象征物出现了。除了鱼和蜜蜂两种较常见的与莲相配的象征物外，在这部作品中作者还使用了阳光与莲花的组合(第 539 段)来代表男女主角之间的情爱场面，这种象征群像很少出现。这种象征意象明显是取自自然环境中阳光照射于莲花之上的画面。从中我们也可以看出泰国的一些独特文化环境特征。一方面，泰国常年阳光充足，而泰国以农业生产为主的生活方式也使得人们对太阳非常重视；另一方面，泰国社会，特别是古代时期有着万物有灵的信仰，而太阳神在其社会信仰中占有非常重要的地位，因此泰国的古典文学中经常使用太阳来象征王者或勇士。因此在这段情爱场景的描写中，才出现了以阳光作为男性崇拜的象征意象。

除了阳光与莲花的意象群较为少见之外，在这部作品的情爱场面描写中，作者还使用了莲与莲的意象组合(第 417 段；第 522 段；第 540 段)，用来象征男女间的情爱场面。这种象征物的使用手法并不常见。在通常情况下，某种象征意象会在特定的意象群中改变自己的象征意，例如上文所述的鱼的象征意象。但是使用两种相同象征物组成意象群的手法并不常见，特别是在此处情爱场景中，作者所使用的还是女性形象的代表物——莲花。

正如上文所说，莲的形象虽然随着时代的发展而逐渐淡化了其女性生殖崇拜象征的意味，但是作为花卉，莲花依然被广泛作为女性象征意象出现。而在此处，作者不仅使用莲花作为男性象征意象，而且将其使用在情爱场景中，即用莲作为了男性生殖崇拜的象征物。这种使用方式不仅极少出现,而且也并不符合一种象征意象可能形成所依据的最基本原则——即象征物与本体自身在外形或文化意味上的相似性或一致性。在生殖崇拜文化中,最初的男性象征意象均具有与男性生殖器相似的外形,例如蛇、龟、鸟等。虽然在意象群中,这种相似性的限制较小,例如在"鱼与莲"、"蜂与莲"的意象群中,鱼和蜂均因与莲相对而作为男性象征物出现。但是莲这种具有强烈女性象征意味的意象却很少被如此使用,更不用说是出现这种莲与莲组合的意象群了。

如果仔细观察,我们不难发现,在这部作品的梦境场面描写中,也有一处使用了女性象征意象来代表男主人公帕罗——即在第 357 段中,帕罗的两位侍从梦中得见帕罗化身明月,被女神置于头顶:

357.
乃宽奏人主,"奴仆亦有梦:
我主化明月,天女托头顶。
此亦大吉兆:何愁事不成!"

【克龙四】

在一般情况下,在日月的象征意象中,总是以日象征男性,以月象征女性。日月相对,一阴一阳,这也与太阳和月亮的不同特性相关。但是在这一段中,作者却以月亮的意象代表了男主人公帕罗。

我们之所以习惯用莲和月的意象来代表女性,是因为这两种物象均具有柔美、纯洁的外形,这与女性的"阴柔之美"有着外在和内在的相似性。而对于男性形象的表达,则大多选用具有阳刚、有力、光明特点的物象,例如太阳、树木等,特别是在人类进入男权崇拜时代之后,这种阴与阳的对比就更加明显。因此这部作品中将莲和月这两种普遍被作为女性象征物的意象来代表男性形象,这在其他国家的文学作品中并不常见。正如本文开篇时所说,不同民族所使用的普遍象征意象,会因为各民族文化和社会意识形态的不同而有所区别。而文学作品中所使用的象征意象,除了具有提高作品文学性、扩展作品主题深度以及增加表现力的作用之外,还与作品所在民族和社会的文化及意识形态背景紧密相关。就像中国古代的"环肥燕瘦",汉时无论绘画或文学作品,其中的女子总是"腰肢纤纤若细柳";而在唐朝,唐三彩中那种"珠圆玉润"又成为了人们衡量女性的标准。那么,《帕罗赋》中使用莲与月的象征意象来代表男性,是否也体现了泰国古代社会的审美标准和社会意识形态呢?

我们不妨来看一看这部作品中对男主角帕罗外貌的描写片断(第11—20段)①,在这一部分外貌描写中,虽然也出现了天神因陀罗(第11段)、雄狮(第20段)和雄象(第20段)等典型男性意象,但是同时也出现了月亮(第15段)、鹿眸(第16段)和莲花(第17段)这样偏女性化的象征意象。同时,文中所描写的"纤细的腰肢(第12段)"、"鹿眸(第16段)"、"莲瓣般的耳朵(第17段)"、"金果般的双颊(第17段)"、"纤柔的手指(第20段)"等等,也同样体现出一种"柔美"的气质和感觉。

由此可见,在这部作品中,除了像其他民族古代作品一样描写了男主人公的英勇善战,矫健阳刚,同时也突出了男主人公柔美的气质。作品中的外貌描写,可以说是刚与柔、阳与阴的结合。从这样的外貌描写中,我们也可以看出泰民族古代社会的审美心理和社会意识形态:对于男性形象的描绘,并不单纯以外表的强健和魁梧为审美标准,而是在其中融入了一种偏于女性的、柔美温和的内在气质,正像文中多次出现的"玉"一词,古代泰民族对于男性的审美标准,似乎更加倾向于一种类似"君子温润如玉"的内在感受。如果按照这种审美标准,那么"莲"和"月"这两种以纯洁、柔美特性著称的物象出现在男性象征物中也就可以理解了。

那么,为什么泰民族古代社会的审美心理会倾向于这种较为中性的男性形象呢?我认为这是和泰国的佛教传统息息相关的。佛教所传扬的,是心灵的平静和安宁,是一种抽象的、非尘世的精神世界。其追求的是脱离肉体的,精神领域的修养和陶冶。就像泰国古代绘画,如果描绘的是地位尊贵的人物形象,例如国王和王室成员,其身体线条的勾勒就会非常柔美光滑,很少出现直接勾勒身体线条的地方,比如肌肉、关节等等。这是因为如果勾勒这些细节就会影响整个身体线条的连贯和柔美,从而影响到人物形象的神圣性。这种线条的平滑流畅,实际上也是佛教所追求的宁定柔和、如流水般的内心境界的写照。

---

① 详见文后附录。

各种艺术门类的审美心理都是相同的,都受到自身社会意识形态的影响。因此试想这种线条柔和的人物形象,当它进入文学作品中,自然也同样会体现出这种柔美宁定的形象特点。如果从这种佛教的意识形态出发,那么莲和月柔和安宁的形象,甚至比强调外像的雄狮、太阳更加适合于一国之君无上尊贵的地位和气质。这大概也是佛教如此喜爱莲之意象的原因之一吧。

综上所述,象征意象在文学作品中的使用非常频繁,其作用也相当广泛。在《帕罗赋》这部作品中,象征意象大量出现。无论是单纯用于突出人物形象风神秀美而使用的天神意象、动植物意象和日月等物象,还是用于特殊场景中的种种象征意象和意象群,这些象征物,既包括已经在全世界范围内普遍被接受和使用的意象,也有体现出泰民族独特特性和文化审美心理的个性意象。这些象征意象不仅使作品具有了更强的阅读性和文学性,使得作品的人物形象和故事情节更加丰满立体,同时也可以从中体现出泰民族古代社会的文化状态和社会意识形态。

参考文献:

春拉达·冷拉利奇:《〈帕罗赋〉评论与译注》,曼谷:朱拉隆功大学出版社,2001年。
赵国华:《生殖崇拜文化论》,北京:人民出版社,1989年。
居阅时、瞿明安主编:《中国象征文化》,上海:上海人民出版社,2001年。
马倩,潘华顺:"古代莲文化的内涵及其演变分析",《天水师范学院学报》2001年2月第21卷第1期。
刘亚猛:《追求象征的力量——关于西方修辞思想的思考》,北京:三联书店,2004年。

附录:

一、《帕罗赋》梦境描写摘录
帕罗与其侍从的梦境描写:
351.
"乃盖和乃宽,且听我说梦:
美人长肩链,斜挂我肩头,
化作双蛇盘,令我大吃惊!

【克龙四】

352.
梦中拥美人,相嬉共席枕。
梦醒心缱绻,频频唤佳人,
情爱比锁链,缚紧我身心。

【克龙四】

353.
梦中着锦衣,菡萏插鬓旁,
面朝扶桑走,当是趋吉祥,①
潋滟湖光里,悠然凭徜徉。

【克龙四】

354.
右手弄荷瓣,左臂抱白莲。
池鱼双嬉戏,惊起水花溅;
鲃鱼潜水底,游弋荷花间。"

【克龙四】

356.
乃盖奏人主:"奴仆亦有梦:
陛下登昊空,手擎白玉盘,
皓月竟成双,双双相辉映。
此乃大吉兆,姻缘必谐定!"

【克龙四】

357.
乃宽奏人主,"奴仆亦有梦:
我主化明月,天女托头顶。
此亦大吉兆;何愁事不成!"

【克龙四】

公主与其侍女的梦境描写:
376.
"天苑有奇葩,飘落我掌心,
奇香飘万里,琼花美绝伦。
仙葩世所稀,凡界射光华,

---

① 古代泰人相信东方是太阳升起的方位,代表吉祥。

执之插发髻,天赐帝王女。"

377.
帕萍从旁卧,心中甚欢欣。
遂将好梦述,好梦寓意深:

【克龙二】

378.
"闪闪金轮盘①,滑落穹窿顶,
化作金花钿,斜插我云鬟。
皎月代铜镜,清清照我影,
缀星成花环,妆饰我发端。"

【克龙四】

382.
娘仁有异梦,说与二主闻:
"公主摘星辰,结环饰头顶。
蛟蛇缠主身,张口吐红芯。
此梦好兆头,贵人已临近。"

【克龙四】

383.
娘瑞梦亦奇,徐徐禀幼主:
"闲游九霄天,畅饮五味露②。
堪羡神仙好,人间怎可匹?
明朝良辰至,如愿赴君期。"

【克龙四】

二、《帕罗赋》情爱场景描写摘录
两对侍从的情爱场景:
415.
叠叶障我身,娇花感我魂。
娉婷频颔首,邀我近芳芬。
呷露柔肠醉,闻香魂忘归。
应是我所爱,姝子名娘瑞。

【克龙四】

---

① "金轮盘"指太阳。
② "五味露"指形、味、气味、声、触五种。

416.
美胸菡萏苞,俏眼比莲瓣。
荷馨令人痴,更怜芙蓉面。
妹香撩人醉,一触魂销散。
【克龙四】

417.
阿妹红莲美,阿哥紧相随,
莲香诱哥采,双莲并蒂开。
花动碧波漾,哥心已融醉。
【克龙四】

418.
双莲池中交,交影正缠绵。
叶深凭鱼探,花根抱风酣。
足鲈逐鲨鲶,鲮鲤戏池边。
相竞啄食饵,尾翻浪花溅。
【克龙四】

帕罗与两位公主的情爱场景:
522.
娇荷羞吐蕊,花瓣现叠影,
展露碧波间。①
【克龙二】

523.
蜜蜂花间飞,沉翅落花心,
嘤嘤低语醉。
【克龙二】

524.
冰肌比清池,怡然漾其间,
胜沐天池泉。
【克龙二】

525.
池中风光妙,鱼乐戏水跃,

---

① 522—526均为借喻男女交欢之情状。在泰国古典文学作品中是常用修辞手法。

解语花展俏。
【克龙二】

526.
池岸犹堪怜,天丘①弗及美,
净洁无尘染。
【克龙二】

539.
日轮悬昊空,多情照池莲。
金光遥相触,奈何莲不绽。
娇花岂无情,唯惧蜜蜂餐。
醉蜂逐芳馨,期期扣莲瓣。
【克龙四】

540.
吮蕊情难禁,风流醉花间。
可怜娇荷弱,恹恹容已倦。
无心应所欢,抱蕊翕层瓣。
【克龙四】

三、《帕罗赋》帕罗外貌描写摘录

11.
疑是因陀罗②,英姿照人间,
博世人赞叹。
【克龙二】

12.
腰肢圆而纤,身材修而长,
仪态万方。
【克龙二】

13.
华貌压三界③,俊美超绝伦,
焉不动人心?
【克龙二】

---

① 天堂的山丘。
② 印度神话中的天神之王,能随意变形。
③ 三界:佛教术语,指天堂、人间、地狱。

14.
美名播天下,各地游商贾,
纷纷传佳话。

【克龙二】

15.
皓月挂当空,无缘见俊王,
观月代帕罗①。

【克龙二】

16.
目似鹿儿眸,双眉黛而弯,
恰如弓满弦。

【克龙二】

17.
颊如凝滑脂②,双耳若莲瓣,
观之何粲然!

【克龙二】

18.
鼻峰俊而挺,造化巧变幻,
爱神情钩般③。

【克龙二】

19.
鲜唇润盈盈,画笔难描点,
非笑似笑靥。

【克龙二】

20.
　　颏美而巧,颈圆如旋削,撩人双肩俏。胸阔若雄狮,双臂似象鼻,十指修长甲,亮泽细而腻。从足至头顶,处处惹人迷。

【莱】

---

① 俊美之人,指帕罗。
② 原文将面颊喻为 maprang 果。该果金黄色,果皮细腻有光泽。
③ 印度神话中爱神手中的钩子,把有情之人钩到一起,使之相恋。

立律体与译文形式初探

【摘要】《帕罗赋》被认为是泰国古典诗歌的典范,全诗以立律诗写成。立律诗独特的形式,将克龙体的抒情性与莱体的叙事性结合在一起,带给读者特殊的审美体验。然而,在《帕罗赋》汉译过程中,译文的诗歌形式问题一直是一大难题。本文拟结合翻译实践,从原语文本的形式特点谈起,试图探讨在汉语环境下对泰国古典诗歌进行形式再塑的困难和尝试,兼论泰汉诗歌审美传统的差异对译文形式的制约和对译者主体性的要求。

【关键词】 立律体 诗体研究 诗歌翻译 形式转化

美国学者威廉J·戈德尼(William J. Gedney)在谈到泰国古典诗歌的时候,有以下一段论述:

"在年代跨度长达六七百年的暹罗[①]诗歌宝库中,展现着丰富的主题和多样的形式,其中的很多作品甚至达到了一个其它任何文化都无法企及的高度。暹罗诗歌的艺术特质主要体现在,在各种韵文体式的规范下娴熟运用语言的技巧。暹罗诗学的很大一部分价值是蕴藏在形式之中,而不是语义所蕴含的内容,这使其

---

① 这里使用暹罗(Siamese)的说法,专指使用都城(阿瑜陀耶、吞武里、曼谷)标准泰语的地域内的文学传统,不包括使用地方性或区域性方言地区的文学,后者中经常会发现与《诗律》不相符的诗文形式(译者:亦即各种异体)。

在向西方语言的译介中总是显得不尽如人意。"①

以上这段论述,不仅指出了形式问题在泰国古典诗歌的审美传统和诗学研究中所具的突出价值,也道出了在泰国古典诗歌的翻译中形式转换和诗美再塑的困难。《帕罗赋》的中译中,对译诗形式的探索始终贯穿着整个翻译过程。

略论泰国古典诗歌的形式与审美特征

形式问题之所以成为泰国古典诗歌翻译与研究中的一个首要问题——甚至是难题,首先是由这种文学体裁的特殊性决定的。在各种文学体裁中,诗歌是最注重形式美的,也是最富于民族性的。② 格罗塞说,诗歌是为达到一种审美目的,而用有效的审美形式,来表示内心或外界现象的语言的表现。③ 形式作为达成诗歌审美活动的有效手段,是构成诗歌美的重要因素,在各民族的诗歌传统中都占据着十分重要的位置。

经过书写和印刷而保存至今的泰国古典诗歌,时间上承素可泰时期,下至曼谷王朝六世王时期。现今最古老的素可泰文学——《兰甘亨碑文》虽以散文体写成,但是其中已可见出一些后世韵文的雏形。如果借用歌德的观点,这些以文字保存下来的作品,可以说只是泰国民族诗歌宝藏中"片段中的片段",但却也足以让今人得见泰国诗歌六百年多间的辉煌成就,甚至有西方学者指出,"在欧洲几乎很难,甚至不可能找出一个与之面积相当的国家,可以在民族诗歌的数量和质量上同泰国传统诗歌这一巨大宝库相提并论"④。就连泰国人自己也常

---

① William J. Gedney, 1997, "*Siamese Verse Forms in Historical Perspective*", William J. Gedney's Thai and Indic Literary Studies, ed. by Thomas John Hudak, pp. 45 – 100. Michigan:Center for South and Southeast Asian Studies, The University of Michigan.
② 程毅中:《中国诗体流变》,中华书局,1992年,第3页。
③ [德]格罗塞:《艺术的起源》,商务印书馆,2008年,第175页。
④ William J. Gedney, 1997, "*Problems in Translating Traditional Thai Poetry*", William J. Gedney's Thai and Indic Literary Studies, ed. by Thomas John Hudak, p. 17, Michigan:Center for South and Southeast Asian Studies, The University of Michigan.

说:"泰族人都是能诗善歌(chaobotchaoklon)的"。

泰国古典诗歌的全面发展和繁荣,是从阿瑜陀耶时期开始的。泰国古典诗歌主要有五种传统形制,按其古老程度排列依次是莱体(Raay)、克龙体(Khlong)、伽普(Kaap)、禅体(Chant)、和格伦体(klon)。不同的时期,宫廷中盛行的诗歌体式也不尽相同,莱体和克龙体主要是在阿瑜陀耶王朝前期盛行,伽普和禅体则是盛行于阿瑜陀耶中期,格伦体是在曼谷王朝初期才开始广为流行。这其中不乏外来文学的刺激和影响,五种诗体中的"伽普"和"禅体"诗,就分别是在高棉诗歌和巴利文诗律的影响下演化而来的。不过,新体式的流行并不意味着旧体式的完全消失,在一定的时期里它们甚至是并存的。越是新体式出现、新旧体式并行的时期,往往越是宫廷文化繁荣、诗歌创作受到统治者鼓励和推崇的时期。泰国古典诗体的形制及其演化特征,是在自身民族语言的土壤里,在多元性的文化环境下长期孕育和发展的结果,亦从侧面反映出外来文学对泰国古典诗歌传统的长期渗透与形塑。

泰国古典诗歌传统对诗律、特别是音律问题尤为重视。上述五种诗歌形式的划分方式主要依据对每一个诗节中的总音节数、行数和单行的音节数、押韵方式、特定位置上的音调等声韵因素的特殊规定。它们各自又进一步细分为数个亚类型。例如,莱体又根据结尾音节数的不同分为古莱体和平律莱,伽普体根据总音节数的不同进一步细分为 11 个音节数的伽普雅尼(Kaap Yaanii)、16 个音节数的伽普卡邦(Kaap Chabang)和 28 个音节的伽普苏朗卡囊(Kaap Surangkhanang)。相比较而言,它们中以莱体的规则最为简单,禅体最为复杂。古代诗人在创作长篇叙事作品时常常同时运用两种或多种诗体,而评判诗人技艺的高低,首先是看他能否娴熟无误地运用某种诗体,创作出音韵和美、辞藻丰富、令听者心旷神怡的作品。

泰国古典诗学著作传世的并不多,古典诗学理论也相对较为薄弱。在现存的论诗作品,例如《如意宝》(也译《金达玛尼》)、《诗律》中,都是对各种诗体的韵律规则和写作范式进行说明和举例,对诗歌音韵的讨论要明显大于对炼词凿句、精神旨趣、审美内蕴等层面的探索。这意味着,不论是从创作还是接受的角度看,音乐性一直是泰国古典诗歌审美活动中最为看重的美学因素,是诗歌美的重要组成部分。诗论著作中对上述五种诗体形制的规定,最直接的效果就是营造出各种诗体各自不同的音韵效果。对行数、单行音节数的规定形成了诗文的节奏;对轻重音的规定(主要是禅体诗)在诗行内形成了音步,加强了律动感;押韵方式和特定位置声调的规定在诗节与诗节间形成谐音回环。泰国古诗中常常用"悦耳"(phro)一词来称赞诗歌带给人的美感体验。在《帕罗赋》的开篇,有诗句写到"缓缓吟来,声声入耳,丝竹妙音,令人心悦。"这也进一步说明,泰国古典诗歌传统对音乐性的偏重。

我们认为,泰国古典诗歌对音乐美的偏重,主要出于两方面原因,一是诗乐未完全分离的遗留,另一方面则是长期受梵文、巴利文影响的结果。朱光潜先生在《诗论》中就已对诗、乐、舞同源的问题进行了详细论证,指出三者在最初是一种三位一体的混合艺术。后来三种艺术分化,每种均保存节奏,但于节奏之外,音乐尽量向"和谐"方面发展,舞蹈尽量向姿态方面发展,诗歌尽量向文字意义方面发展,于是彼此距离遂日渐其远了。不论是从古希腊的酒神祭祀,还是从大量中西方学者对非澳土著或少数民族族群的调查研究中,都可以得到不少诗乐舞同源的证据。[①]泰国诗歌传统中十分注重诗文的音韵和谐,古代诗歌作品很多是为了特定的宫廷仪式或庆典而创作,常常需要配乐吟唱(khab),有的则是为了舞剧表演而创作。从泰国古典文学发展的历程来看,诗歌似乎没有彻底与乐、舞分化开来,走上纯粹追求文字艺术的道路。

宋人郑樵有云:梵人长于音,所得从闻入;华人长于文,所得从见入。重视语音的梵文和印度诗学传统长期对泰语和泰国古典诗歌的浸染和熏陶,也是促成泰国本土的诗学著作尤其关注语音的谐和之美的重要原因,并使得泰国诗歌最终走上了一条与汉语诗歌注重"言志"、"感物"、"吟咏性情",追求文字之美的截然不同的道路。

正是这种在诗歌审美方式上巨大的差异,使得泰国诗歌的汉译首先面临着音美的丢失,及音美再造的难题。

[①] 朱光潜:《诗论》,上海古籍出版社,2001年6月,第7—10页。

立律体的形式改造——汉译中的问题与尝试

1. 立律释名

"立律"(Lilit),在泰国古典诗歌中专门用来指将莱体和克龙体诗交替运用的一类特殊的诗歌类型,多为叙事性作品。有泰国学者从词源学上对"立律"一词进行考证,认为它"来自于巴利语的 Lalita,原义是'在各种情感中享受欢乐'"①。在广州外国语学院编写的《泰汉词典》中,"Lalita"一词的释义是"漂亮,美丽/可爱,逗人喜爱,令人喜悦"②等,并且标注这是一个梵语借词。在《梵和大辞典》中的解释是"庄严,严饰,妙好具足,游戏;无邪气,优美,魅惑"等③。虽然目前学界中对这一观点尚未完全接受,但是它至少可以提醒我们,今天所知的"立律"一词的含义,仅是前人根据多部以"立律"冠名的诗作的特点,归纳得出的一个定义,而其原初的含义也许并不是特指一种诗歌形式。在传统的诗学著作中,立律诗并不包括在几个主要的诗体范畴内,换言之,它其实并不是一种诗歌体裁,而只是代表一种特殊的创作类型。

Lalita 在印度教中也是湿婆神配偶的名号,在《梵天往世书》(Brahmānda Purana)中有以之命名的祭神祷文《千名赞》(Lalita Sahasranama)。阿瑜陀耶王朝前期的宫廷文化中还保留有较深的高棉文化影响的痕迹,那一时期出现的一部立律体作品——《水咒词》就是专为宫廷里的婆罗门教仪式创作的。因此,不可排除"立律"——Lilit 一词也是从深受印度教文明影响的高棉宫廷传到阿瑜陀耶的,它最初可能是一种服务于神王合一思想,带有一定宗教、政治色彩的颂文或祷文。当然这仅仅只是一种猜测,不过从泰国后世的立律诗文学中,似乎不难发现某种颂文的痕迹。

---

① [泰]恩洪·齐达索本:《立律诗文学》,清迈大学图书馆书刊发行处,1982 年 1 月,第 3 页。
② 广州外国语学院编:《泰汉词典》,商务印书馆,2001 年,第 586 页。
③ [日]荻原云来编:《汉译对照梵和大辞典》,新文丰出版公司,1979 年,第 1147 页。

除了《水咒词》和《帕罗赋》之外,阿瑜陀耶时期用立律体创作的诗歌还有《阮族之败》(Lilit Yuan Phai),作品以阿瑜陀耶与兰那泰之间的一场战争为题材,歌颂了阿瑜陀耶的胜利。曼谷王朝建国初期,一世王的宫廷重臣昭帕耶帕康(洪)创作了《帕蒙固》、《西维采本生》,三世王的宫廷诗人帕波拉玛努奇其诺若创作了《达楞之败》。历代的立律诗歌从内容和功能上可以粗略分为两类:一是歌颂战争胜利的,如《阮族之败》、《达楞之败》等;一是歌颂国王或大神的,如《帕蒙固》、《那莱十身》等等。可见,它们多少都带有一定的颂诗性质,带有为国王或王都歌功颂德的功用。后世的立律诗作品虽然逐渐走上文学的审美性道路,但是并没有完全脱离政教的功利性目的。

相比之下,《帕罗赋》的文学审美性色彩要明显大于其它的立律体作品,这一方面标志着立律体这种创作方法到此时已经在艺术上日臻成熟,在诗体的韵律规则上已趋于固定,形成了一定的创作和审美范式;另一方面也表征着古典文学本身的发展和日渐繁荣。

根据泰文传统教科书中的描述,立律诗写成的诗作,诗节与诗节之间以韵相连,即前一个诗节最后一个元音,与下一诗节的第一、二或三个音节相押,传统上将这种押韵方式叫做"入立律"。不过,在《帕罗赋》中读者们发现,并不是每两节之间都是头尾押韵的。对此过去有学者认为,是因为作品产生之时还处在诗体发展的初期,对韵律和形式的要求远没有后世那么严格。但是,最近又有学者提出,立律诗中的连缀方式并不是以诗节为单位,而是以段为单位;一个单位段由若干诗节组成,同一段中诗节的形式相同。①

泰国古典诗歌中并不乏两种或多种诗体交替使用的例子,这种方法对于创作者最直接的好处是,可以大大降低创作的难度,获得一定的灵活度和自由度。立律诗由莱体和克龙体两种诗体构成。相较而言,莱体诗古拙恢弘,克龙诗精巧短小。莱体诗从形制上似为介于散文和韵文之间,没有诗节数的限制,每顿的音节数也没有严格的规定,仅规定了顿与顿之间以腰脚韵相押。单首诗节的篇幅可根据内容随

---

① [泰]春拉达·冷拉利奇:《帕罗赋评论与译注》,曼谷:朱拉隆功大学出版社,2002年,第41页。

意地伸缩，很适合叙事的需要。克龙诗明显在格律上比前者有了较大发展，规定了建行形式、每顿的音节数、押韵位置、特定位置的音调，对诗人的选词传义构成了一定的难度，但是它在一长一短的建行方式，却营造出一种独特的律动感，而行与行相扣的句内韵，在声韵上营造出一种回环往复的音乐感，尤其适合抒情咏叹的需要。正是这两种在功能和形制上截然不同的诗体的交替运用，使得《帕罗赋》虽然是一部叙事作品，但却同时具有很强的抒情性特征，使得读者在跟进故事情节的同时，也不断受到人物情感、心理的感染，获得各式各样的情感体验。

2. 音韵美的丢失与补偿

美国诗人罗伯特·L·弗洛斯特（Robert L. Frost）曾经说："诗就是在翻译中失去的东西。"这句话虽然未免悲观，但也说明了译诗之难。诗歌翻译已被普遍认为是翻译中难度最大、要求最高的，其主要原因之一即是诗歌的美很大程度上依赖于民族语言自身的语音特点、修辞及语法习惯，包括文字特点等，脱离了民族语言的土壤，即使大部分语义信息可以进行跨文化传递，但是民族语言所赋予的音乐性，民族文化所孕育的象征意蕴等诗美元素，还是难免在翻译中丢失。

泰国古典诗歌对音乐性尤其偏重，这使得泰国诗歌一旦脱离了民族语言的土壤必然会丢失掉大部分诗美的成份。例如下面两节诗歌：

> รอยรูปอินทร์หยาดฟ้า มาอ่าองค์ในหล้า
> แหล่งให้คนชม แลฤๅฯ
> พระองค์กลมกล้องแกล้ง เอวอ่อนอรอรรแถ้ง
> ถ้วนแห่งเจ้ากูงาม บารนีฯ

11、12 节【克龙二】

原诗中不仅用到了大量的头韵字，例"รอยรูป"、"อ่าองค์"、"กลมกล้องแกล้ง"、"เอวอ่อนอรอรร"、"แถ้งถ้วน"，还交替运用了同韵词，例如第 11 节中的"หยาด"、"ฟ้า"、"มา"、"อ่า"、"หล้า"，第 12 节中的"อ่อน"和"อร"，"แกล้ง"、"แถ้ง"和"แห่ง"。

这种运用同辅音、和同元音的字来创造特殊的声音效果的手法颇类似于中国古诗中的双声和叠韵。李重华《贞一斋诗说》有云："叠韵如两玉相叩，取其铿锵；双声如贯珠相联，取其宛转。"泰国人论诗常用"khlongchong"一词形容诗歌的悦耳动听，这一词的本义其实是"套住"、"连上"，这说明中泰古代诗人都注意到了声与声相联所产生的听觉上的审美愉悦。

只不过，泰国古诗与中国古诗的不同处在于，中国诗歌除了注重声韵上的修辞之外，更注重字句的精炼、意义的深远。但是，泰国诗歌不忌讳词义重复，反而追求语汇的丰富，喜欢反复渲染铺陈。上面两节诗歌直译是：

> 莫非因陀罗真身下界，来点缀人间，
> 让世人欣赏。
> 身体圆润修长，腰肢苗条纤细，
> 处处都标致。

汉译之后，原来诗句中大量辅音字连用所产生的宛转感、长音同韵字连用所产生的荡漾、悠长感不复存在。因此，必须对诗句进行诗美的再造，尽可能重塑诗文的音乐性，并对丢失的诗美部分予以一定程度的补偿，以使译入语读者产生与原语读者相对"对等"①的审美体验。

策略一：相似性的探索与相异性的改造

《帕罗赋》汉译过程中的诗体改造包括莱和克龙体这两种诗歌形式。译者需要考虑的是：如何在中文的环境中体现出两者的差异，同时兼顾中国读者的诗歌审美习惯？立律诗歌的两种诗体在汉语环境中很难找到直接的对应，但是可以通过研究它们的内部结构、韵律和建行形式，在与中国古典诗词的比较中找到一些相似性，进而利用这些相似性作为汉译诗体改造的基础。

---

① 借用尤金·奈达的"动态对等"（Dynamic equivalence）概念。

我们发现，无论克龙体还是莱体的诗，其最小停顿单位——顿，都基本上是由五个音节组成，这与中国自汉魏时代起逐渐成形的五言古诗传统似有一定的可比性。特别是莱体诗，在诗行形式上与郭茂倩《乐府诗集》中收录的一些歌谣古辞十分近似，不同的仅是押韵习惯的差别。莱体诗习惯前一句的末尾音节与下一句的中间音节相押，与我国德宏傣族和壮族民歌中的"腰脚韵"一致。由于乐府诗歌本来就是来自民间，而莱体诗也是在古代泰语日常口语的环境下形成的，汉藏语系孤立语的某些上古语音或是构词特征，会不会是五音节诗句演化为当时最流行诗行形式的原因？这里仅提出一种猜测，我们认为，这个问题其实很值得从比较语言学、文学发生学的角度再做一些更为深入的探索。

鉴于这样的比较之后，我们尝试用五言作为译诗的基本建行字数，允许根据具体内容有适当的变化，在押韵方式上，用中文诗歌习惯的脚韵。另外，按照中国古体诗句数成双的习惯，也对译文诗节的句数进行了适当限制，例如以下译文：

君王游妙林，沿途赏奇珍：鹭鸟①栖橡树，孔雀弄罗香②。皇鸠③落巴豆，苍鹭潜苍草④。巢鸟⑤巢连巢，鸡跃鸡冠树。竹鸟隐竹间，哚哚⑥立哚枝⑦。蜂虎⑧惊白茅，芋鸟⑨点竹芋⑩。班雉⑪觑

---

① 原词既指一种鹭鸟，又指橡胶树。这种利用同音多义词的双关意义，并将同音的动物名词和植物名词放在一起描写，是泰国古代诗文中一个特殊的修辞方法，在这部诗中十分常见。以下的写景诗节中大量使用这种手法，翻译时尽量试着保留。
② 常见义为孔雀，另也指一种植物，全名大花羯布罗香，Dipterocarpus grandifloyus.
③ 原义既指一种绿皇鸠，Ducula aenea sylvatica，又指一种巴豆蜀的植物。
④ 中文名草胡椒，Peperomia pellucida.
⑤ 一种鸟，中文名不详。
⑥ 音译。一种鸟名，中文名不详。
⑦ 音译。原译为麻疯树（barbadonut；Latropha curcas）。
⑧ 中文名，栗喉蜂虎，俗名：红喉吃蜂鸟。Blue tailed bee—eater；Merops philippinus.
⑨ 一种鸟，中文名不详。
⑩ 全称芦叶竹芋，Maranta dichotoma.
⑪ 大眼班雉，英文名 Great Argus pheasant，学名：Argusianus argus.

蒲桃①,棉息伫紫薇。荷鸟②舞荷尖,啄木③啄刺桐。红鹦④白鹦⑤迎远客,来去跃枝头。奇木难尽计,百鸟竞啁啾!

258【莱】

中国学者在读到《帕罗赋》泰文原诗之后,联想到中国的赋。这主要是因为莱体诗与赋具有一些相似特征,这里将两者略加比较。从相似性上看,在形式上,莱体与汉赋都是介于诗与文之间的一种文体,都是外形似散文,内部又有诗的韵律。在语言风格上,两者都讲求词藻的丰富、渲染和铺陈,用丰富的语汇对客观事物进行反复描摹,以求穷尽其外貌姿态。这与中国后世诗歌讲求的写意造境,以寥寥数语点描出事物神韵有很大区别。但两者又存在一些本质上的不同:第一,传统的汉赋讲究语句上以四、六字句为主,并追求骈偶。相较之下,莱体诗中仅偶尔出现一些近似于排偶的诗句,口语化的程度相对较大。第二,中国的赋主要用于描景状物,很少用以叙事,这与中国诗歌注重抒情的传统脱不了干系;而泰国古典诗歌以叙事为主流,莱体诗歌总体上也是叙事的,但在一些具体的情节中却也显示状物写景的长处。《帕罗赋》中状物写景的莱体诗就有很多,且不乏精彩诗篇。

与莱体诗相比,克龙诗歌的汉译改造要相对困难一些。克龙诗歌每行诗句的上顿也由五个音节构成,但是下顿有长、有短,两、四个音节不等。每个诗行由长短相连的两个顿组成,这在汉语环境下很难找到对应。为了找到一个比较理想的译文形式,前后进行过多种尝试,现将其中的主要三种列举如下:

a) 近楚辞体⑥

身圆润而修长兮,腰纤纤乎曼妙,

---

① 南海蒲桃,Eugenia cumini.
② 一种鸟,中文名不详。原词常见义为荷花,这里为照顾修辞的需要,强译为荷鸟。
③ 一种鸟,中文全称赤胸拟啄木。
④ 原词是绯胸鹦鹉的别称,从字面解释是客人来的意思。
⑤ Cockatoo; Cacatuinae.
⑥ 之所以用"近",是因为译文并没有严格遵守楚辞体的韵律规则,实际上是形似而实非的。

肌容姱而尽佼。

12【克龙二】

陋三界之生灵兮,姿卓绝而尽像,
人弗忘其貌。

13【克龙二】

　　选用这种译文形式主要是基于相似性上的考虑,在汉语各类诗歌中,骚体诗舒徐回荡的节奏和音韵效果,以及顿挫、缠绵、沉郁的情韵,和克龙诗最为相近。加上两者都具有较强的抒情性,在每行前后句之间以音相联——骚体诗中由语助词"兮"相联,克龙诗前半顿的末位音节大多是开音节的长元音,诵读时要适当拖音。另外,楚辞中古老、丰富的词汇和大量充满神话色彩的人名、物名,与克龙诗歌也十分相似。

　　但是,通篇尝试下来之后发现,这样的近楚辞体译文,偶尔的几段诗用它来译还可以,但是如果要通篇译下来,一来模仿起来十分不易,二来这样是否会有过分"归化"的弊病,抹煞掉了原诗的异域色彩,反而使中文读者不能体会到原诗声形意和谐统一的美呢?由于骚体诗歌也只是在中国诗歌发展过程中某一段时期和特定地域内的诗体,在时间跨度上同今天相距两千多年,用它来翻译距今五百年左右的外国诗歌,不仅会在今天的大众读者心理造成一定的审美隔阂,而且要马上唤起他们的审美愉悦也相对不易。因此,我们最终舍弃了这种形式改造,但是在个别段落的上下文语境、情致意境较为适合的情况下,还是保留了一部分这种译诗形式,例如:

"熏风过兮谒王侯,熏风来兮邀王逑。
林中仙兮长护佑,引君来兮莫淹留,
辰星耀兮明月悠,代灯火兮照不休。"

371【克龙四】

b) 自由体

　　第二遍的译文,吸取了前一次的教训,刻意避免用一种特定的中国诗体直接"归化",而是用较为自由的建行形式,使译文诗句大体与原诗句的音节数保持一致,在此基础上力求语言的流畅优美。例文如下：

  寂寞独卧，抚膺泪落，
  远爱妻，怀中何萧索。

            239【克龙二】

  林间娇花芬芳，似带你的柔香，
  在空气中飘散，轻飏。

            240【克龙二】

  双栖燕侣，似你我依偎，
  何处花香？惹我念起你的芬芳。
  素蓉和娑罗双①，为我独欣赏，
  只因恰似你柔香，沁润我心房。

            254【克龙四】

  这一次的译文在译者的自由度和读者的接受度都胜于前次。但是，纵观全篇，总觉得过于松散，缺少一种齐整感。于是有了下一种尝试。

  c) 近五言体

  君王独自卧，抚膺清泪落，
  中怀萧索。

            239【克龙二】

  茂林花气芬，柔馨宛卿身，
  氤氲飘散。

            240【克龙二】

  树有双栖燕，双燕正缠绵，
  风吹花香来，惹我相思念。
  素蓉娑罗双②，惟我独钟爱，
  幽香与卿同，久驻我心怀。

            254【克龙四】

---

① 全称多花娑罗双（Shorea fioribunda）
② 全称多花娑罗双（Shorea fioribunda）。

最后一种尝试,一方面以五言诗句对应原诗五音节顿,诗节基本上以五言诗句为主要建行形式,另一方面结合中国诗歌中的审美习惯,将原诗不足五音节的顿予以适当改造,放弃了克龙体前长后短的诗行特点,以近似五言古诗体的形式来译。这样做的好处是,解决了前面形式松散的弊病,译者运用起来也较为顺手,有一定的自由和发挥空间,读起来也朗朗上口。唯一的遗憾是,最终没能保留原诗舒徐、回荡、宛转的音乐美。

策略二:用意象美补偿音乐美

既然音乐性的丢失已经成为诗歌翻译中无法避免的事实,而在汉语环境下重塑诗歌的音乐美有着无法跨越的障碍,剩下的途径就只有利用汉语表意的特征尽量在文字与文字的组合中构筑诗意,用意象性挽救音乐性的丢失。

汉语诗歌审美习惯中本身十分注意言与意的关系,好的诗句总是能创造言有尽而意无穷的境界,令人回味隽永。袁行霈认为,中国诗歌艺术的奥妙之一在于意象组合的灵活性,"汉语句子的组织常常靠意合不靠形合"。在诗美的改造过程中,我们有意识利用了汉语句子的组合方式,并按照汉语诗歌的审美习惯,在忠实于原诗句义的情况下,适当增加诗句的形象性、表现性和意义的丰富性。例如下列诗句如果直译就是:

看似鬼部众,如同摩罗军,
满满一山林,树木尽折倒。
不久就来到,罗王的国都,
国中鬼惊知,相互急通报。

我们对诗句作了如下修改:

鬼兵气焰高,堪比摩罗军①,
卷石摧草木,狂飙过山林。

---

① 摩罗:印度宗教神话中的恶魔。

倏忽大兵至，遽临颂国都，
　　守城群鬼惊，奔走传危讯！

146【克龙四】

　　增用了汉语古诗中的常见虚词"堪"、"遽"，又通过"卷"、"摧"、"过"、"奔走"等动词细化了原诗作中的形象和情态，并出于诗句通顺和完整性、及表意清晰性上的考虑添加了"气焰高"、"大兵"、"危讯"等原句中没有的词汇。

策略三：翻译中的比较研究——发挥译者的主体性

　　诗歌承载着一个民族语言的精粹，体现着他们对自身、对世界的情感体验。诗歌翻译，是两个民族诗学之间的对话与交流。对于诗歌的译者来说，不仅需要深入体会异文化语境下的诗味和其所赖以生成的诗歌传统，也必须回过头来加深对自己文化及诗学传统的认知。这就要求译者在翻译的同时应不断将原语文化和自己文化的诗歌传统和审美特征进行比较研究，亦即将译诗与学诗结合起来。此外，多读各国诗歌作品的译本，同时注意对翻译史、各派翻译理论的系统梳理，以形成对翻译原则和翻译标准的基本认知和把握。正所谓有比较有借鉴才有提高，在阅读前辈的译作时，对自己的译文也会逐渐有一个客观清晰的认识，能够根据翻译目标，在翻译原则的指导下一步步改进和尝试，并对译文的理想状态有一个大概的预期。最后，多动手，在实践中总结和不断探索。关于翻译原则、翻译方法，各派理论家依旧在不断探讨和摸索中。在新原则、新理论层出不穷的情况下，立足自己的翻译实践，在实践中检验理论，并摸索适合具体文本、具体问题的解决方法，是最为有效和切实的途径。

参考文献：

Kongkananda, Wibha Senanan, *Phra Lo: A Portrait of the Hero as a Tragic Lover*, Nakorn Pathom, Thailand: Faculty of Arts, Silpakorn University. 1982.

Bickner, Robert J, *An Introduction to the Thai Poem "Lilit Phra Law" (The Story of King Law)*, Illinois, Center for Southeast Asian Studies, Northern

Illinois University, 1991.

Thomas John Hudak (ed), *William J. Gedney's Thai and Indic Literary Studies*, Michigan: Center for South and Southeast Asian Studies, The University of Michigan. 1997.

程毅中:《中国诗体流变》,北京:中华书局,1992年。

朱光潜:《诗论》,上海:上海古籍出版社,2001年。

袁行霈:《中国诗歌艺术研究》,北京:北京大学出版社,2005年。

广州外国语学院编:《泰汉词典》,北京:商务印书馆,2001年。

[德]格罗塞:《艺术的起源》,北京:商务印书馆,2008年。

[泰]恩洪·齐达索本:《立律诗文学》,清迈:清迈大学图书馆书刊发行处,1982年。

[日]荻原云来编:《汉译对照梵和大辞典》,台北:新文丰出版公司,1979年。

[泰]春拉达·冷拉利奇:《帕罗赋评论与译注》,曼谷:朱拉隆功大学出版社,2002年。

泰国诗歌《立律帕罗》[①]
——罗王的故事[②]

泰国学界以及少数一些国家的学者对《立律帕罗》(Lilit Phra Law)已经作过相当数量的探讨。这些讨论主要集中在以下三个方面:诗人所运用的叙事形式、故事发生的地点以及创作者或是创作集体的身份。学界对上述每个问题始终看法不一,可是它们却极为重要,因为直接关系到对泰国诗歌发展历程的梳理,而后者却更为重要,也有更多未被阐明的问题。

《立律帕罗》在泰国文学史上的年代划定至今是一个悬而未决的议题。在各种试图探明作品创作时间的努力中,关注的重点始终围绕在诗歌的主题和风格两个方面,上述问题的解决却未有任何的进展。至今还没有出现过哪项研究是针对作品进行逐节分析、以期从中发现古代诗人们所遵循的某些规则或范式。本篇论文正是立足于这种分析的结果,并希望其中的发现除了能对《立律帕罗》的研究有所启发,也会对克龙体和立律体诗歌的总体研究有所助益。

语言学背景

在任何古典诗歌的研究中,我们必须意识到,所有探讨克龙、莱或

[①] 为尊重英文原著,本文中《帕罗赋》的译名,全部采取音译的形式。
[②] 本文摘译自美国学者罗伯特·J·毕克纳的著作 An Introduction to the Thai Poem "Lilit Phra Law"(The Story of King Law)。我们在取得作者同意后,选译了书中几个具有代表性的章节,整理成篇。

是立律体形式的材料中,普遍存在着一个问题,那就是历史观的缺失。语言,以及由之孕育而出的诗歌形式,往往被当做两个互不相关的个体来处理,人们由此而忽略了一个重要事实,即:语言是随着时间不断变化的,并且必然带动民族诗歌艺术的发展。当代比较历史语言学家们已经证明:泰国古代诗歌是在一个三声调的语音系统内形成的。然而,已经习惯了五个声调系统的绝大多数现代读者们,却没有意识到这一事实。

众所周知,今天我们所知道的台语支(Tai family)各语言都是由一个共同的祖先演化而来,语言学家们将之称为"原始台语"(Gedney1972:423—437)。虽然在相当长的时间里,主流的观点认为,这一语族的发源地位于中国的中部地区,然而已掌握的材料并不能为这一推断提供可靠的证据,反而提出另一处更有说服力的地点:位于现今越南北部与中国西南部交界的地区。一般认为,原始台语采用了某种声调系统,不过具体到每个声调的语音特点目前还尚未明了。可以明确的是,末尾以元音或响音结尾的音节,即所谓的开音节,或是传统泰语语法中所称的"活"音节,根据音节的发音特点可被划为互为区分的三类;而末尾以辅音结尾的音节(p,t,k),即塞音节或传统语法中所称的"死"音节,则被归为第四类。台语比较语言学中分别用字母A、B、C指代上述三种开音节的声调,并用字母D代指塞音声调。

这个由三个开音节调类和一个塞音调类组成的系统,至少一直持续到了泰语书写系统的出现——这一系统是13世纪末素可泰城的统治者兰甘亨大帝,在古高棉语的基础上创立的[①]。虽然在同语族的其他语言当中也相继出现了类似的书写系统,但是总体看来,这一语音发展的过程却是独立进行的。即使是在那些没有出现文字系统的语族成员中,也显示出与暹罗语的再造过程相类似的演变轨迹。

总体说来,人们发现那些被语言学家们归入A声调的词语,用现代泰语书写出来都是没有声调符号的;大多数归入B声调的词语,书

---

① 关于泰语书写系统历史演变的讨论,详见Brown, J. Marvin(1979), *AUA Language Center Thai Course Reading and Writing Text*, pp. 107—115, Bangkok: American University Alumni Association Language Center.

写出来则带有第一声调符号(may eek);大多数 C 声调的词语,书写形式则带着第二声调符号(may thoo)。如果将台语支内各语言的词汇进行比较,我们会发现,它们呈现出一种较为对应的模式,即在暹罗语中被归入 A、B 或 C 声调的词语,在其他语言中也能被归入相应的调类当中——语言学上被称为同源词。比方说,泰语里归属于 A 调的词语,在老语、泰泐语、掸语、白泰语以及其他所有的台语支语言中也被归入同样的声调。B 调的词语在其他的方言中也应归入 B 调,C 调也同样如此。

  偶尔也会有例外的情况,但是它们通常是新近的、在极特殊情形下的借词或词根,而大多数的词依然是适用于上述结构的。比较研究已证实了某一共同源语的存在,今天台语支中的所有方言都由它脱胎而来,并且它们中的任何一个都不比其他方言更久远、纯净、或是更忠于源语。从语族的发展历史来看,它们之间也没有地位上的分别。当然,语音上的差异是不言而喻的,即便是同源词,它们在各语言的母语使用者看来,也可能会没有丝毫的相似之处。随之而来的问题是,既然这些语言之间的关系如此的密切,为什么又呈现出如此多的差异?在此将简要地说明,是什么导致了今天我们所面临的状况。

  从文字系统产生之后的某一时期起,语支内各语言的声调开始出现分化,并且对东南亚地区其他语族——有声调或无声调的,都产生了影响。导致这一大量而广泛分化现象出现的原因还尚未明确,不过熟悉这一地区的语言学家对其确有发生却并无疑问。

  在暹罗古诗的研究中,有两点需要着重指明。第一,在暹罗话的演进过程里,并没有可能产生出今天书写系统中用第三和第四调号表示的词语,它们应该是在声调分化完成之后产生的变化,亦或是后来从台语支其他语言或非同源语言中借来的。

  上述两个声调符号以及用它们所标注的词语,在古代诗人进行的克龙或莱体诗歌创作的过程中并没有显示出任何的作用,在《立律帕罗》中也没有。由此,如果我们假设古代的诗人所创造的诗歌系统中包含了当时语音中还不为人所知的声调,这显然是不合逻辑的。现代语音成分的缺失,恰好清晰地表明:诗体的形成时间和诗歌的创作时间要早于声调分化产生的时间,即当原始的开音三声调系统还在使用时。

正如我们在讨论《立律帕罗》中的诗文形式时也会提及的,必须看到,今天人们在对待古代诗文时所过分强调的视觉上的信息——是否使用了正确的拼写方法,是一种立足于当下的、忽视了口语历史变迁的反应,只会使得当时语境内的诗歌观念被掩盖和失效。对于在口述语言环境中进行创作的远古诗人来说,拼写显然不成其为一个问题,不同于今天的泰语,当时所属于各自声调的词语并没有重叠(同调)的情况,词语的语音形态和与其相对应的书写形式也尚未出现分化。

第二,在暹罗话中降调(第二调)的词语有两个来源,一个是原来古语 B 调中的以浊辅音开头的词语;另一个是 C 调中原本以清辅音开头的词语——两者在今天的语音系统中已经演化成了同声调的词。由于其他的方言也因循着各自的路径发展演化,如果将这些方言中相互对应的同源词放到一起比较,便可较为准确地为我们构建出作为现在降调来源的是哪两个古声调。

最后,回到这部分讨论的原点。比较研究显示,在泰国中部平原发生的语音演变过程,同样也发生在同语族内的其他方言之中。台语支语言各成员中,没有任何一个可被称为较他者更古老、或更应被重视的。以一种语言为样本去评判另一种语言显然是不合适的;以某一历史时期为标准去评判其他时期的语言或诗歌艺术,也同样是不合适的。然而,这恰恰是现今在泰国存在的状况。由于没有意识到上述戏剧性的变化已然将现代口语同古代诗人所使用的语言分离开来,学者们在无意之中已使得这种不合适的比较,成为了用现代眼光考察古代文学经典这一思维模式的基础。

克龙诗的声乐性

1. 视证性考量

当一个使用现代泰语的人试图去创作一首好的克龙或莱体诗歌时,它必须知道某个特定的音节呈现在纸上是何种面貌,也就是说,它在书写中的标记是什么,才能知道它是否能够适用于诗中的某个特定位置。这一视觉上的考量,至少有一部分需要归因于发生在今天的中部泰语上的音调裂变。正是这一裂变和后来发生的合并,导致了今天泰语中降调的两个来源,以及原始台语中 A、B、C 三声调各自裂变为两个声调。时至今日,视觉方面的因素已显得尤为重要,以至于人们已经不能在脱离书写系统的情况下,轻松地讨论克龙诗歌,他们必须不时地依赖声调符号,而不是声调本身的自然发音。

  这种对书写形式的依赖,是不可能存在于声调裂变之前的。任何人只要听到一个音节,就能够辨认它是否适合用在,比如说,一个克龙四诗节第四顿的第一个位置,因为所有 B 调的音节听起来都是同一调的。对于哪些音节适用于一顿之中的第一个位置,哪些适用于第二个,几乎不存在任何混淆,因为 B 调的所有音节和 C 调的音节听起来是显然不同的。同时,这些语音上的差别当然也会反映在声调符号的使用上。只有当声调裂变完成之后,一些原始 B 调中的音节和 C 调中的音节才开始使用同声调。不过,一些古老的特征仍得以在拼写传统中保留。也只有当音调裂变产生之后,用以标示音节的声调符号——它们图像上的代表,才得以在克龙和莱体诗的构成中显得日趋重要,并最终取代音节的语音性表征。

  在所有以册页书(Samut Khoy)①形式保存的善本中,没有任何证据显示,视觉上的形式对于古代诗人,或是他们后世的抄写者具有重要的意义。那些善本中的排页方式显然是遵循着最经济的原则。诗节之间都是紧密相接,每节诗的开始和结束也没有任何的标志显示。这些书中大多被密密麻麻的诗行写满,每一行都根据需要排入了尽可能多的内容,直到没有剩余的空间为止。然而在今天的印刷版,每一个诗行都由一个五音节的顿,后接一个二或四音节的顿组成,并且独立排成一行。排版印刷使得以听诵为主的诗歌,在现代读者面前呈现出一幅模棱两可的状貌。因为,对《立律帕罗》的作者或作者们来说,一个克龙四的诗行必定是不需要借助任何视觉上的辅助或是固化形式,就完全可以从听觉上被感知和理解的。当然,我们还不能确定,在册页书中用来抄录那些诗行的格式,必定与《立律帕罗》最初以书面形

---

  ① 它们是用一种名为鹊肾树的树皮制成的册页书,纸面涂成黑色,字体是白色,能够长久保存。(译者)

式固定下来的时候相符,不过,它们至少是十分的接近的。这些手稿已表明一个事实:今天这种强调诗歌视觉效果的书面格式,不会早于现代印刷术的应用。

2. 听辨性考量

前面已经提到,在《立律帕罗》中克龙四诗的每一顿,往往有音节数超出规定数目的情况,并且经常出现在规定为五个音节的顿中。大体上,那些多出的音节往往是双音节词的第一个音节——它们往往带有一个短元音,并且,用今天的话说,末尾带有一个声门的停顿。在诗文中比较常见的这一类词是:国王(kasat)、(皇语的)走(sadet)、(皇语的)饮、食(saweoy)、等同(sameo)。

根据文本所示,克龙四每行的第一顿中,必须刚好包含五个音节,很多诗节恰好如此。一般很少会有少于五的情况,而那些多于五音节的顿,往往也可以通过轻读和缩短音长的方式,轻易地读成五音节,正如今天日常口语中的习惯一样。这种与口语的一致性提示我们:《立律帕罗》中的克龙四诗歌,最初,并且首先是一个口语化的现象,其原则是:每一顿中必须有五个起主要作用的、强调或重读的音节,而那些由于语义需要而多出的音节必须保证不影响诵读时的正常语流。同样的原则也适用于那些规定音节数为二的顿。

如果沿着这一思路走下去,我们一旦认定《立律帕罗》中的克龙四诗歌是一个纯粹的口语现象,我们就会发现,传统教科书中对这一诗歌形式的描述并不全面,其中一点就是关于带第一音调符号音节的替代情况,简而言之,就是 B 调音节的替代。从来没有过 C 调音节替代的例子,不过塞音节倒是常常出现在需要 B 调的位置上。这种替代的形式并不是偶然的,在附录一的声调位置表,以及下文中一些诗歌示意图中都将予以说明。

似乎对于古代的诗人们来说,任意要求 B 调位的地方都能进行替代,并且更多时候都是出现在奇数顿中,而在第 3、5、7 顿中,鼻辅音也能够被替换。通常情况下,那些长元音的塞音节,比起短元音塞音节更容易发生替换;在偶数顿中——每行的后半顿,则是那些以鼻辅音结尾的开音节词。这些替换形式的存在,说明从概念上来说,古代诗歌结构的末尾比开头处要来得重要,这在很多东南亚古代音律中也能找到类似的特点。只有当诗歌是以耳闻性为其最初特性时,以上情况才能说得过去。因为,视觉思维模式会将关注重点放在每个结构单元的开头位置。

另一个有趣的观点是关于克龙四诗节中的"三位押韵"结构的,即第二、三、五顿的末尾音节押韵。这一押韵规则中用来押韵的音节,几乎全部是来自 A 调位的词,即没有声调符号的音节。唯一的例外,是由短元音塞音节组成的韵脚,在总共 294 节克龙四诗歌中,只有 31 节(11%)是由这样的音节押韵的。不过,这些少见的替换情况还是一个谜。我们知道,在其他地方,塞音节往往被替换成 B 调位的音节,说明在上古音中这两者的发音是十分接近的。另外,对长元音音节的替换偏好,也说明它们比那些短元音塞音节在音调上更近似于 B 调位。令人疑惑的是,由塞音节构成的韵脚是如何出现在通常是要求 A 调位的位置? 这是一个值得进一步讨论的问题,一部审慎的校订本,也许会很好地说明,这些韵脚音节中有一些(并不是全部)只不过是在较为晚近的时候新增的,在语音的变迁已经掩盖了语言的原始结构之后才添入的。就现在而言,重要的是,在所有的诗节中,共有 263 节(89%)是由 A 调位的音节来构成韵缀(rhyme link)的。

如果我们设想这些克龙四诗歌是在上古音调系统内,并将所发现的三位韵中的声调规律重新组合,就会得出一幅与教科书中完全不同的示意图。下图 1 是还原到上古音调系统的克龙四诗节示意图。与传统做法不同的是,过去的圆圈和调号已用代表上古音调调位的字母代替。三位韵的押韵音节全部用字母 A 标示,因为这是这些音节共有的音调规律。

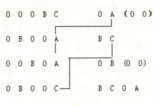

图 1

我们不知道这些音节在当时是怎么读的或唱的，不过，我们应该有理由假设古代的方法与现代的没什么两样。如果将示意图中也包括进这些信息，正如图 2 所示，我们又得出一个更为复杂的结构。在今天的诵读中，一个五音节或五音节以上的顿，通常被分成两个在语法上可独立词组，各自包含两到三个音节，两者之间有一小段停顿（在图 2 中用逗号标示），而在后一个词组后有段较长的顿音（图 2 中用分号表示），以暗示一顿的完结。那些只有两个音节的顿尾，顿音持续的时间要更长，除非后面跟有后缀词（kham soy）。在有后缀词的情况下，前一组音节后面顿音较轻，后缀词后则较长，以此暗示一顿的结束。一节诗的结束，是以末尾音节的拖音为标志的，而这些音节都是 A 调位的词；此外，还伴随有吟诵节奏的逐渐减缓。

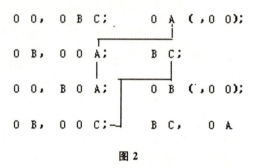

图 2

由此呈现出的是一个由音节数、韵律规则、和诵读方式构成的丰富而复杂的声乐模式。这一结构特点在很多方面都与泰国传统音律有某种神似，并且如果我们将音调的排列位置想象成一个由三种音高组成的网络，这一相似性将更为明显。例如，在演奏的过程中，欣赏者可以根据同样的音高辨认出每一节诗歌中所要求 C 调的音节位置。由于不同的音调之间基本不可能混淆，使得诗节内每一部分的结构都是截然不同的。

在这种情况下，便可以理解为什么诗人从来不在第四顿添加后缀词了：在那个位置添加附加音节，将会使第四顿和第八顿变得不可分辨，以至于使这极其微小的变动，造成整个诗节的混乱。因为诗节的各个部分都是完全不同的，参与表演（吟诵）中的每个成员——不论是乐师、舞者、歌手、或是听众，在无需知道内容和书面文本的情况下，仅凭听觉就可以准确地知道诗歌吟诵到了哪一部分。

3. 克龙二和克龙三的声乐性特征

在《立律帕罗》中，克龙二和克龙三诗体并没有像克龙四诗体那样严格遵守教科书中的规则，这也许正是现代作者对古代诗人的指摘之一。然而，通过逐一分析它们可以发现，并不能单纯地认为是当时的诗人忽视了那些所谓的"规则"，相反，它们结构中的某些部分甚至比其他诗体更具有一致性，而后人们对"规则"的构建很可能已经背离了当时约束诗人们进行诗歌创作的形式概念。

虽然在规定为第一声调符号——B调位音节的位置上，出现了很多其他调类的音节，这却并不能作为古代诗人技艺愚拙的证明。因为这些音节中的很多在释读上还存在疑问，而如果能够对整部诗作进行一番审慎的处理，将很大程度上调整这种状况。尽管调类多变的情况依然存在，然而它们显然都是刻意的，或者说至少是被古代诗人们默许的。与其将之视作缺憾，我们不如将目光集中在上古B调和D调之间的惊人相似处，并进而推敲：来自于这两者中的词汇，音调上可能在古代口语中比现代更加接近。今天在我们看来十分显著的差异，也许在古代的语音中要小很多，并且在诗歌中不足以成为相互区分的因素。总而言之，在诗节末顿中的变化要明显少于前两顿，这使我们联想起在克龙四中发现的情况，即在接近主体结构的范围中，变化要明显减少。

在另一方面，在所有克龙二、克龙三的诗节中，带第二音调符号，即C调位音节的位置却很规则。在为数不多的几个例外情况中，音节本身的释读就存在很大疑问，而几乎可以被作为长期传抄过程中的篡改而进行忽略。

此外，在国家教育部本中，规定为第二声调符号的韵缀音节在总共361节诗（克龙三10节、克龙二243节、还有108段置于莱体诗末尾的克龙二结构）中几乎都有出现，只有三处例外。对这三节诗，教育部本在注释中提供了新的说法，然而令人满意的答案应该是在比较了各手抄中的各异文之后才会找到。不同的异文暗示我们，文本在传抄和编订的过程中有明显篡改的痕迹。

如果我们设想克龙二（同时意味着克龙三）是严格意义的声乐性结构，而不是文字型结构，正如克龙四诗歌一样，以上这些观点无疑显得更加重要。下图三是一个克龙二诗节的示意图，和上文所示克龙四的示意图一样，里面的字母代表了上古音系中调位，而标点符号代表着诵读方式。

```
O O, O B C:
O B, O O C:      B C, O A(:O O).
```

图 3

当然，我们并没有任何文献上的证据，来证明这种诵读法被古代的表演者运用，然而这种模式却可被用于几乎所有的泰国诗歌，因此，很可能有某种类似的东西是诗人有意识的行为。

如果我们假设这部诗是用来表演吟诵的，那么我们必须将诗节看作一个由多种成分组成的结构，即音节数、声调位置、音韵和吟诵方式。我们可以看到，教科书上的规则大多数都是在过渡点上被谨慎地遵循着。两个连续顿中末尾以 C 调位音节互相押韵，这一标志将会使表演者和听众知道正在演出的是克龙二诗歌，并且接下来的一顿将由四个音节构成，作为诗节的末顿。尽管在第三顿的首尾都会有多余的音节存在，这并不是太大的问题：前两顿的 C 声韵脚毫无疑问可作为克龙二的明确标志，剩下的一顿将紧接其后。

在最后一顿诗句中，声调不同的各音节之间有着微妙的关系。顿首的音节虽然并不一定需要是 B 调类的词，但是顿末、也就是第四个音节却必须是 A 调类的词；C 调类的音节不一定必须处在第二个音节位置，但一定要在倒数第三个音节的位置上。当听到前两顿末尾押韵的 C 调音节之后，听者将会在一个小的停顿之后，依次听到一个 B 调类词语和一个 C 调类的词，从而知道只剩下最后两个音节还没唱出，后面或许还有一个后缀词。另外，吟诵节奏的放缓、拖音的延长，在 A 调词语上达到高潮，随之戛然而止，也再一次告诉欣赏者诗节已至尾声。

以上对诗歌各方面特征中末尾结构的描述，与大卫·莫顿（David Morton）对泰国传统音律的一段描述十分相似：

"如果将这些结构以爪哇式的符号标示出来，它们将更加明晰和具有系统性，其起伏的节奏在最后乐句中达到高潮。"[1]

这一描述同样适用于克龙诗的结构，并且解释了为什么在标志着结构临界点位置上的声调要比其他位置上的规律得多。古代诗歌和音乐之间的相似之处，也是一个颇耐玩味的领域。

克龙和莱之间的结构关系

在关于泰国诗歌的学术著作中，关于克龙二、克龙三与莱体诗歌和克龙四之间的关系，也是一个尚待探明的问题。所有的教科书中都是将它们作为独立的实体进行讨论的，并尽可能地加以不必要的区分。在对有争议的第 87 节诗的各种释读中，说明以上前三种诗体之间的相似度已足以使它们之间相互混淆。事实上，莱体诗和克龙三之间仅仅只有长度上的不同，从概念和实际结构上看，也并不需要以两种体裁名称进行区分，或者被当做两种形式进行研究。并且，这两者与克龙二也仅在一点上存在差异：置于倒数第三节之前的顿，都会以韵缀的方式与后面的部分相连，即前者的末位音节与后者的开首第一、二或三种的任意一个押韵。有趣的是，这一顿与顿之间韵缀的位置，正好也是将诗节与诗节相连接的押韵音节的位置，唯一不同之处在于，充当诗节之间韵缀的音节都是原始台语音位表中的 A 调类音节，而充当顿与顿之间联系点的押韵音节则有将近一半是来自其他调类的。

我们不妨沿着这一点更进一步，将以上形式与克龙四作一下比较。事实上，我们不论将克龙二结构看作一个独立的诗节，或看作克龙三或莱诗节的末尾处结构，它与克龙四的第一、七和第八顿在形态上是完全一样的。这些顿在各自的诗节形式中是十分关键的。克龙

---

[1] 大卫·莫顿：《泰国传统器乐》，加利福尼亚大学洛杉矶分校博士论文，1964 年，第 90 页。

四诗节,可以看做是克龙二的两个五音节的主体顿之间插入了两个五音节的顿。而一个莱诗节(和在概念上与之相同,只是长度上缩短了的克龙三诗节),则可看做是在克龙二的两个主体顿之前——而不是中间,插入了一个五音节的顿。这种结构上的惊人相似处,使我们不得不放弃那种认为克龙和莱诗是借自其他语言的推测。与泰国的禅体诗(chant)不同,克龙和莱体诗是明显地基于泰语自身的结构和声韵特点独立发展而来的诗歌形式,而前者却明显来源于印度,并借用了印度语言结构中音节的一部分特征。虽然克龙和莱诗在传统教科书中总是被区分开来处理,它们只不过是同一诗学现象中的不同形态而已:一个五音节单位,被分成长度不同的两组短语,然后以各种复杂的押韵方式与其他同类型的单位连接起来。

这种五个音节的概念性单位,同样可以解释各诗节形式中的末尾顿。各个诗节的主体是由五个音节的单位组成的,根据各自诗节的种类被装饰成不同的形态。一个四音节的单位,不论是否带有一个后缀词,都已成为诗节结束的明确标志。鉴于此,似乎可以恰如其份地说:克龙和莱诗,是同一本质上的不同表现形式,它们同样都是在当时的日常口语结构中自发生成的。

结 论

一番对《立律帕罗》文本的检验告诉我们,关于这部诗作的一些常见的论断实际上是不正确的。几乎所有谈论它的文章都高度褒扬了这部诗作的美,但同样也认为诗歌的作者并没有严格地遵守它们的形式规则,或者说他们所受的教育不如现代诗人那样高,因此不能够保证同等的质量。现代的评论者,带着我们这个时代的视觉型思维惯性,仅根据现存的《立律帕罗》复制文本,去假设古今人们在看待诗歌的观念上完全一致。实际上,由于年代久远,现在这些珍贵的善本仅仅只是对过去真实表演的部分纪录,从表面上看来,它们似乎易于理解,以致今天的读者们往往看不到深入细读的必要。

今天很多关于泰国诗歌艺术的思考和文章都过多地关注写作本身。甚至在诗歌的创作中,书写的正确性已占据了绝对的统治地位,这在那些最古老的作品创作之时显然是不可能的。然而,大多数现代的学者们却没有注意到这一点。

有人认为"泰人并不注重将自己的音乐理论化"[①],这同样可以适用于泰国诗歌的研究,现有的做法仍旧是保守和教条式的。这对于探知历史真实的状况,显然毫无用处。古代和今天人们所使用的泰语是根本不同的,古代和现代的泰国诗歌艺术也是如此。在古代诗歌的研究中,任何试图回避这些差异的做法,都将无法解决至今仍困扰着我们的诸多问题。只有当这一事实被广泛地意识到并全然地接受之后,泰国诗歌的研究者们才可能对古代和现代的诗歌进行正确的透析,并充分地体会到台语语族丰富而深刻的诗歌遗产。

---

① 大卫·莫顿:《泰国传统器乐》,加利福尼亚大学洛杉矶分校博士论文,1964 年,第 221 页。

参考资料和文献

(一) 中文文献

1. 程毅中:《中国诗体流变》,北京:中华书局,1992年。
2. 胡庚申:《翻译适应选择论》,武汉:湖北教育出版社,2004年。
3. 黄宝生:《印度古典诗学》,北京:北京大学出版社,1999年。
4. 金克木译:《古代印度文艺理论文选》,北京:人民文学出版社,1980年。
5. 居阅时、瞿明安主编:《中国象征文化》,上海:上海人民出版社,2001年。
6. 刘亚猛:《追求象征的力量——关于西方修辞思想的思考》,北京:三联书店,2004年。
7. 栾文华:《泰国文学史》,北京:社会科学文献出版社,1998年。
8. 马倩,潘华顺:"古代莲文化的内涵及其演变分析",《天水师范学院学报》2001年2月第21卷第1期
9. 倪培根:《印度味论诗学》,广西:漓江出版社,1997年。
10. 钱春绮:《歌德叙事诗集》,北京:人民文学出版社,1983年。
11. 翁显良:"写实与寓意",《翻译通讯》,1982年第1期。
12. 许渊冲:《文学与翻译》,北京:北京大学出版社,2005年。
13. 鄢化志:《中国古代杂体诗通论》,北京:北京大学出版社,2001年。
14. 郁龙余等著:《中国印度诗学比较》,北京:昆仑出版社,2006年。
15. 袁行霈:《中国诗歌艺术研究》,北京:北京大学出版社,1987年。
16. 赵国华:《生殖崇拜文化论》,北京:人民出版社,1989年。

(二) 英文文献:

1. Dhani Nivat, Prince, "The Date and Authorship of the Romance of Phra Lo", *Collected Articles by H. H. Prince Dhani Nivat Kromamun Bidayalabh Bridhyakorn*, Bangkok: The Siam Society.
2. Elana Afanasieva, *Phii and Khwan in Thai Literature and Folklore*, paper presented at the 9th International Conference on Thai Studies, Northern Illinois University, Dekalb, Illinois, 2005.

3. John F. Hartmann George M. Henry and Wibha Senanan Kongananda, "Lexical Puzzles and Proto-Tai Remnants in an old Thai Text", *Crossroads* (*Special Thai Issue*), Center for Southeast Asian Studies, Northern Illinois University, 1989.

4. M. L. Manich Jumsai, *Thai Folk Tales*: *A Selection out of Gems of Thai Lit*, Bangkok: Chalernit Press, 1977.

5. Prem Chaya (Prem Purachatra, HH Prince), *Magic Lotus*, *A Romantic Fantacy*: *An Adaptation for the English Stage of the Fifteenth Century Siamese Classic Pra Law*, Bangkok: Chatra Press, 1937.

6. Robert J Bickner, *An introduction to the Thai Poem "Lilit Pra Law"* (*The story of King Law*), DeKalb: Center for Southeast Asian Studies, Northern Illinois University, 1991.

7. Robert J Bickner, *The Original Nature of kloong*, *raay and lilit*: paper presented at the 5th International Conference on Thai Studies SOAS, London, 1993.

8. Robert J Bickner, *A Linguistic Study of a Thai Literary Classic*, unpublished PhD dissertation, University of Michigan, 1981.

9. Soison Sakolrak, *Thai Literary Transformation*: *an Analytical Study of the Modernization of Lilit Phra Lor*, unpublished PhD thesis, London: University of London, 2003.

10. Weys, Ousa and Robinson, Walter, (tr.) *Phra Law Lilit*: *A Siamese Poem of Tragic Love*, Bankok: distributed prepublication.

11. Wibha Kongkananda, *Phra Lo*: *A Portrait of the Hero as a Tragic Lover* (A Paper Presented tp UNESCO, Paris). Nakhon Pathom, Thailand: Faculty of Arts, Silapakon University.

(三)泰文文献(中文译名)：

专著：

1. 瓦其拉彦皇家图书馆：《帕罗赋》，索彭匹帕塔那空出版社，1926年。
2. 詹梯·哥塞信：《泰国古典文学集萃二：帕罗立律诗》，泰瓦塔纳帕尼出版社，1954年。
3. 帕沃拉威皮西：《帕罗赋读本》，朱拉隆功出版社，1961年。
4. 帕沃拉威皮西：《帕罗赋读本》，朱拉隆功出版社，2002年。
5. 春拉达·冷拉利奇：《帕罗赋评论与译注》，朱拉隆功大学出版社，2002年。

6. 春拉达·冷拉利奇,《阿瑜陀耶初期文学:总体特征和影响》,朱拉隆功大学出版社,2004年。
7. 《帕罗故事汇编》泰国艺术厅出版发行,2004年。
8. 尼迪萨·阿荣迪、查丽达·恰班蓉:《艺林秀木》,洛铜马斯特普林书局,2006年。
9. 恩洪·齐达索本:《立律诗文学》,清迈大学图书馆书刊发行处,1982年。
10. 瓦恰丽·荣亚南:《"立律"和"尼拉"》,披可涅出版社,1974年。
11. 素玛丽·维腊文:《立律帕罗中的泰族生活》,恒书出版社,2006年。
12. 东盟文学计划之《英译阿瑜陀耶文学》,1999年。
13. 文乐·特帕雅素婉:《论泰国文学中的"味"》,泰国社会学协会,1974年。
14. 巴空·宁曼何敏《泰北文学特征》,泰国社会学协会,1974年。
15. 颂芭·詹塔容,壤散·塔纳蓬潘编,《爱泰国:文学中的思想与政治》,泰国社会学协会出版,1976年。
16. 冬孟·吉江依:《"文帘"之下》,暹罗时代有限公司,1985年。
17. 布朗·纳纳空:《泰国古代文学史》,泰瓦塔纳帕尼出版公司,2002年。
18. 诗琳通基金会编,《泰国文学词典一:古典文学》,南美书局,2007年。
19. 维帕·恭佳图:《泰国古典文学中的男主人公》,泰瓦塔纳帕尼出版公司,1997年。

论文:

20. 素帕潘·佳茹特茵:《〈立律帕罗〉语言研究》,泰国朱拉隆功大学硕士论文,1977年。
21. 瓦腊蓬·邦荣昆:《从亚里士多德诗学角度分析〈帕罗〉、〈野生红毛丹〉和〈玛塔娜的苦难〉》,泰国诗纳卡琳威洛大学硕士论文,1977年。
22. 瓦莎娜·希拉:《泰国古典文学中男主人公之死》,泰国朱拉隆功大学硕士论文,1999年。
23. 春提腊·莎达雅瓦塔娜:《运用西方现代文艺理论分析泰国古典文学》,泰国朱拉隆功大学硕士论文,1970年。
24. 帕雅丹隆拉查奴帕(丹隆亲王):"《帕罗赋》研究",载《文学俱乐部》1932年第五期,6月21日刊。
25. 春提腊·格腊玉:《〈立律帕罗的美〉》,载《人民文学》,朱拉隆功大学文学俱乐部,1974年。
26. 颂纳查·沙瓦迪昆亲王:《〈立律帕罗〉寻踪》(一、二),载《沙炎遏仇》,1993年6月、1994年1月。

27. 宾亚·苏宛荣:《谁创作了〈立律帕罗〉?》,载《拉查帕南邦》杂志,1999 年 9—12 月刊。
28. 春拉达·冷拉利奇:《〈立律帕罗〉创作于拉玛提波迪二世时期——补证颂纳查·沙瓦迪昆亲王的推测》,载《泰国语言文学》杂志,1995 年 6、12 月。
29. 春拉达·冷拉利奇:《〈立律帕罗〉中的"莱"诗和附加词》,载《泰国语言文学》杂志,1998 年 12 月。
30. 春拉达·冷拉利奇:《〈被诅咒的爱〉:曼谷王朝时期对帕罗故事的重新诠释》,朱拉隆功大学泰国研究所,"第七届国际泰学研讨会"会议论文,1999 年 8 月。
31. 春拉达·冷拉利奇:《帕罗故事中"魔槟榔"和"锦鸡"的内涵》,载《文学研究》,朱拉隆功大学出版社,2005 年。
32. 维帕·恭佳图:《关于帕罗与沙明伯之管见》,载《书林》杂志,1982 年 5 月。
33. 冬孟·吉江依:《驳〈关于帕罗与沙明伯之管见〉》,载《书林》杂志,1982 年 9 月。
34. 素宛尼·乌东蓬:《阿瑜陀耶文学中的巫术和星相信仰》,泰国法政大学文学院研究课题论文成果,1984 年 9 月。
35. 苏查达·姜蓬:《从社会语言学的角度分析〈立律帕罗〉中的人称代词》,载艺术大学《文学杂志》特刊,2007 年。
36. 素帕·西里玛侬:《古典文学评论》,载《书林》杂志,1988 年 5 月版。

后　记

　　《帕罗赋》的翻译与研究总共历时近4年，第一遍初译于2007年初完成，此后又经过了两次复译和多次修改。2007年6月至8月，我们利用暑期时间赴泰国朱拉隆功大学为项目搜集资料，在泰国国家图书馆、朱拉隆功大学、法政大学等高校的图书馆中尽可能详尽地搜集了《帕罗赋》的各个流通文本以及泰国学者和西方学者的相关研究文章。我们在那里与朱拉隆功大学泰语专业主任、《帕罗赋评论与译注》的作者春拉达·冷拉利奇教授见面交谈，从她那里获得了很多宝贵的意见。

　　《帕罗赋》是泰国古典文学花园中的一朵琼葩，将它选作"东南亚古典文学翻译与研究"项目中泰国子项目的译文选本，不仅由于它在泰国文学场中的特殊地位，更是由于它从故事内容到诗歌形式都是孕育自本民族内部的、可以说是最能代表泰国古典文学最高成就的作品之一。对于这样一部特殊的作品，我们始终是怀着忐忑之心译完的，唯恐拙译令其在新的土壤中失去旧有的光华。

　　译事之难，唯有深入其中才得以真正体味得出。称其难，因其永无至高至善之境地，只可能在自我超越中摸索前进。不过，这也恰好是译事之妙趣所在。在为选词琢句百般斟酌之时，常常自愧力所不逮；在广阅各派翻译理论之时，我们往往无奈于没有放之四海而皆准的尺度。最终，在反复尝试中我们发现，似乎不变的准绳只有原文本身，而唯一有效的方法则是在实践中不断总结，根据翻译的目的设定准则，而后在翻译过程中灵活掌握，缩放有度。每位译者心中自有一杆秤，一千位译者或许就有一千种译法，孰优孰劣自由读者去评判。对于译者来说，译事最有滋味之处即在于这种不断尝试、不断自我否定与再尝试的过程。

　　真正意义上的翻译也必然是与研究相辅相成的。译学界早已达成共识。翻译绝不仅只是语言之间的简单转换,而是涉及文化、诗学乃至诸多学科领域的交流与对话。译者在解读原语文本时,不可避免地要深入到对方的文化语境之中,才能够真正透过字面意义深刻地理解文本的内涵;同时,在转换成译入语时,也必定在语义重组和意象再造的过程中,伴随着面向译入语文化的回归。由此可见,翻译的过程本身必然离不开研究。

诚然,单凭一部作品不可能展现泰民族文学的全貌。我们希望借由这部《帕罗赋》的译本,可以向汉语读者揭开泰国古典文学的神秘面纱,亦冀望于今后能有更多更好的作品被翻译成中文,促使汉语文学和泰语文学的双向交流逐渐趋于平衡。因为以《三国演义》为代表的一大批中国文学作品自18世纪末就已经传入泰国,并不断出现各种译本、改写本和研究著作;现当代中国文学作品也不断被翻译成泰语,在泰国拥有广泛的受众。而泰国现当代文学作品被译介到中国的仍然屈指可数,古代文学作品翻译,《帕罗赋》算是第一部。文学是一个国家、一个民族的心灵写照,国家、民族之间的文学交流是心与心的交流和碰撞,谁又能说它是可有可无的呢?这一部《帕罗赋》算是为此作出努力的初次尝试,希望读者对它的拙稚给予宽宥,对它的缺失和谬误不吝指正。

2010年6月